KB236759

거울 속의 바이올렛

국립중앙도서관 출판시도서목록(CIP)

거울 속의 바이올렛 / 김진주 지음. -- 서울 : 새미, 2003
  p. ; cm

ISBN 89-562-8080-0 03800 : \8000

813.6-KDC4
895.735-DDC21   CIP2003001012

거울 속의 바이올렛

김진주

새미

차 례

이슬 거미

어디서 묻어 왔는지 POISON 향이 짙게 코끝으로 스며들었다. 속이 메스꺼웠다. '에취 에취' 재채기는 오늘 밤 멈출 것 같지가 않다. 순간 인경은 마인드맵처럼 가지를 뻗어가는 위험한 생각으로 부풀대로 부풀려진 의식의 지배를 즐긴다. 어디로 갈 것인가…….

이슬 거미

1

거미가 왔다. 며칠 전부터 창문을 열면 바람의 세기에 따라 간드랑 간드랑 거리며 강하게 또 약하게 흔들리며 풀잎 끝에 걸터앉은 이슬처럼 거미는 대롱대롱 매달려 있었다. 아주 작은 거미였는데. 오늘 보니 제법 살이 통통 오른 것이 색깔도 딱정벌레처럼 누르튀튀해져 있었다. 손으로 톡 건드렸더니 털이 보송보송한 더듬이와 8개의 손과 발을 꼼지락거리며 위로 올라간다. 모기장을 밀치고 고개를 내밀어 보니 어제보다 더 넓게 제 집을 가터뜨기 하듯 튼튼하게 지어 놓았다. 인경의 눈빛이 조금 전 보다 더 반짝인다. 더 가까이 거미를 따라 인경의 시선이 바삐 움직인다. 거미줄에 인경의 생경스런 관심이 곤충처럼 날아가 들러붙는다. 좀 더 자세히 거미를 보기위해 거미줄에 올라탄다. 잡히지 않으려고 꼬물꼬물 거미의 엉덩이가 바삐 걸음을 재촉한다.

'녀석, 제법이네?'

인경은 따라가던 마음의 걸음을 멈추고 거미줄에 손가락을 댔더니 떨어졌던 자신의 피부처럼 쩍—엉켜 붙었다. 마치 오래전부터 기거했던 집처럼 편안하다. 인경이 숨 쉴 때마다 거미집도 함께 호흡을 하듯 흔들린다. 거미가 움직이다. 어디로? 그때 움직이던 거미가 잠시 또 선다. 인경이 재채기를 했기 때문이다. 손가락을 떼 내면 거미집이 무너져 버릴 것 같아 차마 손을 떼 내지 못하고 그대로 서서 벌을 서고 있었다. 바람이 불자 거미줄도 함께 흔들렸다. 흔들린 건 거미줄만이 아니었다. 인경, 자신도 흔들렸다. 위를 올려다보자 거미는 벌써 위층까지 굼실거리며 올라가 점처럼 붙어서 꼼짝을 안한다. 순간 인경은 거미줄을 확 잡아당기고 싶은 충동을 느꼈다. 그 충동은 몇 분 동안 그녀를 옭아매고 있었다. 갑자기 온몸에 불이 붙은 것처럼 화끈거렸다. 뜨거운 살갗은 껍질 속에 수분을 담아내고 있었다. 바늘로 톡 건드리면 맑은 물이 쏘옥 빠져나와 허연 껍질이 손톱처럼 붙어 있을 것만 같았다. 갑자기 숨을 조이듯 갑갑해져 순간 목을 감고 있는 티셔츠를 벗어버리고 싶었다. 인경은 어느새 단추를 하나씩 풀고 있었다. 거미줄에서 떨어진 손으로 바지의 호크를 풀었다. 이내 시원한 바람이 엉덩이를 휘감는다 싶더니 발목에 바지가 걸려 있었다. 발을 빼내고 티셔츠를 벗어 던졌다. 그리고 오른손을 등 뒤로 올려 엄지와 검지를 이용해 브래지어 후크를 열었다. 이내 답답하던 가슴이 시원했다.

인경은 이사 온 첫날 앞이 툭 트인 아파트 베란다에 서서 앞을 봐도 옆을 봐도 온통 산인 이곳이 좋았다. 불을 켜지 않으면 인경 자신이 서 있는 베란다까지도 거대한 산이 커다란 입을 벌려 삼켜버릴 것만 같았다. 언젠가 남편의 숙직이라는 전화를 받는 순간 거실의 불을 다 꺼버리고 베란다에 나가 몸에 걸친 옷을 다 벗어 던지고 싶을 만큼 손과 발에서 시작된 불덩이 같은 열기는 온 몸으로 전위되어 잠깐 사이에 온 몸이 땀으로 젖어 있었다. 그 날 처음 찾아왔던 열병은 가끔 오더니 날이 갈수록 자주 방문을 했다. 그렇게 찾아오는 열병을 인경은 감당하고 있었다. 열이 오르려고 하면 옷을 벗어 던졌다. 그러면 이내 잠식되어버리는 열병을 그렇게 몸속에 담아 숙성시키고 있었다.

인경은 엉덩이를 반쯤 가리고 있는 팬티마저 벗어 던지고 싶었다. 완전한 알몸이 되고 싶었다. 팬티를 내리려고 하는 순간, 털컥 열쇠 돌리는 소리가 들렸다. 그 소리와 동시에 안방으로 뛰어 들어가 문을 잠갔다. 남편의 거친 목소리는 포승줄처럼 그녀를 묶어 방밖으로 끌어냈다.

"뭐 하고 있었어!"

단추도 채 다 잠그지 못하고 끌려나온 인경은 싱크대로 걸어가 핑핑 돌고 있는 전기압력밥솥의 남은 시간을 확인하고 가스레인지의 스위치를 투두둑 눌렀다. 빨갛고 파란 불꽃이 함께 몸을 섞으며 활활 타올랐다.

식사를 끝낸 남편은 베란다에 나가서 담배를 피우다 말고 뭔가를 열심히 쳐다보았다. 이내 눈 꼬리가 올라가더니 신발장 문을 열고 이것저것 뒤적거리더니 모기약을 꺼내다 마구 분사를 해댄다. 모기약이 뿌옇게 분사되는 동안 인경은 눈을 감아 버렸다. 쉭- 소리가 나는 동안 그녀의 얼굴에도 몸에도 차가운 뭔가가 와 닿는 느낌 때문에 소름이 돋았다. 눈을 떠보니 남편은 여전히 담배를 입에 물고 모기약을 손에 들고 있었다. 남편의 입에서 담배를 빼내면 잘근잘근 씹혀 이빨자국이 선명하게 찍힌 필터에 끈적끈적한 침이 묻어 있을 것이다. 인경은 자신의 마른 입술을 닦는다. 남편의 얼굴은 많이 찡그려져 있었다. 뭔가 성에 안찬 모양이다. 재수 없게 밤 거미야! 남편은 여전히 물려있는 담배를 깊숙이 빨아들였다간 내뿜으며 뭔가 좋은 생각이 난 듯 짙은 눈썹을 찡그린다. 그리고 모기장을 열어 젖혔다. 아까보다 강한 바람이 거실 안으로 침범해 들어왔다. 모기약 냄새도 함께. 열린 모기장 밖으로 고개를 길게 빼더니 인경을 향해 소릴 지른다.

"그거 좀 가져와."

남편은 골프채가 있는 쪽으로 턱을 치켜세우곤 다시 창 밖의 거미를 찾는 것 같았다. 이젠 몸이 반쯤이나 베란다 창틀로 나가 있다. 담배를 '푸―' 베란다 밖으로 뱉어내며 손을 치켜 들고 또 소릴 지른다.

"빨리 좀!"

일그러진 얼굴보다 무서운 목소리를 끊어 올리며 인경이 가져다 준 골프채를 잡아든다. 그리고 위층을 향해 기다란 막대를 휘두른다. 그렇게 몇 분이 지났을까. 인경의 눈엔 아주 커다란 거인이 서 있을 뿐 남편은 없었다. 순간 '텅' 부딪치는 소리가 나더니 남편의 목소리가 천둥처럼 울렸다.

"에이 씨!"

남편의 귀등대등 성난 목소리가 귀에 걸리자 그녀는 이미 신발을 신고 있었다. 엘리베이터는 8층에 멈춰있었고 잠시 후 스르륵 문이 열렸다. 열린 문틈으로 진한 남성용 향수가 삐져나왔다. 그 향수의 진범 옆으로 발을 들여 놓고 잠시 숨을 돌려놓는다. 1층으로 내려가는 동안 성난 남편의 욕설이 들리는 거 같아서 귀를 막았다. 갑자기 조금 전 먹었던 저녁밥상의 꽃게가 역겨운 냄새를 동반하고 트림으로 나왔다. 싸한 냄새가 좁은 엘리베이터 안으로 퍼지고 있었다. 옆에 서있는 남자에게로 자연스럽게 눈이 멈췄다. 곤색 양복을 입은 아주 멀쑥하게 생긴 젊은 남자였다. 인경은 해떨어진 오후의 해바라기처럼 무거운 머리를 아래로 떨어뜨리고 있었다. 남자에게서 한 걸음 물러나 왼쪽 벽 쪽으로 몸을 붙였다. 가슴이 콩닥거렸다. 남자가 손으로 입과 코를 막을 것 같아 몹시 불편했다. 빨리 쑥- 내려가 1층에 다다르길 기다렸다. 그런데 웬걸? '땡' 하고 엘리베이터는 멈추는 것이 아닌가. 순간 또 끄윽 하고 트림이 나오고 말았다. 그때 그 남자와 눈이 마주쳐 버렸다. 이미 인경의 얼굴은 홍당무처럼 달궈져 있었다. 이젠 눈을 감을 수도 없었다. 모든 걸 다 들켜버린 뒤였으니. 그 때부턴 냄새가 나는지 안 나는지 도저히 냄새를 맡을 수 없게 되었다. 그저 미간을 찌푸리고 있었다. '땡' 하고 1층에 다다르길 기다리며 머리 위에 부착된 전광판의 숫자를 보고 있는데 뭔가 느낌이 이상했다. 숫자가 쓰인 전광판 옆의 스테인리스 스틸 테두리를 통해 두 남녀가 한 몸처럼 엉키어 있는 게 보였다. 그 짧은 시간에. 남자의 손은 여자의 허리 뒤로 돌아가 있었고 여자의 몸은 반쯤 남자 앞으로 가려져 보이지 않는 한쪽 손의 행방을 인경의 눈은 보고 말았다. 순간 놀란 눈을 감을 수밖에…… 없었다. 805호 남자와 606호 여자. 갑자기 커튼을 친 인경의 눈동자는 캄캄한 공간에서 8층 남자의 아내를 생각하고 있었다.

인경은 떨어진 골프채를 들고 잠시 벤치에 앉아 그녀의 집 베란다를 올려다보았다. 다행히 남편의 모습은 보이지 않았다. 순간 8층과 6층으로 동시에 눈동자가 움직이며 찰칵 찰칵 사진을 찍어댔다. 불 꺼진 창.

"뭐해!"

인경은 그 소리에 놀라 하마터면 들고 있던 골프채를 떨어트려 발등을 찍을 뻔했다. 현관문을 열고 들어서자 게 냄새가 진동을 했다. 남편은 화장실로 들어가 세면대에 오른쪽 발을 올려놓고 비누로 하얀 거품을 낸 채 뽀득뽀득 씻고 있었다. 바람 때문이었을까 유리창에 뿌옇게 동그라미가 그려져 있었다. 모기약이 분사되면서 남긴 흔적이다. 인경은 문을 열고 거미의 안전을 확인하고 싶었지만 그럴 수 없었다. 남편은 발을 씻는다. 이제 인경은 교녀가 되어 그를 위해 침대시트를 새 것으로 갈아야 할 것이다.

2

　805호 여자가 놀러왔다. 김치 부침개를 했다면서 쟁반에 수북이 가져왔다. 인경은 커피를 끓이기 위해 물을 올려놓고 식탁에 나박김치와 구제비 젓을 꺼내 놓았다.
　"언니? 언니라고 불러도 되죠. 반장님이 그러던데요? 저 보다 2살 많다고. 우리─친하게 지내요. 네? 근데 언니 집엔 개미 없어요? 우리 집엔 말도 말아요."
　그녀의 목소리엔 낯선 정이 들러붙어 있었다. 그녀의 남편자랑은 시간가는 줄 모른 채 굴침스럽게 계속되었다. 그녀의 입술은 닫힐 줄 모른 채 참새처럼 재잘거렸다. 그 입에서 타다다닥 부리가 부딪히는 소리가 날 것만 같았다. 그녀의 입에서 새콤 달콤 사랑의 열매는 당도 짙게 흘러내렸다. 그 순간 인경의 머릿속에 퍼즐처럼 사람의 얼굴이 맞춰지고 있었다. 그 얼굴은 엘리베이터에서 보았던 낯선 남자의 얼굴로 바뀌었고 그 낯선 남자는 다시 새댁 남편의 얼굴로 살아났다. 그 얼굴에서 물기가 다 빠져 선인장가시처럼 인경의 붉어지는 뺨을 찔러댔다. 마른 가시는 물먹은 가시보다 더 따갑고 깊게 피부에 와 박혔다. 인경은 열 오른 뺨을 두 손으로 감싸 쥐고 어색한 시간을 있는 힘껏 사력을 다해 밀고 있었다. 그렇게 기억 속에 짜 맞추어진 퍼즐을 뒤 엎어 버렸다. 그래도 본 얼굴은 못 본 얼굴이 되진 않았다. 자꾸 입이 간질거렸다.
　그녀가 돌아간 자리는 휑하니 회오리바람이 지나간 흔적 같았다. 이

사 와서 남편 이외에 이 공간에서 그렇게 많은 말과 많은 웃음을 깔아 놓은 사람은 그녀가 처음이었다. 그녀가 돌아가고 막- 거실을 치우려고 하는 순간 열쇠를 돌리는 소리가 나고 남편의 모습이 거인처럼 들어섰다. 인경은 그만 '앗' 소릴 지를 뻔했다.

"뭐야. 이건!"

인경은 그 자리에 자석처럼 붙어 버렸다. 입도 몸도 발도.

"누가 왔었어?"

구연 중에 걸린 아이처럼 붙어버린 입술을 열고 어렵게 말을 떼는데 이미 그녀의 뺨엔 '찰싹!' 그의 커다란 손이 그네를 타듯 왔다가 갔다.

"내가 아무도 문 열어 주지 말라고 그랬잖아! 누가 왔었다고?"

남편의 커다란 손바닥은 또 한 차례 그녀의 뺨에 허락도 없이 와서 놀다가 갔다. 차라리 속이 후련했다. 이제 남편은 손에 들고 들어 온 쇼핑백을 풀어놓으며 말할 것이다. 당신은 내 말만 잘 들으면 돼. 아팠어? 라고. 그리고 밥을 먹은 후 발을 씻으러 들어가는 그의 뒷모습을 두려움에 떨며 바라보고 있어야 할 것이다. 아주 담담해 질 때까지 콩닥콩닥 뛰는 가슴을 쥐어뜯으며. 저 불투명한 쇼핑 비닐 속의 것…….

실짝 벌어진 검은 비닐 틈 속으로 인경은 이미 걸어 들어갔다 나온 것 같다. 보지 않고도 본 듯한 그 것들을 생각하는 인경은 지금 불안하다. 비릿한 냄새가 스물 스물 기어 나온 듯 역겹다. 작은 떨림이 손끝에서 발밑까지 자동으로 전위된다. 이내 호흡이 가빠진다. 그 비닐속의 것들인 인삼뿌리와 찹쌀, 그리고 두 다리를 꽁꽁 묶인 생닭의 허연 알몸이 쑥하고 머리를 내밀까봐 떨고 있는 인경을 남편이 지켜보고 있었을까, 양복바지의 허리띠를 풀며 나오던 남편이 격양된 목소리로 말한다.

"뭐해! 어서 저녁 서두르지 않고. 오늘 정말 힘들었어. 체력장 때문에 하루 종일 운동장에서 뺑이치기 했더니. 백숙이나 해서 먹자."

인경은 이제 저녁을 짓는 동안 마음의 준비를 해야 한다. 저 불투명한 비닐봉지 속의 생닭처럼 두 다리를 묶인 채 침대에서 남편을 받아들여야 할 것을. 남편은 또 녹음된 테이프의 재생버튼을 누른 듯 말할 것이다. '사랑해! 너 뿐이야. 나한텐. 알지?!' 인경은 이제 안다. 그 말이 끝나기를 기다렸다가 '네. 선생님.' 이라고 해야 한다는 것을. 그러면 예전의 어느 날처럼 입술이 터지도록 맞지도 엉덩이가 시퍼렇게 멍이 들도록 물어 뜯기지도 않을 것이다. 다음 날 거울에 비친 교창의 흔적을 울면서 확인하는 일도 없을 것이다.

인경은 지금 두 다리가 묶인 생닭을 풀어주고 뽀득뽀득 씻기고 있다. 트리오를 몇 방울 떨어트리고 거품을 낸 채. 조금 후 누구의 입으로 들어갈 찹쌀과 인삼을 넣고 다시 묶어야 되겠지만 오늘 그녀는, 남편 모르게 두 다리를 묶지 않을지도 모른다.

남편은 지금 발을 깨끗하게 씻고 나와 베란다에 서서 문을 열고 창밖으로 몸을 내밀고 뭔가를 찾고 있다.

"이게 어디로 갔지?"

남편은 어제 도망간 거미를 찾고 있었는지 위 아래로 열심히 거미의 행방을 찾고 있다. 창밖엔 남편이 찾고 있는 거미가 어디로 숨어 버렸지만 인경에겐 오늘 밤, 징그럽고 털이 북실북실한 두 다리의 이름 없는 거미가 자신의 몸으로 기어 올라와 거미줄을 치고 그녀를 꼼짝 못하게 붙여놓고 먹이 사냥을 할 것이다.

인경은 창밖의 거미가 있었던 자리를 바라본다. 그리고 혼잣말로 중얼거린다. 자신의 귀에만 들릴만한 소리로. 꼭꼭 숨어라. 꼼지락거리지 말고 숨도 쉬지 말고. 넌 살아야 해. 널 지켜내야 해. 그리고 더 크고 튼튼한 집을 지어야 해. 누구도 허물어트릴 수 없는 집을 지어야 해.

인경은 보이지 않는 거미를 향해 주술처럼 옹알이를 해댔다. 무엇을 위해 이런 관심과 애정을 보이거나 기도를 해 보지 못했던 인경에겐 새로운 경험이었다. 언제나 혼자였던 공간에 누군가가 그렇게 자신을 향해 문을 열고 들어올 것을 어찌 생각이나 해 보았겠는가.

"아직도 멀었어!"

남편은 혼자서 떠들어 대는 TV 앞에서 신문을 보며 버럭 소리를 지른다. 인경은 냉장고 문을 열고 당근과 사과를 꺼내 강판에 갈기 시작한다. 쓱쓱 소리를 내며 당근과 사과를 손 빠르게 갈기 시작한다. 반이 넘게 제 몸이 갈려나간 당근 꽁지를 붙들고 더 갈까? 버릴까? 망설이는 데 손에서 미끄러진 당근 꽁지가 인경의 하얀 발등 위를 도장 찍었다. 순간 검지 끝마디가 아렸다. 인경은 남편이 보기 전에 얼른 검지를 감싼다. 남편이 보았다면 분명 멍청하긴! 한두 번도 아니고! 할 것이었다. 예상대로 두 번째 손가락의 손톱 위에서 피가 뚝뚝 흐르고 있었다. 다행히 남편은 여전히 신문을 보고 있다. TV소리 때문에 아무 소리도 듣지 못한 남편을 등 뒤에 두고 인경은 밴드를 찾아 대충 붙이고 강판 뚜껑을 열고 잘 갈아진 당근과 사과를 베보자기에 넣고 힘껏 짜냈다. 뻘건 당근주스가 흰 사발에 찰랑찰랑 차기 시작한다. 붙여 놓은 밴드에 피가 배어 나온다. 인경은 그래도 멈추지 않고 방향을 바꾸어 베보자기를 더 세게 비튼다. 당근의 붉은 빛과 인경의 피가 섞여 사발에 떨어진다. 똑똑……. 다 찬 사발의 주스가 표면장력을 일으키며 넘칠 듯 아슬아슬하게 흔들린다. 그래도 나머지 한 방울을 위해 있는 힘껏 팔목에 힘을 주어 비튼다. 팔목이 시큰 거려서야 베보자기를 내려놓는다. 인경은 사발을 들고 남편에게로 조심스럽게 걸어간다. 마침 신문을 다 읽었는지 바스슥 소리를 내며 신문을 옆으로 밀어내던 남편은 인경의 손에서 당근 주스를 받아들고 얼굴이 밝아진다. 살짝 웃는 것도 같은 얼굴로 사발의 뻘건 주스를 들이킨다. 마지막 한 방울까지 후루룩 소리를 내며. 인경은 어쩌면 쓰린 손가락을 타고 흘러나온 몇 방울의 피가 섞였을지도 모를 사발안의 주스를 생각하니 속이 미식 거렸다. 그 후루룩 입맛 다시는 소리 때문이었을까 인경의 몸에 돌고 있던 피가 쿨렁쿨렁 소리를 내는 것 같았다. 거실엔 백숙이 익어 가는 냄새가 야릇하게 퍼지고 있다. 남편은 이제 몇 분은 시장하다고 배고픔을 호소하지 않을 거다. 몇 분 아니 길면 뜸이 다 들 때까지. 인경은 싱크대의 어지럽게 널 부러져 있는 강판을 씻어 건조대에 올려놓고 꽈배기처럼 똘똘 꼬인 베보자기를 풀고 짙은 갈색으로 퇴색된 내용물을 싱크대에 탈탈 털었다. 베보자기의 골과 골에 엉겨 붙은 사과의 살점들이 잘 떨어지지 않았다. 수돗물을 틀어 흔들어대자 눌러 붙어있던 살점들이 흐물거리며 물과 함께 하수구 구멍으로 빠져나갔다. 인경은 물이 다 빠져버린 싱크대 구멍의 미세한 채 위에 받쳐진 오물들을 쳐다보며 자신의 손가락에서 떨어져 나간 살점도 그 안에서 오물들과 엉키어 있을 것을 생각한다. 남편은 언제부터 인경을 보고 있었는지, 무슨 생각을 그렇게 하길래 불러도 몰라! 물 좀 달라니까! 인경의 의식세계를 흔들어 댄다. 물을 받아 든 남편은 또 거실창문을 뚫어지게 보고 있다. 인경은 매서운 남편의 눈초리와 맞물린 남편의 집요함에 몸서리가 쳐졌다. 그때 압력밥솥의 추가 픽픽 요란한 소리를 내며 제 몸을 열심히 돌리면서 김을 뿜어댄다. 인경은 가스 불을 꺼 버리고 싶었지만 그럴 수 없었다. 단지 그녀가 할 수 있는 일이란 가장 약한 불로 줄이는 일 뿐이다. 인경은 지금 가스레인지의 파랗게 흔들리는 불꽃을 바라보고 있다.

 개수대에 닭 뼈가 흩어져 있는 걸 손으로 주워 담다가 칼처럼 날카롭게 잘려진 날개 뼈에 손톱 밑이 찔려 엄지손가락에서 피가 뚝뚝 떨어지고 있다. 순간 남편의 이빨에 질겅질겅 씹혔을 닭 뼈를 생각하니 소름이 돋았다. 남편은 닭 한 마리를 배부르다 소리 한 번 않고 다 먹어 치웠다. 그 식욕이 남편의 몸 어디에서 솟아나는지 백숙을 먹을 때 입술에 묻어있는 번들거리는 기름기를 볼 때마다 의아했다. 특히 날갯죽지를 쭉-찢어내어 한 입에 쑥 밀어 넣었다가 손가락으로 잡고 있던 뼈만 발라내고 오물오물 개감스럽게 씹어 삼키는 입술을 보고 있자면 인경은 자신의 입 속으로 그 살이 들어와 물컹물컹 씹히는 것 같았다. 그래서 고개를 돌리고 속이 좋지 않아요. 라고 말하기를 수차례 그러나 남편은 한 번도 그런 인경을 이상하게 생각하지 않는 듯 했다. 차라리 다행스러웠다. 흥건하게 닭 살점이 찹쌀과 엉켜 뭉개진 죽을 먹을라치면 얼마나 큰 고역이 될 것인가. 아마 그 맛은 세상에 없는 맛일 것이다.

 꿈에 거미를 보았다. 등에 이슬을 덮고 있는 거미. 일어나자마자 베란다의 창문을 열었다. 그리고 바짝 고개를 내밀어 보았다. 있었다. 분명 거미였다. 그런데 햇살을 받은 거미의 등이 이슬처럼 반짝였다. 손으로 만지면 머금고 있는 이슬을 뱉어 낼 것 같았다. 인경은 자신도 모르게 웅얼거린다. '이제부터 넌 이슬거미야 …' 인경은 거미에게 이름을 붙여놓고 자꾸 마음이 설레 인다. 아침이 되어 창문을 열면 밤새 머금고 있던 맑은 이슬을 보석처럼 토해 줄 것만 같았다. 인경은 그 자리에 서서 이슬거미야. 불러본다. 대답 없는 이슬거미의 고개가 끄덕이는 것처럼 보인다. 인경은 남편이 출근하고 나자 베란다 문부터 열었다. 그리고 이슬거미의 움직임을 살핀다. 그러나 꼼짝도 않는 이슬거미를 몇 분 동안 바라본다. 두 다리를 구부린 채 양 팔로 다리를 감싸 안고 이슬거미를 보고 있다. 어머 움직인다. 인경의 얼굴에 화색이 돈다. 조금 아주 조금씩 움직인다. 조금 전까지 눈에 보이지 않던 미세한 곤충들이 햇살에 반사되어 조명을 받은 듯 거미줄에 걸려 있는 게 보였다. 인경의 입가에 작은 떨림이 일었다. 그때였다. 띠리리…… 벨이 울렸다. 805호 새댁이었다.

"언니. 오늘부터 백화점 세일이래요. 우리 같이 갈래요?"

"열쇠를 잃어 버려서."

인경은 아예 있지도 않았던 열쇠를 잃어 버렸다고 말을 하곤 새댁 얼굴을 살폈다. 돌아서서 가는 새댁의 머릿속으로 들어가 그녀가 생각하고 있는 뻔한 말들을 잡고 놓아주고 싶지 않았다. 그 말이 걸어 나가 새끼를 쳐서 마치 바퀴벌레처럼 확산되어 까맣게 아파트 단지 내로 돌아다닐 것 같아서.

새댁이 돌아가고 난 뒤 이상하게 속이 미식거리고 울렁증이 일어 몸을 다스릴 수 없어 누워있어야 했다. 그리고 몇 시간을 자고 일어났을까. 일어나려는데 아찔하다. 다시 누워버린 인경은 몸을 덮고 있는 오랜지색으로 탈색되어 있는 하얀 이불을 손으로 만지작거렸다. 탈색된 이불처럼 자신의 생도 어디서부터 색이 바래버렸는지. 순간 가슴으로 불덩이 하나가 확 옮겨 붙었다. 손을 얹으면 부지직 지글거리며 하얗게 손바닥 껍질이 부풀어 오를 것 같았다. 낮엔 눈이 부셔서 쳐다볼 수도 없었던 해가, 지금은 열기를 식히고 순하게 길들여져 있다. 마치 먹다만 빨간 사탕을 접시에 놓고 잠들었다 깬 것처럼 접시를 빨갛게 물들이고 있었다. 시간이 흐를수록 노을이 아름답게 베란다 유리창을 통해 들어오고 있었다. 순간 달력에 눈이 갔다. 그리고 가슴이 콩닥콩닥 뛰기 시작했다. 이내 번개처럼 스치는 생각들. 화장대 서랍 속에 구메구메 모아 둔 500원 짜리 동전만 먹어치운 돼지저금통을 흔들어 보았다. 꽤 묵직했다. 그리고 눈썹 손질하는 면도칼로 배를 쭉 갈랐다. 양손으로 갈라진 배를 미닫이문을 열 듯 힘껏 좌우로 늘어트리자 와르륵 동전이 한꺼번에 무너져 방바닥으로 쏟아졌다. 바지에 거듬거듬 집어넣고 약국으로 뛰어갔다. 그리고 임신테스트 약을 샀다. 그럴 리가 없다고 고개를 강하게 저었다. 안돼! 안돼……. 돌아오는 내내 한 가지 생각만 했다. 절대……. 과일가게를 지나오는데 빨갛게 잘 익은 사과 앞에서 발이 잡히고 말았다. 입안에 침이 고였다. 남은 돈으로 사과를 사서 까만 비닐봉지를 흔들며 걷다가 하나를 꺼내 한 입 베어 물었다. 사가사각 씹히는 사과 맛이 상큼 했다. 단물이 입술을 타고 나와 턱 선을 타고 옷 위에 떨어져 얼룩이 되었다. 순간 그대로 어디로든 도망치고 싶었다. 그 생각만으로 온 몸에 힘이 빠지고 있었다. 바람이 팽팽하게 들어있던 풍선이 픽- 공기가 빠지듯. 들고 있던 사과봉지를 떨어트리자 떼구르르 한길로 여기 저기 굴러갔다. 집어 들 생각도 못하고 서 있는데 지나가는 차바퀴에 사과가 퍽퍽 소리를 내며 흥건하게 터져 짓이겨지고 있었다. 그 때 차창을 열고 누군가 강팔지게 소릴 질렀다.

"죽을려고 환장을 했어?"

스르륵 차창이 닫히는 소리와 미친년…이라는 소리가 맞물려 들렸다. 순간 남편의 얼굴이 떠올랐다. 인경은 까맣게 썬팅 된 차안의 보이지 않는 남자의 얼굴을 그려내는 데 그리 많은 시간이 걸리지 않았다. 남편의 음성을 닮아있는 그 남자의 얼굴을 완성했을 때, 햇살에 얻어맞은 칼날처럼 번뜩이며 지나가는 생각으로 인경은 심장이 멈출 것 같았다. 열린 현관문 그리고 지금쯤 정확하게 집에 들어와 있을 남편. 인경은 어떻게 왔는지도 모르게 달려와 있었고 등 뒤와 이마에서 땀이 똑똑 떨어지고 있었다. 현관문 앞에 서서 손잡이를 돌리는 순간 숨이 턱 막혀 버리는 것 같았다. 문은 잠겨있지 않았다.

언젠가 경비실에서 소포가 왔으니 찾아가라고 해서 경비실에 내려가 있는 동안 언제 들어와 있었는지 남편이 퇴근을 해 문을 잠근 채 열어주지 않아 한 시간도 넘게 문 밖에서 벌을 서고 있을 때도 있었다. 그 때 남편은 어떤 놈하고 놀아나다가 늦었느냐며 밤새도록 가죽 허리띠로 온 몸에 회를 쳐댔다. 인경에게 열쇠가 처음부터 없었던 건 아니었다. 열쇠를 가지고도 갈 곳이 없었고 잠깐 외출에도 이유 없이 남편에게 맞아야 했던 일에 지쳐 스스로 집안에 갇히길 자청했던 것이다. 맞는 것에도 이골이 나는 것일까? 남편의 매를 피해 이유를 대고 변명을 하는 것보다 맞는 게 속 편했다. 사람들은 모른다. 그녀가 맞고 있을 때도 옆집에선 웃는 소리가 났고 윗집에선 음악소리가 났다. 인경은 그렇게 소리도 못 내고 갇혀있었다. 남편이 만들어 놓은 작은 골방에. 거기에선 아무 생각도 할 수 없었다. 그저 죽고 싶었을 뿐이다. 그런 낯선 것들도 시간이 지나면서 익숙해져갔고 그녀에게 낯설었던 것들이 하나 둘 길들여지면서 죽고 싶다는 생각만큼 사는 게 힘들었던 순간이 상쇄되어지고 있었다. 가고 싶은 곳, 말하고 싶은 것, 하고 싶은 것이 사라진 날부터 인경은 자유로웠다.

지금 그녀의 머릿속엔 이미 남편이 할 말들과 가해질 행동들이 극본처럼 짜여지고 있었다. 그 불안한 순간이 지나고 나자 차라리 기다려졌다. 숨을 고르게 가다듬고 신발을 벗자 욕실 문을 열고 물기를 뚝뚝 흘리는 남편의 얼굴이 보였다.

"어디 갔었어. 어디 아파? 꼴이 그게 뭐야!"

남편은 수건으로 몸을 닦으며 나왔다. 그리고 머리의 물기를 털기 위해 수건을 돌돌 말아 젖은 머리에 대고 탈탈 털었다. 물기가 인경의 얼굴로 튀었다.

"왜 그러고 있어. 난 또 옛날버릇 나와서 가출한 줄 알았잖아!"

가출? 순간 낭떠러지로 떨어지고 있었다. 소리도 못 낸 채 헉헉 차오르는 숨을 삼켜야 했다. 남편은 하얗게 질린 그녀의 얼굴을 쳐다보고 있다간 한마디 더 보탠다.

"참, 오늘 장모한테서 전화 왔었어. 며칠 있으면 제사라던데 이번에도 안 갈 거야? 당신 모녀는 참 이상해."

인경은 대답대신 화장실로 들어가 문을 잠근다. 잠근 문틈사이로 남편의 거친 말투가 비집고 들어와 날카롭게 날을 세우고 마음을 베고 있었다.

"장모한테 학교로 전화 좀 하지 말라고 해. 옛날 생각나서 기분 나쁘니까!"

남편은 지금 무슨 말이 하고 싶은 것일까? 인경은 하수구 구멍 속으로 아주 깊이 쑤욱 빨려 들어간다. 아주 빠르게. 텅! 텅! 텅! 마디마디를 빠져 나온 곳, 그 캄캄한 구멍 끝에 누군가가 서 있다. 여기서도 인경은 혼자가 아니었다. 고개를 돌릴 듯 말 듯한 옆모습의 그림자에 놀라 그만 그 자리에 주저앉는다.

"선생님. 임…… 신이래요."

"떼 버려!"

선생님의 상어 같은 입속엔 가시만 들어있는 걸까? 인경은 그 입속에서 잘근잘근 씹히고 있었다. 떼 버려! 강한 어조에 묻어 나온 타액이 인경의 뺨에 차갑게 들러붙었고 햇살에 말라버린 그 자리가 팽팽하게 땅겼다. 햇살 때문이었을까 눈도 못 뜬 채 인경은 그 자리에 쓰러져 버렸다. 그렇게 깨어나지 못하고 몇 시간을 허우적거리고 있었을까. 먹먹한 귀에 엄마의 음성이 흩어졌다. 애 아버지가 알면 난 죽어요……. 울고불고 점점 시간이 흐를수록 엄마의 목소리는 간데없고 짐승의 울부짖음만 있었다. 눈을 떴을 때 땅바닥에 주저앉아 넋 나간 사람처럼 웅얼대던 엄마가 인경을 보자 벌떡 일어나 선생님의 뺨을 세차게 후려쳤다. 그리곤 미친 사람처럼 날뛰었다. 그 소란으로 양호실 밖은 더 웅성거렸다. 선생님의 늘어진 트레이닝은 얼룩이 심하게 져 있었고 엄마의 손에서 놓여난 선생님대신 인경의 팔목이 거친 손아귀에 갈마들었다. 그렇게 잡힌 손목을 빼지 못한 채 산부인과에 끌려들어 간 인경은 수술대위에 생닭처럼 다리를 벌리고 묶였다. 혈관에 마취주사를 맞고 하나 둘 셋……. 어두운 구멍 속으로 빠르게 빨려 들어갔다. 묶인 다리 사이로 둔중한 것이 삽입되었고 쐐액—소리와 함께 투명 호수를 타고 자신의 뱃속에서 빨려나가는 핏덩이가 느껴졌다. 그 순간 뺨으로 흐르는 눈물의 속도만큼 미움에 가속도가 붙어 회복실에서 기다리는 엄마의 가슴팍 정중앙에 콱 미움의 씨가 박혔고 물을 주지 않아도 스스로 잘 자랐다. 마취제 때문에 노루잠을 자면서도 엄마가 없는 세상 속으로 갈 수만 있다면 이대로 죽어도 좋아! 인경의 구슬진 눈물은 수술이 끝나도록 멈추지 않았다.

"뭐 하구 있어! 문 열어!"
남편이 문을 두들겨 댄다. 쏴—악! 인경은 박카스를 반쯤 쏟아 놓은 것 같은 변기의 물을 내린다. 다 내려가지 못한 변기에 남은 물이 흔들린다. 그 흔들리는 물 속에 인경의 긴장한 얼굴도 흔들리고 있다.

4

임신이다. U-Test에 또렷하게 나타난 두 줄의 선. 인경은 두 갈래 길 앞에서 잠시 발을 멈춘다. 그 어떤 선택도 인경에겐 아픔이다. 한 줄의 빨간 선을 지울 수만 있다면……. 그럴 수 있다면. 난 두…려…워……. 인경의 입속말들이 충돌을 한다. 또각또각 시계 초침 돌아가는 소리도. 허기진 배를 채우기 위해 밥상 앞에 앉아야 하는 것도. 울렁거림을 참지 못해 화장실로 뛰어 들어가 변기 뚜껑을 열고 헛구역질을 해댈 일도. 변해 가는 모든 현실이 두렵다. 임신임을 안 순간부터 시작된 헛구역질을 시작으로 또 무엇이 어떻게 달라질 것인지.

잠이 쏟아진다. 몸이 무겁다. 몇 시간을 잤을까? 전화벨 소리에 잠이 깼다.

남편일 것이다. 수화기를 들었다. 잠시 숨소리만 들리더니 엄마야. 별 일 없지? 한다. 별 일? 더 이상 자신에게 별 일이 있을 만큼 희망이 있었던가. 인경은 숨이 탁 막혔다. 수화기를 들고 있던 손이 떨렸다. 수화기를 붙잡고 외줄타기를 하고 있던 엄마는 듣고 있니? 인경의 존재를 확인하고 싶어 했다. 대답대신 한 숨이 전화선을 타고 넘어갔다. 9일이 니 아버지 제사인 거 알지? 인경은 빨리 이 숨 막힘에서 벗어나고 싶었다. 그 때 벨이 울렸다. 누가 왔다고 전화를 끊으려 하자 저－ 올 거지? 엄마는 애원하듯 매달린다. 그러나 아무런 대답 없이 전화를 끊어 버렸다. 현관문을 열자 8층 새댁이 서 있었다.

"언니. 나 오늘 친정집에 가요. 며칠 있다 올 거예요. 아버지 생신이 거든요. 우리 그인 회사 일로 바빠서……. 이거 좀 우리 남편 오면 전해 줄래요?"

새댁이 내민 건 편지봉투와 현관 열쇠였다. 화사하게 화장을 한 그녀 얼굴이 아름다웠다. 그 얼굴 속으로 들어가 화장을 득득 긁어내고 그 위에 자신의 얼굴로 덮어버리고 싶었다.

'텅' 문은 닫혔지만 그녀를 따라 나가지 못한 향이 꼬리가 잘린 채 갇혀버렸다. 코끝이 간지러웠다. '에취 에취' 재채기가 연속해서 쏟아져 나왔다. 향수 알레르기가 있는 인경은 한 번도 향수로 몸 냄새를 감춰보지 못했다. 가끔씩 엘리베이터에 갇혀 1층 까지 내려가는 동안 향수 때문에 재채기를 해 대느라고 콧물을 훌쩍이느라 고역이었는데. 아직도 나가지 못한 그녀의 향 때문에 머리가 어지러웠다. 이 향…….
POISON. 순간 남편의 얼굴이 인경의 가슴팍을 잡고 흔들어댄다. 성인이 된 걸 축하해. 받아. 선물이야. 선생님의 손에서 받아든 향수 때문이었을까 인경은 아무생각도 할 수 없었고 단지 선생님이 내미는 커다란 손을 잡았을 뿐이다.

5

"딩동댕! 알려드립니다. 오늘은 쓰레기 분리수거 날입니다. 705호와 805호는 수거장 앞으로 10시까지 모이십시오."

앞치마를 두르고 쓰레기 분리수거장으로 나갔다. 오늘은 인경과 새댁이 당번이었으나 새댁이 친정에 갔으니 혼자 해야 될 줄 알고 나갔는데 새댁 남편이 나와서 신문을 동아줄로 묶고 있었다. 인경을 보자 그가 가벼운 목례를 했다.

"어제는 고마웠습니다. 갑자기 출장이 연기돼서… 열쇠 안 주셨으면 꼼짝없이……. 와이프한테 말씀 많이 들었습니다."

인경은 자신도 모르게 뒤로 한 발자국 물러나 그의 인사를 외면했다. 남편의 성난 얼굴이 떠올랐기 때문이다. 언제 어디서 어떻게든 보고 있을지 모를 일이었다. 보이지 않는 눈에 대한 두려움은 그녀를 수시로 목 졸랐다. 남편에게 맞아야 할 매가 무섭진 않았다. 단지 맞는 동안 그 이유를 대야 하는 게 고통이었다. 누굴 만났어? 왜 전화는 안 받은 거야? 쓰레기 버리는데 5분이면 되는데 25분은 뭐 했어? 전화벨이 10번 이상 울렸는데도 못 들었단 말야? 누구야 어떤 놈이냐구? 우유 값만 주면되지 무슨 할 말이 그렇게 많아서 속닥거렸어! 두 년 놈이 눈 맞은 거 아냐? 그래. 젊은 놈이 그렇게 그립더냐? 왜 맛이 좋든? 아무 말도 안 하면 남편의 매는 더 거칠어 졌다. 이젠 죽었구나 싶으면 멈추어 버리는 잔인한 쉬는 시간은 더 괴로웠다. 차라리 맞고 있는 순간에 희열을 느꼈다. 살아있다는 걸 느끼게 해주는 순간이었다. 까진 피부에선 쓰라림과 아리고 따가움이 느껴지고 퉁퉁 부운 눈은 볼 것을 제대로 못 보게 되어 몽롱했다. 온 몸이 다 살아서 아팠고 고통스러웠다. 매 맞는 순간은 생각이란 걸 할 수 없어서 더 행복했다. 인경에겐!

"저, 손에서 피 나는데…"

남자가 옆으로 다가와 인경의 손에서 뚝뚝 떨어지고 있는 피를 쳐다보며 자기가 끼고 있던 장갑을 벗어 준다. 병을 담아놓은 수거주머니를 열다가 깨진 유리 조각에 찔린 모양이었다. 남자는 괜찮으냐고 몇 번을 묻고도 안심이 안 되었는지 혼자 할 테니 쉬라고 한다. 인경은 그의 걱정하는 눈빛을 피해 자리를 옮겨 앉았다. 그리고 깡통을 모아 놓은 수거주머니를 열고 잘못 섞인 것을 골라냈다. 순간 '앗' 비명을 지를 뻔 했다. 수거통 속의 잘못 넣어진 깡통 속으로 기어들어가 숨어 있는 자신의 얼굴을 보았다. 시퍼렇게 멍들고 찢기고 긁힌 채 상해버린 통조림 찌꺼기에 섞여있는…… 멈추었던 손을 다시 움직였다. 그 끔찍한 모습을 누군가에게 들킬까 봐. 골라낸 캔은 압축기에 넣어서 납작하게 쭈그려 트렸다. ‘퍽 퍽…….’ 거대한 소리를 내며 기계는 계속 돌아갔다. 순간 조금 전 자신이 웅크리고 숨어있던 깡통도 ‘퍽’ 바람이 빠진 채 납작하게 뒹굴고 있었다. 그 작은 공간에도 숨어 있을 수 없다는 생각에 헉—숨이 막혔다. 그 때였다. 그의 손끝이 새끼손가락에 살짝 닿았다. 따뜻하다. 그런데 그 따뜻함이 겁이 났다. 이마가 닿을 듯 가까운 거리다. 그의 내뿜는 콧바람이 인경의 손등에 와 닿았다. 인경은 순간 내뱉은 만큼 들이 쉬는 그의 콧구멍 속으로 들어가 그의 폐 속 깊숙하게 숨어 버리고 싶었다.

솜에 소독약을 적셔서 상처 난 곳에 대자 부글부글 하얗게 거품을 일으키며 목화솜이 부풀 듯이 하얗게 부풀어 올랐다. 자그르 끓는 소리 속으로 핏자국이 형태를 숨기고 그는 연신 솜으로 닦아내고 그 위에 피보다 진한 머큐롬을 바르고 연고를 묻힌 대일 밴드로 붙였다. 그의 따뜻한 손끝이 또 닿았다. 가슴이 좀 전보다 더 크게 콩닥콩닥 방망이질을 해댔다. 빠르고 깊게. 인경은 숨을 몰아 쉴 수 없을 정도로 목까지 차오는 숨을 내 뱉을 수 없었다. 순간 삥— 도는 듯 하더니 아무것도 보이지 않았다.

“너를 사랑해!”

인경은 몸을 움츠렸다. 다리에 힘을 주어 안간힘을 써 보지만 이내 풀리고 만다. 나만큼 널 사랑해 줄 사람이 어딨어. 이리 와. 넌 머리를 풀었을 때가 이뻐. 어둠 속에서 두 갈래로 땋아 내린 머리의 고무줄을 잡아당긴 손은 이내 빠르게 교복의 단추를 풀었다. 하나 둘 풀어 헤쳐진 교복은 한순간에 양파껍질처럼 벗겨지고 치마 밑으로 크고 뜨거운 손이 팬티를 벗겼다. 고무줄이 툭— 끊어지는 소리와 함께 거대한 짐승이 동굴 속으로 깊이깊이 들어오기 위해 몸살을 했다. 땅이 흔들리고 선생님, 안돼요! 싫어요! 약한 짐승의 울부짖음 소리가 고막을 흔들어 댔다. 차갑고 여린 살이 데일 만큼 뜨거운 짐승의 입김이 멈추었을 때 어둡고 좁은 동굴은 이미 무너지고 모든 게 끝나버렸다. 그 끝나버린 땅을 밟고 그가 소리쳤다. 넌 내 여자야. 그리고 피로 얼룩진 속치마와 찢어진 속옷을 주머니에 넣고 유유히 사라졌다. 그가 나간 자리를 절뚝거리며 나와서 본 하늘은 더 이상 푸르지 않았다. 그 순간 인경이 잃은 건 처녀성뿐이 아니었다. 시작도 할 수 없었던 사랑을 잃었다.

안타깝게 바라보고 있는 새댁남편의 흔들리는 눈 속으로 인경은 빨려 들어가고 있었다. 고장 난 엘리베이터처럼 빠르게, 아주 빠르게 추락하고 있었다.

8층 남자가 사라지고 난 뒤에도 인경은 그를 보내지 못했다. 살가운 그의 낯선 친절이 뺨에 붙어서 간질거렸다. 그가 서 있던 자리에 가 서 보기도 하고 그가 만졌을 문고리를 만져보았다. 그리고 그가 붙여 준 밴드를 떼지 못했다. 인경의 손은 상처투성이다. 까맣게 때가 타고 물기 때문에 반쯤 떨어진 밴드를 여전히 붙이고 있었다. 따뜻하고 부드러운 그의 음성에서도 화가 나면 칼바람소리가 날까 그도 화가 나면 새댁을 때릴까? 인경은 부드러운 그의 손에 맞으면 어떤 기분이 될까……. 그의 부드러운 음성으로 욕설을 담아내면 어떤 소리가 될까 이런 저런 생각으로 시간을 죽이고 있었다. 어제는 그가 보고 싶기도 했다. 잠깐 닿았던 손끝이 되 살아나 이글이글 타올랐다. 닿지 않아도 뜨거운 그의 숨결을 느낄 수 있었다. 그를 그렇게 생각하면서 805호 거실에 걸려있던 대형 결혼사진 속 새댁의 얼굴을 떼 내고 자신의 얼굴을 붙였다. 인경은 날마다 멈추지 않는 화살처럼 그를 생각하면서 거미줄을 만들었다. 튼튼하게. 끊어지지 않게. 아주 단단하게. 어제 밤에도 인경은 그를 만나러 거미줄을 타고 올라갔다. 그러나 잠긴 문을 통해 잠자는 그의 얼굴만 보고 왔다. 보름달이 훤히 밝아서 다행이었다. 그의 얼굴에 난 점까지 다 볼 수 있었으니.

오늘도 인경은 그와 엘리베이터 앞에서 마주쳤다. 그는 오늘 출장을 가는지 커다란 여행용 가방을 들고 나간다. 인경은 걸어가고 있는 그의 등 뒤로 살……. 금, 살…….금 걸어가 그도 모르게 그의 가방 속으로 숨어버린다.

6

안방 유리창을 통해 남편이 모기장에서 뭔가를 긁어내고 있는 모습이 보였다. 득득… 쇠 긁는 소리가 인경 자신의 자궁을 긁어내는 거 같다. 순간 뭔가가 먹고 싶었다. 단 것이. 침대 모서리에 어제 남편이 맥주 안주로 먹다 만 인삼강정이 보였다. 은박지에 쌓여있는 걸 풀어 헤쳤다. 쪼글쪼글한 은박지 안에서 설탕가루가 하얗게 묻은 강정이 몸을 드러냈다. 잔뿌리 몇 가닥을 입에 넣고 오물오물 씹어 넘긴다. 씁쓸하면서도 달착지근한 것이 입안에 고였다가 목선을 타고 넘어갔다. 오물오물 은박지의 남은 강정을 씹어 먹고 있는데 병원엔 안가? 누구의 목소리가 들린다. 무섭다. 인경은 오늘도 병원엘 가지 못했다. 순간 손에 잡히는 화장품을 들어 힘껏 던졌다. '퍽' 둔탁한 소리와 함께 성난 남편의 음성이 찰떡처럼 귀에 들러붙는다.

"뭐해! 라이터 좀 달라니까! 빨리!!"

격양된 남편의 목소리에 화가 불꽃처럼 붙어 있었다. 정신이 몽롱했다. 일어나려는데 아찔하다. 또 다시 남편의 흥분된 목소리가 들려왔

다. 간신히 정신을 차리고 거실로 나가 남편의 손에 라이터를 건네려
는데 힐끔 날카롭게 쳐다보더니 굼뜬 덴 약도 없다니까……. 힐책을
한다. 한 손에 라이터를 받아 든 남편은 거미가 새끼를 수십 마리를 깠
다면서 모기장에 들러붙어 있는 거미줄을 손으로 잡아뗀다. 그래도 성
에 안 찼는지 위로 올려다보고 다시 아래를 내려다보더니 저겼다! 라
고 소릴 질렀다. 남편의 얼굴에는 강한 살기가 꿈틀댔다. 가늘게 뜬눈
은 이번엔 절대 도망 못 가게 할 거라는 의지가 보였다. 잘 익은 사과
같은 남편의 뺨에서 흥분이 뛰어 놀고 있었다. 몸을 베란다에 반쯤 걸
친 채 매달려 있는 남편은 거대한 곤충이었다. 자신의 영역을 빼앗기
지 않으려는 몸짓 같았다. 분꽃 씨 같은 새끼거미들이 옴짝달싹 못하
고 있었다. 실소를 터트리며 남편은 라이터에 불을 붙였다. 빨간 불꽃
이 춤을 추었다. 남편의 다리도 후들거린다. 바르르 떨리는 다리는 쇠
창살에 간신히 매달려 있다. 순간 인경은 남편의 등을 넘어 아래… 로
아래… 로 시선을 떨어트렸다. 아찔하다. 그때 남편이 소릴 질렀다. 좀
잡아! 그녀는 남편의 허리를 꼭 안았다. 순간 바르르 떨리는 남편의 몸
이 자신의 몸으로 전달되어 지는 게 느껴졌다. 그녀의 몸도 함께 떨렸
다. 순간 이 손을 놓아버리면……. 인경은 힘껏 남편을 안았던 손에 힘
을 풀었다. 심장이 심하게 뛰었다. 남편의 등에 그 쿵쾅거리는 소리가
들릴까 긴장되었다. 그때였다.

"야! 꽉 잡아! 누구 죽는 꼴 보려고 그래!"

인경의 눈에 눈물이 고였다. 흥건하게. 그 눈물을 보게 될까봐 남편
의 등에 얼굴을 살짝 댔다.

남편은 모기장에 붙어 꼼짝 못하고 매달려 있는 거미의 몸에 불을
붙였다. 자그르르…… 제 몸에 불을 끄지 못하고 큰 이슬거미가 톡 밑
으로 떨어졌다. 인경은 눈을 감아 버렸다. 순간 자신도 거미의 몸에

올라타고 아득하게 떨어지고 있었다. 남편은 거미줄에 까만 점처럼 붙어 있던 새끼들을 향해 화염방사를 시작했다. 타는 냄새가 온 집안을 엄습하는 것 같았다. 순간 아랫배에 손이 갔다. 뭔가 뱃속에서 꿈틀대는 거 같다. 남편의 얼굴에 화색이 돌았다. 마치 전쟁에서 이긴 사람처럼. 남편은 입가에 비뚤어진 웃음을 머금은 채 담배를 물었다. TV앞에 앉아 있는 남편은 뿌연 안개를 입으로 토해내는 괴물 같았다. 아무것도 남아있지 않은 모기장을 쳐다보고 있는 그녀를 향해 남편은 소릴 질렀다.

"뭐해! 문 닫아."

인경은 저 잔인한 입으로 밤이 되면 사랑해라고 말을 할 것을 생각하니 입안에 침이 고였다. 남편의 사랑한다는 말은 인경에겐 휘슬이었다. 휘익 소리가 나면 숨을 곳을 찾아 도망쳐야 할 것 같은. 사랑이라는 말도 병이 될 수 있다는 걸. 한동안 그 숨기고 싶은 사랑의 말 뒤편에서 휘뚝거리며 사는 자신의 멍든 얼굴에 짙게 화장을 해대기도 했었다.

"화장대에 담배 좀 가져 와."

인경은 안방으로 들어 선 순간 멈춘 발을 떼지 못하고 있다. 우뚝 선 거울을 피하지 못하고 거울에 비친 자신의 얼굴을 들여다본다. 낯선 얼굴이다. 처음 보는 얼굴처럼 생경스럽다. 콧등에 잔 땀이 맺혀 있었고 얼굴에 바짝 긴장이 서린다.

거울 앞에 여인이 앉아 있다. 낡은 화장대 거울 속으로 빠져 들어 갈 것처럼 무섭게 거울 안의 여자를 노려보고 있는 여인을 뒤에서 불안스럽게 울면서 쳐다보는 여자 아이가 있다. 여인은 노려보던 시선을 아이에게로 비껴 놓았다가 다시 거울로 옮겨 놓는다. 그리고 낡은 화장대의 서랍에서 약봉지를 꺼내 한 입에 털어 넣는다. 아이는 입을 손으로 가린 채 눈물만 흘린다. 여인의 옆으로 가지도 못한 채 아이가 할 수 있는 일이란 울음소리가 새어나가지 못하게 입을 가리는 일 뿐이었다. 아이는 아직도 깨진 거울 속 귀퉁이에 있다. 인경은 흔들리는 아이의 얼굴을 다 보지 못하고 그만 고개를 떨어트리고 허리를 숙였다. 그리고 방에 들어 온 이유를 찾아내어 담배를 꺼내려고 고개를 숙였다 들었을 때 거울 속에 낯익은 얼굴이 서 있었다. 배 위에 선 것처럼 심한 멀미가 일었다. 담배냄새 때문이었을까? 고개를 돌리려고 하는데 거울 속 여자가 자꾸 부르는 것 같다. 초점을 맞추고 본 얼굴은 엄마의 얼굴이었다. 광대뼈엔 멍이 심하게 들어 있었고 입술은 터져서 피가 꾸둑꾸둑 굳어 있었다. 머리는 헝클어진 채 커다란 눈엔 눈물이 크렁크렁 맺혀서 금방이라도 떨어질 것 같다. 인경은 거울 속 어디에 숨어 있을 것 같은 여자 아이를 찾다가 겁이 나서 외면하고 돌아섰다. 그러나 나가지 못하고 돌아 본 거울 속엔 엄마 얼굴은 사라지고 그 자리에 자신의 얼굴이 조각되어 있었다. 분명 엄마의 얼굴이 아니었다. 뛰어 나오듯 방 밖으로 나오자 SBS에서 '그것이 알고 싶다'를 방영하고 있었다. 가정폭력 심각하다. 매 맞는 여성들 갈 곳 없다…….. 여성의 쉼터를 찾아 매 맞는 여성들을 보호하고 있는 시설을 찾아 인터뷰를 하고 있는 장면이 나오자 남편은 채널을 돌려버린다. 순간 피가 거꾸로 솟는 것처럼 얼굴이 빨갛게 달아올랐다. 그 열꽃이 전위되어 손목과 발목이 시큰거렸다. 들고 있던 담배를 떨어트리자 남편의 매운 눈과 마주쳤다. 인경의 입술이 파르르 떨린다. 그런 그녀에게 시선을 꽂고 호흡을 멈춘 남편에게서 대나무 바람소리가 난다. 인경은 못 들은 척 하고 화장실로 들어가 샤워기를 틀어놓고 옷을 입은 채로 욕조로 들어가 앉았다. 그러자 심하게 헛구역질이 났다. 웩웩 꺽꺽 창자를 다 게워낼 것 같은 토악질은 멈출 것 같지 않았다. 남편은 화장실 앞으로 와서 문을 두들긴다. 인경의 눈에선 이미 크렁크렁 솟아오른 눈물이 뚝뚝 떨어지고 있다. 헛구역질을 얼마나 해 댔던지 몸이 휘진다.

"괜찮아?!"

인경은 입을 틀어막는다. 그가 알아선 안돼……. 인경은 자신이 왜 감추고자 하는지 잠시 생각에 잠긴다.

'떼 버려!' 인경은 뒤를 돌아본다. 잠긴 문은 여전히 잠겨있다. 고개를 가로 저으며 귓 골에 걸린 이명을 떼 낸다. 차라리 떨어져 버려라 잠시 스친 생각을 깨트리며 문이 덜컹거린다. 뭐해! 괜찮으냐니깐! 그러나 인경은 결코 괜찮지 않다. 남편 때문에 괜찮을 수 없을 것 같다. 어떻게 하지? 눈물이 칼날처럼 인경의 손등위로 떨어진다. 아프다. 그 아픔이 아랫배로 전위된다. 싸—하다! 인경은 자신의 해망쩍음에 화가 났다. 머릿속이 옹골 옹골 호둣속 같다. 배를 움켜쥔 채 웅동고라지고 있는데 남편이 문을 두드리며 소릴 지른다.

"전화 받아!"

남편은 담배를 들고 베란다고 나간다. 인경의 작은 손에 들린 수화기 저 편에서 엄마는 울고 있었다. 이 번에도 안 올 거냐고. 인경은 아무 말도 않는다. 그런 인경을 엄마는 낚시에 찌를 끼워 던졌고 인경은 거기에 걸려 살점을 뜯기며 그 힘에 못 이겨 따라가고 있었다. 보고 싶다고. 널 사랑한다고. 이번엔 행복하지? 한다. 넌 나처럼 안 살아서 다행이야. 딸은 엄마 인생을 닮는다고 해서 얼마나 걱정했는데. 나처럼 매 맞고 살까봐. 이번 제사 엔 올 거지? 엄마는 오늘 집요하게 그녀를 잡고 놔주질 않는다. 수화기를 붙들고 있는 손에 땀이 배어났다. 순간 가슴에서 훅 불씨가 번지더니 이내 활활 타오르기 시작한다. 듣고 있냐? 잔인한 것. 그렇게 모질게 엄마한테……알코올 중독인 니 애비하고 살면서 내가 얼마나 불쌍하게 살았는지 알면서. 니 애비 자살하고 나 혼자 얼마나 힘들게 사는지……. 그래. 보험료 타서 잘 먹고 잘산다. 매몰찬 거……. 순간 인경은 기억장치를 휘두르고 있던 검은 휘장을 후드득 걷어버렸다. 인경은 엄마가 던진 낚시찌를 잡았다. 그리고 오랜 시간동안 목구멍에 삭혀두었던 낚시 밥을 꺼내 힘껏 조물조물 구액을 묻혀가며 까치콩처럼 만들어 날카로운 낚시찌에 걸었다. 그리고 있는 힘껏 던졌다.

"나는 봤어. 그 날……. 엄마가 베란다에 서 있는 아버지를 밀어 버린 걸."

엄마의 귀에만 들릴 만한 아주 작은 소리로. 순간 어지러웠던 머리가 맑게 개었다. 울렁거렸던 헛구역질도 멈췄다. 인경의 몸을 힘껏 움켜쥐고 있던 엄마 목소리가 떨어져 나갔다. 뚜- 더 이상 아무 소리도 들리지 않았다. 순간 해마에 저장되었던 모든 기억들이 다 빠져나간 것처럼 허우룩해졌다. 인경은 수화기를 놓고 베란다에 서 있는 남편을 본다. 언제부터 자신을 보고 있었는지 남편의 눈은 이미 휘둥그레져 있었다. 남편의 얼굴이 그로테스크하게 변해 간다. 순간 인경은 그의 등 뒤에 서있는 엄마를 보았다. 잠시 후 엄마의 얼굴이 서서히 자신의 얼굴로 변해 버린다. 휙- 바람이 들어온다. '악!' 외마디 비명을 지르며 인경은 그 자리에 앉아 버린다. 그루터기에 앉아 담배를 피우던 남편은 이상스럽다는 듯 거실 문을 열고 들어오며 왜 그래! 가시눈을 하고 쏘아 보더니 안방으로 들어가 쓰러져 잠을 잔다. 인경은 남편이 서 있던 베란다에 나가 움직이는 작은 무엇을 본다. 거미다. 한 마리의 이슬거미. 새끼 거미가 살아 꿈틀대고 있었다. 쪼그리고 앉아 이슬거미를 바라보고 있자니 아랫배에서 작은 태동이 느껴지는 것 같았다. 벌써? 두 손을 아랫배에 올려놓았다. 그때, 타 다다닥…… 아래층에서 사람들의 구둣발 소리와 웅성거리는 소리가 굉연하다. 인경은 현관문을 열고 소리 나는 곳으로 내려간다. 6층엔 119대원들이 들것을 들고 층계를 오르고 있었고 그 옆으로 경찰 서-너 명이 경비원에게 이것저것을 묻고 있다. 경찰들이 사라진 뒤에도 사람들은 여전히 복도에 서서 웅성거린다.

"왜 805호 남자가 606호에 와서 죽어있는 거야?"

"그걸 우에 알겠노."

"가스 밸브가 열려 있었다면서요?"

인경은 그 자리에 더는 서 있을 수가 없었다. 현관문을 닫았는데도 여전히 들릴 소리는 다 들렸다. 그 소리들과 함께 새댁의 행복해 하던 얼굴이 섞여 거실을 굼실굼실 기어 다녔다. 순간 인경은 눈물도 흘릴 수 없는 슬픈 눈이 된다. 그의 가방 속으로 숨어 자유를 찾아 나섰던 거미의 꿈을 접으며 자신에게 숨을 곳이란 없었음을 말해 준 805호 남자에게 전하지 못한 인경의 맘 속 말들이 알 수 없는 옹알이를 해대고 있었다. 그 때 예고도 없이 '에취 에취' 재채기가 심하게 쏟아져 나왔다. 어디서 묻어 왔는지 POISON 향이 짙게 코끝으로 스며들었다. 속이 메스꺼웠다. '에취 에취' 재채기는 오늘 밤 멈출 것 같지가 않다. 순간 인경은 마인드맵처럼 가지를 뻗어가는 위험한 생각으로 부풀대로 부풀려진 의식의 지배를 즐긴다. 어디로 갈 것인가……. 생각의 바다에 부유하고 있던 인경은 멈추었던 발을 떼어 한발 한발 앞으로 걸어가 가스 밸브에 손을 얹는 낯익은 얼굴과 악수를 한다. 그 때 갑자기 끄윽 헛구역질이 범람한다. 화장실로 뛰어가던 인경은 갑자기 백숙이 먹고 싶은 생각이 든다. 아랫배에 손을 얹고 깊은 호흡을 들이켜 본다. 미동이 느껴지는 듯 하다. 춥다. 갑자기 온 몸이 파르르 떨린다. 바람 때문일까?

열어 놓은 베란다 문을 닫아야겠다. 새벽바람이 너무 차다. 열린 안방 문틈으로 남편의 다리가 보인다. 굽슬굽슬한 남편의 다리털 때문이었을까 유난히 다리 살이 하얗다. 순간 생닭의 묶인 다리가 오버랩 된다. 남편이 몸을 웅크린 채 잠꼬대를 한다. '사랑해……' 인경은 더 이상 귀를 틀어막지 않는다. 쉬이익 이게 무슨 소릴까? 바람소리? 아니 바람소리가 아니다. 그……럼. 사그럭 사그럭 창밖에 누가 찾아왔다. 거미다. 이슬거미가 왔다. 대형 유리창밖엔 달빛을 캡슐처럼 덮어 쓴 이슬거미가 엉덩이춤을 추고 있다.

'아 오늘 난 살아있다.'

인경의 눈동자가 이슬거미의 움직임을 따라 그네를 탄다. 인경은 새벽 내 왔다 갈 오색 바람이 주고 갈 이슬을 내일 받아 낼 생각을 하며 조금씩 웃는 법을 익히는 자신의 모습을 차마 앞에서 보지 못하고 등 뒤에서 보고 있다. 아침마다 이슬거미가 자신의 손바닥에 잉태 해 놓을 투명 캡슐 속의 빛을 생각하고 있는 인경은 낯선 행복을 꿈꿔본다.

"뭐해! 자지 않구!"

잠잠했던 심장이 다시 까붐질을 해 댄다. 인경은 이슬거미의 엉덩이춤이 자신이 잠든 사이에도 멈추지 않았으면 하고 바라면서 방문을 연다. 달빛이 남편의 하얀 다리를 비춘다. 마치 출렁이는 바다에 선 것처럼 멀미가 난다. 인경은 방 안에 한발을 들여놓고 떼지 못한 한발에 힘을 주고 서 있다. 어느 발을 옮겨야할까?

세 폭 치마 금붕어

뻐끔 뻐끔…… 세 폭 치마 금붕어는 자신의 몸 색깔보다 짙은 핏빛의 고춧가루 물을 삼키고 또 삼켰다. 세 폭 치마 금붕어의 배를 가르면 뻘건 고춧가루가 들어 있을까? 파닥파닥 거리는 금붕어는 그렇게 흙 위에 제 몸을 때리며 죽어갔다.

세 폭 치마 금붕어

유리창 밖에서 여자가 뚫어지게 이 쪽을 쳐다보고 있다. 그는 금어
초와 수매화를 번갈아 가며 다듬던 손을 놓고 여자의 눈과 마주칠 것
같아 등을 돌린다. 그녀의 시선을 피해 선반에 놓여진 물벼룩과 실갯
지렁이 통을 밑으로 내려놓는다. 바닥에 있던 배합사료와 물갈이 약을
정리하는 척하면서 그녀의 움직임을 지켜본다. 여자는 아무 표정이 없
다. 몇 분 째 여자는 미동도 없이 마네킹처럼 서있다. 여지는 왜 나를
뚫어지게 보고 있는 것일까? 그는 그녀와 어떤 연관성을 찾느라 머리
속이 복잡해진다. 그러나 어떤 인과도 그녀와 자신의 틈에서 찾을 수
없다. 그 때 라디오에서 글루미 선데이가 흘러나왔다. 요즘 한창 뜨고
있는 여자 가수다. 저 창 밖의 여자처럼 긴 머리를 하고 노래를 부르는
모습을 뮤직박스에서 본 적이 있다. 신이 내려 준 천상의 목소리라고
했던가. 정확히 기억나지 않지만 그녀의 노래를 비 오는 날, 끝까지 못
듣고 꺼 버린 기억이 난다. 사라브라이트만. 그녀의 이름이다. 순간 그

는 유리창에 거머리처럼 들러붙어 있는 그녀의 모습을 발견하고 깜짝 놀란다. 그녀의 코가 납작해져 있다. 하마터면 웃음이 터질 뻔했다. 뺨까지 유리창에 바짝 댄 모습이 일그러졌다. 그 일그러진 얼굴을 본 순간 어머니가 생각났다. 그는 음악의 볼륨을 조금 높였다. 음악소리가 밖에까지 들렸을까? 그녀의 표정이 일순간 변하고 있다. 눈에서 유리알이 떨어지면 쨍그랑 소리가 날것처럼 커다란 눈물방울이 속눈썹에 걸려 있었다. 그는 라디오를 끌까? 하다가 음악소리를 줄인다. 그 때, 글루미 선데이를 듣고 많은 사람들이 자살을 했다는 DJ의 설명이 목에 딱 걸렸다. 창 밖의 여자는 손바닥까지 유리창에 붙이고 이 쪽을 보고 있다. 접착제로 붙여 놓은 것처럼 작은 미동도 느낄 수 없다. 그녀가 숨은 쉬고 있을까? 그의 가슴에 그녀의 모습이 쩍— 달라붙어 버린다. 들고 있던 거머리 말에서 물이 똑똑 떨어지고 있다. 그와 그녀의 눈빛이 잠깐 마주쳤다. 그는 얼른 등을 돌린다. 8미리의 썬팅 된 이중 유리창 틈을 뚫고 그녀가 훅—내뿜는 공기가 그의 뺨에 스치는 것 같다. 그의 뺨이 뜨겁다. 고개를 돌리고 수족관 청소를 위해 호수와 고무장갑을 꺼냈다. 그녀는 여전히 유리창을 통해 이 쪽을 보고 있다. 그녀의 손이 동그란 얼굴 위 양미간에 세모를 만들었다. 아마도 이쪽을 더 자세히 보려는 몸짓일 것이다. 순간 여자가 서 있는 쪽으로 걸어가 유리창을 톡톡 치고 싶었다. 그러면 놀라서 뒤로 물러날까? 그런 생각을 했다. 자신을 보고 있는 그녀의 시선을 다시 피해본다. 몸을 숙여 모래에 낀 이끼를 씻어 내기 위해 양동이에 물을 받는다. 그리고 대형 수족관에 유유히 노니는 금붕어를 뜰채로 건져 냈다. 그 때였다. 여자는 유리창에 얼굴을 바짝 붙이고 이내 수족관속으로 빨려 들어갈 것 같은 자세로 금붕어를 쳐다보았다. 그녀가 보았던 건 금붕어였다. 금붕어를 쳐다보는 그녀를 이젠 그가 유심히 쳐다본다. 그렇다면 어제도 그녀는 저렇게 금붕어를 쳐다보다가 간 것일까? 그녀가 문을 열고 들어올까 봐 가슴이 두근거렸지만 그녀는 문을 열지 않았다. 오늘도 그녀는 그냥 돌아갈까? 이런 생각을 하고 있는데 그녀가 문을 열고 들어섰다. 너무 놀라서 문 위에 달아놓은 쇠 종소리도 듣질 못했다. 그는 얼른 고개를 돌리고 먹이를 줄 시간도 아닌데 부스럭거리며 붕어사료를 한 주먹 꺼내 호수를 통해 물이 반쯤 빠지고 있는 어항에 솔 솔솔 뿌렸다. 남은 금붕어들이 수면 위로 얼굴을 내밀고 쩝 쩝 쩝 소리를 내며 알갱이를 입 속으로 밀어 넣었다. 그 초록색 알갱이 속에 여자와 그가 함께 섞여 붕어의 입 속으로 빨려 들어가고 있었다. 그 때였다.

"저기요. 이 금붕어 이름이 뭐예요?"

순간 정신이 아뜩해졌다. 헉― 숨을 내뱉고 그녀를 쳐다보고 있던 그는 아무 말도 못한 채 그녀의 눈을 보고 있었다. 여전히 여자의 눈은 문밖에 서 있던 자세를 그대로 옮겨다 놓은 듯 어항 속으로 들어가고 있었다. 차박 차박 어항 속의 모래 위를 거닐 던 여자는 금붕어의 입 속으로 한발 한발 내딛고 있었다. 그는 그녀의 손을 잡고 문 밖으로 뛰어나가고 싶었다. 그녀의 눈 속에서 빠져나가고 있는 불덩이가 붕어의 온 몸을 태워 버릴 것만 같아서 더 보고 서 있을 수가 없었다.

"세 폭 치마 금붕언데요?"

여자는 아직도 붕어의 몸속에서 웅크리고 있는 것일까. 그가 하는 말을 못 듣고 있다. 붕어를 건져 내면 김이 모락모락 날 것 같았다. 허엄! 허…엄! 그의 헛기침 소리에 그녀가 어항에서 한 발 물러선다. 여자는 금붕어의 이름을 제대로 듣긴 들은 것일까? 그는 뜰채로 그녀가 들어가 앉아 있던 금붕어를 건져 올렸다. 붕어는 더 크게 입을 벌려 뻐끔거린다. 부채처럼 펼쳐진 꼬리지느러미를 휙휙 저으며 몸을 부대낀다. 그 걸 보고 있던 여자의 눈이 휘둥그레진다. 여자가 두 손을 올려

목을 잡고 꺽꺽댄다. 그는 뜰채의 금붕어를 어항에 다시 넣는다. 물 속으로 뛰어든 금붕어는 카본바 사이로 쏙 들어가 숨는다. 수면을 향해 쭉쭉 뻗은 바리스네리아 사이로 금붕어가 휙 휙 지나가 꼬리를 감추어 버린다. 여자는 그제서 목을 쥐고 있던 손을 놓는다. 여자의 긴 목에 빨갛게 손자국이 나있었다. 그는 그 목에 나있는 손자국을 자신이 낸 것처럼 미안해지는 마음이 들었다. 여자는 어항 속으로 들어가 숨바꼭질을 하듯 숨어 있는 금붕어를 찾아 헤맨다. 금붕어는 워터스프라이트 사이사이로 빠르게 들어가 숨는다. 언제 건너왔는지 금붕어는 수조 앞면에 심어 놓은 개연꽃에 등을 기대고 있다. 여자도 금붕어도 지쳐 보인다.

"이건 얼마예요?"

여자의 볼이 발그레하다.

"고 놈은 사 천 원 입니다."

그녀는 잠시 무슨 생각을 하더니 이내 문을 열고 나간다. 땡그랑 땡그랑……. 그녀가 나가 버린 공간에 쇠 종소리가 크게 울렸다. 문을 열고 나온 그는 더 이상 종소리를 들을 수 없었다. 다만 그녀를 따라가고 있는 자신의 발소리만 듣고 있었다. 또각또각 그녀의 발걸음이 빨라진다. 터벅터벅 그의 발걸음도 빠르게 움직이며 그녀 옆으로 바짝 붙어서 걷는다. 그는 그런 자신의 모습을 조용히 지켜보고 있다.

책을 들고 있던 손이 잠시 흔들렸다. 바람은 전혀 들어오지 않은 공간이었는데도 쌀쌀한 냉기가 느껴졌다. 바람이 불지 않아도 흔들리는 나무가 있을까? 그는 다시 고개를 숙여 들고 있던 책을 무릎에 세우고 들여다본다.

'비밀이 없다는 것은 재산이 없는 것처럼 가난하고 허전한 일이다.'

비밀? 순간 누군가 부르는 것 같아 보고 있던 책을 놓고 자리에서 일어나 안방으로 건너갔다. 그러나 잠들어 있는 노모가 가래 짙은 소리를 내며 꿈을 꾸는지 안면근육을 움직이며 쐬애쐬애 숨을 내뿜을 뿐이다. 잠든 어머니 옆으로 세 폭 치마 금붕어가 꼬리를 흔들며 춤을 추고 있다.

어머니는 깨어 있는 동안 금붕어를 보는 것이 낙인 양, 한 시도 눈을 떼지 않고 뻐끔뻐끔 붕어의 입술 속으로 들어간다. 그렇게 붕어의 입 속에서 뽈록한 배로 다시 꼬리로. 그는 금붕어의 배가 유난히 뽈록하게 보이는 건 어머니가 들어가 있기 때문이라고 생각했다. 그 생각을 증명이라도 하듯 어머니가 금붕어를 쳐다보고 있는 동안 금붕어의 배가 점점 커졌고, 곧 터질 것 같이 보인 날도 있었다. 어머니의 일그러진 얼굴만 보게 되는 그는 가끔 그런 생각을 한다. 자신이 잠든 사이에 어머니가 금붕어 입 속으로 들어가 긴 꿈을 꾸고, 그 꿈속에 웃는 얼굴을 벗어 놓고 나온 건 아닐까. 어떤 날은 자신도 눈치 못 챈 소풍을 다녀온 어머니의 치맛자락에서 나는 냄새를 맡으며, 어머니가 다녀왔을 꿈길을 되 걸어가 보기도 한다. 자신이 따라가지 못한 어머니의 소풍은 때론 며칠씩 시간 여행이 되기도 했다. 그는 가끔 어머니가 소풍을 나갔다가 돌아오는 길을 몰라 어머니의 웃는 얼굴을 벗어 놓고 오듯 그렇게 까마득하게 못 돌아오게 되진 않을까 그런 생각을 한다. 그 생각 속에서 어머니가 자신의 손을 놓아 버리는 꿈을 꾸기도 한다. 이상하게 어머니가 소풍을 나갔다 돌아오면 어머니의 이부자리엔 아카시아 향기로 가득했다. 오월의 아카시아 향을 밟으며 나간 어머니의 소풍은 그에겐 뫼비우스의 띠를 연상케 한다.

소풍……. 엄마는 다른 엄마들처럼 소풍가방에 사이다를 넣어 주거

나 김밥을 싸 준적이 없다. 달랑 삶은 계란 3개와 보리밥에 노란 단무
지와 총각무가 고작 소풍가방의 내용물이었다. 아이들은 점심시간이
되길 기다려 같이 온 엄마를 찾느라 눈동자가 분주하게 움직였지만 치
우는 늘 혼자였다. 그런 모습을 들키기 싫어서 커다란 아카시아 나무
뒤에 숨어서 누런 양은 도시락을 까먹었다. 다 먹은 도시락에서 혹여
뗑그렁 소리가 날까 봐 도시락 속에 아카시아 꽃잎을 가득 넣어 갔었
는데 엄마는 그 도시락 속의 눈물은 보지 못하고 도시락 속의 쌀밥 같
은 아카시아 꽃을 한 움큼씩 집어 입에 넣고 맛있게 오물오물 씹어 삼
켰다. 그 순간 치우의 눈에 아카시아가 아닌 쌀을 오독오독 씹어 먹는
엄마의 입만 보였다. 그런 일이 있고 난 후, 엄마는 일 나갔다가 들어
올 때면 바구니에 가득하게 아카시아 꽃을 따 왔다.

그래서 초여름이 지날 때까지 아카시아 향이 방으로 마루로 날아다
녔다. 어떤 날은 치우의 작은 운동화 속에도 아카시아 꽃잎이 가득 들
어 있어서 신발을 신기위해 툭툭 운동화 속의 꽃잎들을 털어 내야 했
다. 그래도 다 털어 내지 못한 아카시아 꽃잎이 짓눌려 하얀 양말에 누
렇게 얼룩이 지기도 했었다. 그런데 엄마는 귀찮아 하지도 않고 얼룩
진 양말을 모았다가 하이타이를 넣고 폭폭 삶았다. 삶은 양말이 식기
도 전에 김이 모락모락 나는 양말을 빨래판에 대고 방망이를 힘껏 내
리치며 부득부득 문질러 빨았다. 얼룩진 양말이 하얀 양말이 되어 빨
래 줄에 가지런하게 널려진 걸 보고 있으면 만국기가 펄럭이는 것처럼
보이기도 했다. 엄마는 치우의 운동화에만 아카시아 꽃을 넣어 두진
않았다. 엄마의 하얀 고무신 속에도 아카시아 꽃잎을 넣어 두었다. 비
오는 날이었다. 오줌을 누러 화장실로 가려던 치우는 빗물이 가득 찬
엄마의 하얀 고무신 위에 둥둥 떠 있는 아카시아 꽃잎을 보고 신기해
서 쪼그리고 앉았다. 마치 엄마가 만든 식혜의 밥알처럼 둥둥 떠 있는

아카시아 꽃잎을 후루룩 마시고 싶었다. 엄마는 아카시아의 하얀 꽃잎이 마르면 그걸 유리항아리에 넣어 두었다가 한-겨울 소주를 마실 때마다 꺼내 둥둥 띄워서 호호 불어가며 뜨거운 숭늉을 마시듯이 소주를 마셨다. 얼마나 맛있게 마시는지 치우는 엄마 몰래 엄마의 흉내를 내다가 이틀을 죽은 사람처럼 토사광란이 일어 응급실에 실려 가기도 했다.

엄마는 유리항아리가 다 비워지면 그 항아리에 세 폭 치마 금붕어를 넣어 키웠다. 그 금붕어가 움직일 때마다 아카시아 향이 항아리 밖으로 넘쳐 나와 방으로 흘러들어 목화 솜이불을 질펀하게 적셔 놓을 것만 같았다. 붕어가 뻐끔 거릴 때마다 그 입으로 아카시아 향을 뱉어 낼 것 같았다. 언젠가 한 번은 금붕어를 건져 코에다 바짝 붙이고 킁킁 냄새를 맡아 본 적도 있었다. 그러나 금붕어 몸에선 아카시아 향은 나지 않았다.

보름 전이었다. 수족관 일을 끝내고 돌아와 보니 어머니는 자기만의 음성언어를 흘리면서 어항을 뚫어지게 쳐다보고 있었다. 어항 뚜껑을 열자 여과기에서 섞는 냄새가 진동을 했다. 수면 위엔 퉁퉁 불은 먹이와 배영을 하는 금붕어가 있었다.

꼬리를 흔들지 않고도 물에 떠 있는 금붕어를 손으로 툭 건드려 본다. 수면에 파장이 일자 금붕어가 반쯤 갈아 앉았다가 몸을 세우는 것 같더니 다시 벌러덩 누웠다. 죽어서도 눈을 뜬 채 세상을 바라보는 듯한 금붕어의 눈동자는 살아 있는 금붕어와 별반 다를 것이 없었다. 어머니는 어항 속의 남은 한 마리의 붕어를 지켜 내야만 할 것처럼 한시도 눈을 떼지 않고 쳐다보고 있었다. 남은 한 마리의 금붕어는 지느러미가 반쯤 잘려 있었다. 세 폭 치마 금붕어는 두 폭 치마 금붕어가 되어 있었다. 어머니의 일그러지고 핏기 없는 얼굴에 물기가 어려 있었다.

어머니는 살아 있는 금붕어의 꼬리가 어떻게 되었는지 보고 있었을까. 그는 어머니의 슬픈 눈이 무얼 말하고 싶은지 듣고 싶었다. 어머니의 입술은 점점 더 일그러져 갔다. 어머니의 얼굴에서 벌레처럼 기어 다니는 망가진 음성언어를 쿡- 손가락으로 짓이겨 버렸다. 창자가 터져버린 음성언어가 마지막까지 꼬리를 흔들며 꿈틀댄다. 그걸 바라보고 있던 그는 죽은 붕어를 휙-쓰레기통에 집어넣으려다 잠시 생각한다.

볼록한 배를 가르면 무엇이 들어 있을까. 어머니의 웃음소리가 들어 있다가 배를 가르는 순간 하하 호호……. 그 웃음소리가 아카시아 꽃잎처럼 흩날려 내 귓속으로 기어 들어오진 않을까? 이런 생각을 하고 있던 그는 정말 칼을 들고 금붕어의 배를 쭈-욱 그었다. 칼을 들고 있던 손이 바들바들 떨렸다. 손바닥으로 피가 뻘겋게 번질 것을 생각하며 그는 담담하게 붕어의 뱃속을 들여다보고 있었다. 살아 있는 금붕어의 한 폭 치마를 찾고 싶었을까. 스스로에게 묻는다. 그러나 쫙 벌어진 금붕어의 뱃속엔 어머니의 웃는 얼굴도 없었고, 금붕어의 한 폭 치마도 없었다. 갑자기 얼굴에 홧홧 불이 붙었다. 들고 있던 금붕어를 쓰레기통에 던지자 퍽 소리가 났다. 커다란 뱃속에는 부패해서 둥둥 떠 있던 먹이도 들어있지 않았다. 보고 싶었던, 찾고 싶었던 그 무엇도 없었다. 쓰레기통에 던져 진 금붕어를 다시 집어 들고 도마 위에 올려놓았다. 그리고 칼을 들고 몇 분 동안 부들부들 떨고 있었다. 힘껏 붕어를 향해 내리치려던 순간, 햇살에 반사되어 달려온 칼날에 얼굴을 얻어맞았다. 순간 눈이 보이질 않아 털썩 그 자리에 주저앉아 버렸다. 감았다 뜬 눈 속에 어머니가 누워 있었다. 도마 위에 발을 쭉 뻗은 채 눈만 껌벅이며.

그는 쫓기듯 밖으로 뛰어나왔다. 그 후 금붕어 먹이 주는 시간을 정해놓고 시간이 되어야만 먹이를 주었다. 적응을 못한 금붕어는 그가 어항 앞으로 지나다닐 때마다 먹이를 주는 줄 알고 수면위로 얼굴을 내밀고 쩝쩝쩝 요란한 소리를 냈다. 그 소리를 외면하고 돌아서는 순간 어머니가 금붕어처럼 쩝쩝쩝 소리를 내며 커다란 입을 벌려 뻐끔거리는 게 보였다. 그는 다시 고개를 돌려 어항을 본다. 얼굴엔 분칠을 한 것처럼 뽀얀 금붕어를 일그러진 어머니의 큰 입이 금붕어 얼굴을 먹어 버릴 것 같아서 커다란 손으로 붕어를 수면 밑으로 밀어 넣고 싶었다. 아가미 밑으로 다홍치마를 입은 듯 붉고 번쩍이는 금붕어를 볼 때면 어머니에게도 그런 화려한 시절이 있었나. 기억을 더듬게 된다.

새벽에 끼잉끼잉대는 강아지 소리 때문에 잠이 깼다. 위층인지 아래층인지 감을 잡을 수가 없다. 열린 문틈으로 어머니의 수척한 얼굴이 드러나고 다시 쌔액쌔액 고르지 못한 숨소리가 들린다. 유난히 오늘은 어머니의 잠이 깊다. 저러다 누구도 눈치 못 챈 채 세상을 놓아 버리는 건 아닌지. 그러나 어머니에겐 이보다 더 나쁘진 않을 것 같다는 무서운 생각을 잠깐 스쳐 보낸다. 눈을 떴을 때보다 더 허연 달빛이 어머니 얼굴을 분칠 했는데도 어머니 얼굴은 여전히 검버섯이 짙다. 거실바닥을 다 덮어 버린 달빛을 밟고 베란다로 나가 창문을 열었다. 냉한 바람이 코 안을 후비고 목선을 타고 내려간다. 가슴이 목캔디를 빨고 있는 것처럼 화—해진다. 숨을 크게 들이쉬었다가 내쉬어 본다.

그때 바로 눈앞에 아주 선명하게 여자의 모습이 드러났다. 스물 대여섯쯤으로 보이는 여자는 몸을 베란다 난간에 반쯤 내밀고 이불을 탈탈 턴다. 그리고 난간에 이불을 넌다. 참 아름답다. 시계를 보니 새벽

2시를 넘고 있다. 햇볕이 아닌 달빛에 이불을 말리는 여자. 그는 거실을 이리저리 휘젓고 다니는 여자에게서 눈을 떼지 못한다. 여자는 걸레질을 하고 있다. 엉덩이가 움직일 때마다 그 여자의 위치도 조금씩 움직이고 있다. 잠시 후 그녀는 식탁 밑으로 숨어 버리고 이젠 아예 그녀를 볼 수 없다. 그러나 그녀를 따라가고 있는 눈동자는 멈추길 거부하고 있었다. 그녀의 집 어느 공간, 그 여자가 보이지 않는 공간까지도 보고 싶어 발을 동동 구르고 있었다. 몇 분이 흘렀을까 그녀의 베란다에 걸린 이불이 바람에 날려 그의 눈앞에서 가볍게 신문처럼 날아가 땅으로 떨어지고 있었다. 그는 떨어진 이불을 보면서 그녀가 알아차리길 기다렸다. 보이지 않는 공간에서 그녀가 무엇을 하고 있을까 조바심이 일었다. 땅에 떨어진 이불은 여전히 풀밭에 누워 있다. 그 이불에 누워 잠이 들면 어떤 꿈을 꿀까. 그런 생각을 하면서 그녀가 덮었을 이불을 쳐다본다. 달빛 때문일까 잔디가 더욱 푸르다. 담배 한 대를 다 피우고 돌아서려는데 그 여자가 뭔가를 낑낑대며 힘들게 끌고 나왔다. 그리고 뭐라고 얘길 한다. 그녀는 뭔가를 바삐 가져다 정성스럽게 먹이고 다독거린다. 상을 들고 싱크대 쪽으로 가던 그녀가 잠시 그가 서 있는 쪽을 흘깃 쳐다보았다. 앗! 입을 뚫고 나온 비명은 그녀를 삼켜 버렸다. 낮에 보았던 그녀. 그녀가 분명했다. 반가운 마음에 그만 고개를 내밀 뻔했다. 그러나 불 꺼진 이쪽을 그녀가 볼 리가 없었다. 달빛이 만들어 준 그림자 속에 숨어 있는 자신을 그녀가 볼 수 없을 것을 생각하고 조심스럽게 베란다에 주저앉았다. 훔쳐보는 일, 그 늪에 빠져 좀더 오래 그녀를 볼 수 있길 바라는 마음을 확장시켜 놓는다. 그는 그녀에게서 눈을 뗄 수 없었다. 그녀는 보이지 않는 베란다의 이불을 확인하고 있다. 그녀는 베란다에 몸을 반쯤 매달려 밑을 내려다보더니 현관 문 쪽으로 갔다. 현관의 황색 등이 켜졌다가 꺼지고 잠시 후 그녀는 풀밭에서 이불을 털고 있었다. 그는 좀더 자세하게 그녀의 방을 엿보고 싶어졌다. 그러면 안 되는 줄 알면서도. 그녀는 이불을 거실의 누워 있는 누군가에게 살포시 덮었다. 그리고 이불을 매만졌다. 얼굴을 볼 수 있다면 그녀는 평안한 얼굴을 하고 있을 것 같았다. 그런 그녀가 너무 아름답다고 생각했다. 아마 어머니가 보았다면 저런 여자를 며느리로 들이면 소원이 없다고 하였을 것이다. 내 복에? 그는 피식 웃었다.

다음날도 그 다음날도 그는, 그녀를 훔쳐보는 일을 중단할 수 없었다. 그는 아예 그녀를 자세히 볼 수 없는 아침에서 낮 시간을 지워 버리고 싶었다. 지리한 장마처럼 자신의 인생에 습기만 내뿜을 뿐인 어머니를 생각하면 더 그녀가 보이는 쪽으로 고개를 내밀고 싶어졌다.

오늘도 달빛이 밝다. 이제 거실엔 형광등을 켜는 일도 없어졌다. 어머니의 방에만 간혹 불을 켤 뿐이었다. 이젠 그마저 줄어들었다. 깨어 있는 시간이 잠들어 있는 시간보다 적어진 요즘은 그렇다. 그에게 행운은 여기서 끝나지 않았다.

며칠 째 그는 밤이 아닌 낮에도 그녀를 볼 수 있었다. 그냥 바람처럼 그녀가 자신의 앞을 지나갈 뿐인데도 그는 행복했다. 자신의 어깨를 스쳐 지나가는 그녀 옆으로 바짝 다가가 걷고 있는 자신을 숨도 못 쉰 채 뒤에서 지켜보고 있는 그는 그 순간을 위해 살아 있는 것 같았다. 수초 같은 머릿결이 뺨을 스친다. 5월도 아닌데 어디서 아카시아 꽃잎을 실은 미풍이 분다. 가슴이 두 쪽으로 쫙 갈라질 만큼 크고 깊은 호흡을 한다. 아— 이 순간을 영원으로 붙잡고 싶다. 그런 생각을 하고 있는데 그녀가 가던 길을 멈추어 선다. 그런데 그녀의 뺨에서 흐르는 맑은 물이 자신의 가슴으로 흘러 강을 이루고 그 강이 발을 적시고 허벅지를 적시고 다시 허리에서 가슴으로 이내 꾸르륵 코 위로, 이마위로 이내 온몸을 삼키고 있었다. 푸-우! 입 속에 찬 그녀의 눈물을 뱉어 내며 수면 위로 얼굴을 들어보니 그녀의 모습은 보이지 않는다. 그녀를 놓쳐 버린 후 며칠동안 입 속이 짜서 아무 것도 먹을 수 없었다. 며칠 뒤 수족관 청소를 나와 달라는 전화를 받고 출장을 나간 곳에서 또 그녀를 가까이에서 보게 되었다. 그녀의 얼굴은 푸석푸석 했고 눈은 퉁퉁 부어있다. 갑자기 자신의 입 속에 침적해 있던 그녀의 눈물들이 꾸역꾸역 올라오는 것 같아 혀끝이 짭쪼롬했다. 유리창 밖에서 발을 멈춘 그녀가 허망한 눈빛으로 그가 서 있는 쪽을 바라본다. 그런 그녀를 위해 그는 소리 내지 않고 살짝 그녀가 서 있는 쪽으로 발을 옮겨 놓는다. 그녀의 등 뒤에서 그녀의 숨소리를 듣는다. 그는 오래된 남자친구처럼 말없이 그녀의 등을 가볍게 안으려는 순간 그녀가 발걸음을 옮겨 유리문을 연다. 땡그랑 덩덩……. 종소리가 유난히 길게 흔들린다.

"어항을 놓아 볼까 하구요."

여자의 음성이 살짝 떨린다. 그녀는 몇 개의 수족관을 이리 저리 살피다가 열대어를 넣어 키우는 수족관 앞에 발길을 멈추고 있다. 디스커스가 수매화 사이를 비집고 들어갔다가 그녀가 보고 있는 쪽으로 가더니 잠깐 멈추어 있다. 그녀의 눈에서 나오는 광채가 디스커스를 붙들어 놓았나? 순간 그런 생각을 했다. 그녀는 또 시선을 옮겨 이번엔 아처피시의 움직임을 보고 있다. 블루구라미가 펄구라미의 꼬리를 스치고 지나갈 때였다.

"이건 이름이 뭐예요?"

여자가 멕시코장님고기에게서 눈을 떼지 않고 입만 열어 물었다.

"멕시코장님고기라고 하는데 걔는 성질이 온순해서 키우는 데는 어렵지 않을 겁니다. 고놈 옆에 노란 줄무늬가 있는 페레즈테트라도 처음 사육하는 사람들한테는 무난할 겁니다."

여자는 다시 고개를 돌려 디스커스가 있는 쪽으로 걸어가 수족관 유리에 얼굴을 바짝 붙인다. 순간 디스커스가 놀랐는지 휙휙 바리스네리아의 줄기를 헤치고 담수초 옆에 섰다.

"고놈은 성질이 고약해서 놀래키면 몸 색깔을 저렇게 바꿔 버려요. 예민한 성격이라 삐지기도 잘해요. 그래서 다른 고기랑 같이 키우면 안돼요. 단독으로 사육해야 됩니다."

여자는 디스커스가 제 몸 색깔을 찾기를 바라는 것처럼 한 걸음 물러나 살피고 있다.

"저건……."

여자는 말끝을 흐린다. 가리키고 있는 손가락이 유독 하얗게 보인다.

"청소 고기예요. 다른 고개의 몸에 붙어 있는 곰팡이나 지저분한 것을 청소해 주죠. 그게 제 먹이가 되기도 하죠. 쟤네들한텐 없어서는 안될 중요한……."

갑자기 그녀가 뒤를 돌아 나간다. 그는 그녀를 위해 준비해 둔 것처럼 작은 책자를 내밀었다. 그 책을 받아 든 그녀는 가게 이름 때문에 자꾸 들어와 보고 싶었어요. 미소의 뜰……. 여자는 다 뱉지 못한 말을 삼키고 돌아서서 나갔다. 땡그렁……. 그녀의 미소가 종소리에 걸려서 함께 흔들렸다.

그는 뛰어나가 어깨를 나란히 하고 그녀의 옆으로 발자국을 함께 찍고 싶었다. 그러나 지금은 그럴 수 없었다. 어머니 얼굴이 아른거려서. 순간 눈이 멀어버렸으면……. 위험한 생각을 하면서 그녀를 향한 맘을 채에 받쳐 걸러 냈다.

그 때 그 여자가 다시 유리 문을 밀고 들어왔다. 열린 유리 문 사이로 하얀 빛이 쏟아졌다. 눈이 부셔서 그만 눈을 감아버린다. 잠시 후

실눈을 뜨고 그녀가 가까이 오길 기다렸다. 여전히 눈이 부셔 제대로 눈을 뜰 수 없어 한 손을 이마에 올리고 그 여자를 바라보았다. 그녀의 찰랑이는 긴 머리가 해초처럼 수족관 속으로 말려 들어가고 있는 듯 보였다. 그는 손을 뻗어 그녀의 머리카락을 잡아당기고 싶었다. 좀 전과 다른 얼굴로 자신 앞에 서 있는 그녀가 위태롭게 흔들리고 있었다. 아주 작은 바람에도 그녀가 어항 속으로 빨려 들어가 다시는 수면 위로 올라 올 것 같지 않았다.

"여긴 상가 약국 밖에 없나요?"

그녀가 다시 돌아와 묻는다. 그녀의 음성은 시들은 아카시아 꽃잎처럼 하얗게 그의 가슴으로 떨어졌다. 그는 떨리는 가슴을 들키지 않기 위해 고개를 끄덕였다. 그녀의 손엔 좀 전에 없던 대형 종이기저귀가 두 통이나 들려져 있었다. 그 대형 종이기저귀에서 역겨운 냄새가 나는 거 같았다. 순간 지금 이 순간에도 꼼짝 못하고 용변을 배출해 내고 있을 어머니가 생각났다. 그녀가 빠져나간 문틈에 그의 손이 걸려 삐걱대고 있다. 바람이 그 틈을 비집고 들어왔다 나가면서 덜컥댔다. 그녀를 짓누르는 무게에 그녀의 발자국도 더 깊게 패이고 그 패인 발자국을 다시 그의 그림자가 밟으며 걸어가고 있다.

어머니의 잠든 얼굴에 미소가 비친다. 일그러진 얼굴이라 미소인지 고통스러움의 표현인지 정확하진 않지만 어머닌 지금 꿈을 꾸는 듯 보인다. 잠시 지켜보다가 어머니. 불러본다. 그러나 대답이 없다. 벌어진 입술 옆으로 끈적끈적한 허연 침이 흘러내린다. 톡 티슈를 뽑아 들자, 달빛에 반사되어 퍼지는 먼지가 더욱 하얗다. 그 하얀 빛 때문에 어머니의 베개가 더 싯누렇다. 어머니의 베개에 그려진 얼룩을 지우기 위해선 한참동안 표백제에 담 그어 두어야 할지도 모른다는 생각이 들었다.

아파트로 이사 오기 전까지 수십 년 세월을 지하 월세방에 살면서 곰팡이 냄새와 쾨쾨한 지하 냄새, 하수구 냄새를 전전긍긍하면서도 어머닌 한 번도 베개를 갈지 않았다. 신주단지처럼. 어쩜 얼룩진 베개는 어머니에게 있어서 주왕신 같은 것이었는지도 모른다. 시집올 때 해 왔다던 그 얼룩진 베개를 새 것으로 갈아 드리려고 한 날, 꽃 실로 단장된 비단 베개를 베고 말도 못하고 어머니가 커다란 눈만 껌뻑이며 굵은 눈물만 흘렸다. 그 눈물이 너무 차가워서 몸에 닿으면 동태처럼 얼어 버릴 것 같아 등을 돌리고 말았다. 그 내던져진 베개를 간절하게 쳐다보던 눈길을 차마 떨쳐 버릴 수가 없어서 버려진 베개를 안고 들어갔다. 그는 헐어버린 베개를 안고 들어갔던 손으로 비단 베게를 질질 끌고 나와 목욕탕 앞에 내던져 버렸다. 이해 할 수 없는 어머니의 집착은 그에게 인내를 요구했다. 수용할 수 없는 어머니 삶의 이면은 그에겐 볼 수 없는 거울의 뒷면이었다.

방에서 쇈 기침소리가 간헐적으로 새어 나온다. 그러나 어머닌 아직도 잠들어 있다.

어디서 무엇이 잘못된 것인지 아직도 원인 규명이 안 된 채 멈춰 버린 시간 저쪽에 있는 어머니의 비밀. 일용근로를 나갔던 어머니가 사고를 당했다는 전화를 받고 달려간 응급실엔 어머니가 웃옷이 다 벗겨진 채 훤하게 가슴을 드러내고 있었다. 자신의 기억 속에 있던 어머니의 봉긋 하던 가슴은 어디에도 없었다. 구겨진 갱지에 유두꼭지만 붙어 있는 그림이었다. 발밑으론 축축하게 젖어 있는 빗물과 핏물이 섞여 흥건하게 고여 있었다. 발을 떼면 응축된 피가 구두를 잡고 안 놔 줄 것 같아 움직이지도 못하고 있었다. 목뼈가 부러져 하반신을 못 쓰게 된 어머니는 무거운 추를 머리 아래로 대롱대롱 매달고 기다리믄 보상금 나올 끼라 그것이믄 됐제. 안 그렇나? 꿈을 꾸듯 말했지만 한 해 두 해가 지나도 보상금은 나오지 않았다. 어머니는 꿈을 꾸셨던 것인가. 그리고 그렇게 누운 어머니는 서울이 싫다. 서울이 싫다 카이…… 그 말만 되풀이했다. 하루 이틀 어머니는 조금씩 더 망가져 갔다. 자신을 알아보지 못하는 어머니와 그 어머니를 차라리 편하게 생각하는 아들이 그렇게 한 방에 살기 시작했다. 그가 할 수 있는 일이란 완전히 고장 난 인형이 되어 가는 어머니를 지켜보는 일 뿐이었다.

"우으으……."

언제 깼는지 어머니는 익숙한 신음소리를 낸다. 어머니의 시선은 꼼짝 않고 서 있는 금붕어의 몸을 작살처럼 꽂고 있었다. 그는 어머니의 시선을 쫓다가 어항 위에 걸린 달력에 멈춘다. 눈동자가 원을 그리며 13일에 동그라미를 그리고 있다. 그의 생일이다. 생일. 그는 담배를 꺼내 문다. 이빨로 필터를 물고 라이터를 꺼낸다. 그는 잠시 생각에 잠기더니 라이터를 탁탁 몇 번 켜지만 불이 붙지 않는다. 라이터를 다시 켜려고 엄지손가락에 힘을 주었다가 이내 엄지손가락을 내려 주먹을 불끈 쥔다. 라이터를 쥔 손에 더 크게 힘을 가한다. 그의 손목 안쪽에 깊숙하게 두 줄의 홈이 생긴다. 힘을 더 세게 주자 심줄이 기차 길처럼 뚜렷해지고 그 위로 퍼런 혈관이 금붕어의 똥처럼 둥둥 떠 있다. 그의 입술이 떨린다. 내 생에 처음으로 받아 본 생일선물이었어. 세 폭 치마 금붕어 너는!

유난히 햇볕이 따갑던 날 오후였다. 마당 댓돌에 가지런히 놓여져 있을 엄마의 흰 고무신 한 짝이 대문에 찡겨 있었다. 햇살을 받아 더욱 하얇고 먼지하나 없는 엄마의 고무신을 집어 들고 대문 안으로 들어서자 엎드려 있던 엄마가 고개를 들었다. 순간 마주친 엄마의 얼굴엔 아름답던 쌍꺼풀이 퉁퉁 부어 충혈 된 눈을 커튼처럼 덮고 있었다. 그 눈이 왜 그렇게 흉하게 보였던지. 치우는 그 날 엄마 눈을 닮지 않은 게 정말 다행스럽다고 생각했다. 그렇게 아름답던 엄마의 눈은 얼굴 어디에도 없었다. 마치 금붕어처럼 동그랗고 커다란 눈을 부릅뜨고 있었다.

"뭐하고 있노 들어오지 않고. 손에 들고 있는 건 모꼬?"

"아버지가 학교 앞에서……."

생각하지도 않은 말이 쑥 나와 버렸다. 그 말이 끝나고 가슴이 콩닥콩닥 뛰기 시작했다. 공갈치면 우리 엄마한테 뒤지게 혼나! 하던 친구의 말이 생각나서였을까. 엄마의 충혈된 눈이 너무 무서워서 눈을 마주보고 있을 수가 없어 고개를 숙여 버렸다. 엄마는 퉁퉁 부은 눈을 쓱쓱 문대고는 치우가 들고 있던 비닐봉지를 쳐다보았다. 순간, 엄마의 눈을 닮은 금붕어를 손에 쥐고 있다는 게 끔찍해서 들고 있던 봉지를 놓아 버렸다. 퍽 봉지의 얇은 막이 찢어져 흥건하게 땅바닥으로 물이 빠져 버리고 비닐에 갇힌 붕어가 눈만 동그랗게 뜨고 뻐끔거렸다. 그걸 보고 있던 엄만 버선발로 내려와 나박김치가 담겨 있던 유리그릇을 비우고 거기에 금붕어를 집어넣었다. 그리고 밥상에 놓여진 금붕어를 오래도록 쳐다보고 있었다. 그 날은 치우의 생일이었다. 밥상엔 미역국과 나박김치 그리고 아버지가 좋아하던 꽁치구이가 놓여져 있었다. 아버지가 다녀가셨구나. 치우는 속엣 말을 삼켰다. 엄마는 흐트러진 머리칼을 손으로 쓱쓱 쓸어 올리며 혼잣말로 괜찮대이. 하마. 괜찮대이. 죽어라 죽어라 해도 죽을 수 없다 아이가. 니 땜에. 하면… 엄만 그 작은 유리그릇 속의 붕어를 쳐다보면서 중얼거렸다.

'붕어를 입에 넣으면 시큼한 나박김치 맛이 날까?'

그런 생각을 하고 있는 치우를 조롱하듯 세 폭 치마 금붕어는 하늘하늘 꼬리를 움직이고 있었다. 작은 유리그릇의 물이 출렁였다. 햇빛이 날카롭게 유리그릇 속의 금붕어를 향해 찔러 댔지만 금붕어는 피를 흘리지 않았다. 눈물도 흘리지 않았다. 눈물을 흘린 건 치우였다. 그 때 자신의 입 속으로 흐르는 짠 맛을 삼키며 눈물도 맛이 나는구나 생각했다. 그런 자신을 유리그릇 속의 금붕어가 힐끔힐끔 쳐다보는 것 같아 얼굴을 돌렸다. 그리고 그런 금붕어가 미워서 고춧가루를 엄마의 수저로 푹푹 퍼서 넣었다. 뻐끔뻐끔……. 붕어는 자신의 몸 색깔보다 짙은 핏빛의 고춧가루 물을 삼키고 또 삼켰다. 치우의 머릿속엔 온통 금붕어의 배를 가르면 뻘건 고춧가루가 들어있을까? 그 생각으로 가득 차 있었다. 순간 목이 따끔거렸다. 금붕어의 입이 뻐끔거릴 때마다 자신의 목에도 매캐하고 역겨운 뭔가가 넘어가고 있는 것 같았다. 그 때 쪼그리고 앉아 금붕어를 쳐다보고 있던 치우는 "모하노?" 엄마의 목소리에 털퍼덕 주저앉아 버리고 말았다. 엄마는 윗집 빨래거리를 소일 삼아 해주고 돈을 받아 왔었는데 점심을 차려 주기 위해 집에 들렀다가 마루 한 귀퉁이에 놓여진 유리그릇에 둥둥 떠 있는 붕어를 보자마자 하얗고 커다란 손을 집어넣어 허겁지겁 꺼내더니 빈 양동이에 넣고 푸걱푸걱 펌프질을 해댔다. 그리고는 수챗구멍에 버려진 고춧가루처럼 뻘게진 얼굴로 니가. 니가 그랬드나? 대답도 하기 전에 고개를 떨어뜨린 치우를 향해 힘껏 커다랗고 까칠한 손을 내리쳤다.

"커서 뭐가 될라꼬. 문딩이. 쬐그만기 잔인타… 지그 애비는 닮지 말아야 제."

엄마의 파르르 떨리던 입술 때문이었을까? 금붕어의 입술에서도 주술 같은 말이 흘러나와 치우의 귀를 쿡쿡 찔러 댔다. 잔인타……. 하면 내를 죽일 라꼬? 금붕어가 꼬리를 흔들며 치우를 향해 말했다.

　다음 날, 엄마가 일을 나가길 기다렸다. 철컥! 대문 닫히는 소리를 듣고 마당으로 뛰어 나갔다. 햇볕에 널어놓은 빨래가 바람에 춤을 추고 있는 하얀 이불 홑청 밑으로 들어가 유리그릇에 담담하게 놀고 있는 금붕어를 건져 마른 땅에 놓았다. 펄럭이는 이불 홑청 때문에 금붕어의 몸에 그늘이 왔다 갔다 하면서 놀았다. 파닥파닥 거리는 금붕어는 그렇게 흙 위에 제 몸을 때리며 죽어갔다. 금붕어가 팔딱팔딱 발목까지 뛰어올랐다가 톡 떨어질 때마다 어머니의 커다란 손이 왔다 갔던 얼굴과 등에서 불이 훅훅 들러붙는 것처럼 화끈거렸다. 금붕어는 그리 오래 뛰진 못했다. 기운 없이 벌러덩 드러누워 꼬리만 팔딱거렸다. 잠시 후, 지느러미도 힘없이 땅에 붙어 버리고 아가미와 주둥이만 뻐끔거리기를 몇 번……. 그 때 갑자기 엄마 목소리가 들리는 것 같았다. 겁이 났다. 자리에서 벌떡 일어나 흙이 묻어 있는 금붕어를 다급히 유리그릇에 집어넣었다. 유리그릇에 반쯤 가라앉은 금붕어를 쳐다보면서 생각했다. 혹시 살아난다면 쟤가 나를 죽이려고 했어요! 엄마한테 이를 것만 같아서 심장이 콩닥거렸다. 그러나 금붕어는 움직이지 않았다. 치우는 엄마를 기다리는 동안 파리채와 방비를 보이지 않는 곳에 숨겼다. 그러나 일을 마치고 돌아 온 엄마는 죽어버린 금붕어를 보면서 한숨만 쉬었다. 댓돌에 쪼그리고 앉은 치우를 힘없이 쳐다보다가 무릎을 짚고 일어난 엄마는 금붕어를 손으로 건져 내고 유리그릇을 쓰레기통에 던져 버렸다.

　며칠 뒤, 아버지가 돌아왔지만 엄마와 심한 말다툼을 하고 방안의 짐들을 꾸리기 시작했다. 엄마는 마당으로 나와 양동이에 있는 빨래를 탈탈 털면서 빨래 줄에 널기 시작했다. 잠시 후 아버지는 커다란 가방을 질질 끌고 밖으로 나왔다. 그리고 엄마를 독하게 쏘아보더니 대문을 열고 밖으로 나갔다. 치우는 아버지를 쫓아나가 잘 다려진 양복바지를 꼭 거머쥐고 놓지 않았다. 아버지는 한숨을 내 쉰 뒤 치우의 작은 주먹의 아귀를 풀고 힘껏 쥐었다간 놓고 뒤도 돌아보지 않고 먼지가 풀풀 날리는 한길로 사라져 갔다. 점점 작아지는 아버지 옆으로 색동 치마저고리를 입은 여자가 아버지의 팔짱을 끼고 함께 걸었다. 여자의 빨간 치마가 바람에 날리며 아버지의 다리를 휘감고 세 폭 치마 금붕어처럼 꼬리를 감추며 사라졌다.

　저녁을 지어놓고 일찌감치 불을 끄고 그녀를 볼 수 있는 유일한 통로인 베란다에 나가 서있는데 뺨 위로 빗물이 후드득 떨어졌다. 그 때 방에서 우후…후…후… 반갑지 않은 소리가 났다. 들어가 보니 이불이 반쯤 젖혀져 있고 어머니의 다리 사이로 흥건하게 누런 것이 고여 있었다. 갑자기 속이 울렁거리고 싸―한 것이 갈비뼈를 도려내는 것 같았다. 순간 어머니의 얼굴위로 무거운 솜이불을 덮어 버리고 싶었다. 갑자기 머릿속이 하얘졌다. 어머니만 아니면 어머니만 아니면……. 그 순간에도 어머니는 금붕어를 쳐다보고 있었다. 그 금붕어 입 속으로 숨어 버린 어머니를 가만히 보고 있다가 어항 속에 손을 넣어 금붕어를 꺼냈다. 커다란 손바닥 위에서 바둥거리는 금붕어를 보고 있었다. 그는 하마터면 으악하고 비명을 지를 뻔했다. 똥 냄새가 진동하는 이불을 들고 바들바들 떨고 있던 그는 어머니의 눈과 마주쳤다. 어머닌 눈을 감아 버렸다. 순간 정신을 차릴 수 없이 아득하게 낭떠러지로 떨어지고 말았다. 무릎을 꿇고 어머니의 뺨에 흘러내리는 눈물을 닦아 내도 어머닌 우으! 우…으으……. 알 수 없는 소릴 토할 뿐이다. 그 소리가 목젖에서 고였다가 입술에 머물렀다. 어머니는 붉어진 눈을 고정시키고 잠시 생각을 하는 사람처럼 눈을 껌뻑인다. 그 모습을 차마 더 볼 수 없어 밖으로 나와 버렸다.

욕조에 뜨거운 물을 틀어 놓고 물수건을 가지고 와 어머니를 조심스럽게 옮기고 몸 구석구석을 닦아냈다. 미간을 찌푸리고 있는 어머니의 얼굴은 말로 형언할 수 없을 만큼 끔찍했다. 어머니가 거울을 볼 수 없다는 게 다행스러웠다.

어머닌 스스로 거울을 보지 못하는 순간부터 자신의 모습은 일그러지기 전까지를 기억할 것이다. 어머닌 새로 갈아 드린 이불에서 지금은 잠들어 있다. 오줌과 똥으로 얼룩진 이불을 욕탕에 밀어 넣고 베개를 집어 들고 나와 방문을 살짝 닫았다. 욕조에 베개를 넣으려다 톡톡한 뭔가가 잡혀서 홑청을 뜯었다. 순간 욕실바닥 가득 우두둑 우박 쏟아지듯 발밑으로 오래된 흑백사진이 쏟아졌다. 아버지였다. 그리고 아버지의 가족이었다.

어머니는 평생 그도 모르게 아버지의 사진을 베고 앓고 있었던가. 사진 속의 아버지는 웃고 있었다. 그리고 어깨를 나란히 맞추고 있는 긴 머리의 여자가 환하게 웃으며 말한다. "생일날 주었던 금붕어는 잘 자라고 있니?" 그는 휴- 한숨을 토한 뒤 다시 사진을 자세히 들여다본다. 아버지의 가슴엔 여자 아이가 안겨 있다. 사진을 주워 가까이 본 그는 자신을 닮은 구석이 있나 찾아본다. 눈? 코? 입? 아니다. 이마?

닳고 닳은 누런 사진 뒷면의 글귀가 춤을 춘다. 번진 잉크가 뱅그르르 미끄러지더니 행복한 우리 가족!이라고 또렷하게 쓰여졌다가 다시 허물어진다.

그는 흐릿해진 눈을 손으로 쓱쓱 문대고 사각으로 접혀진 한 장의 찢어진 신문을 읽는다. 삼일건설 대표 하일남(59세) IMF로 연쇄부도를 맞아 빚 독촉에 시달리다 자살했다. 삼일건설? 순간 그의 눈에서 가슴으로 번쩍 번쩍 번개가 쳤다. 어머니가 일용근로를 나갔던 회사. 마지막으로 어머니 스스로 배변을 볼 수 있었던 날로 기억하게 만든

날. 그 날 어머니에겐 무슨 일이 있었던 것일까?

어머니의 비밀은 그렇게 힘없이 창자를 드러내고 있었지만 순대처럼 어머니의 비밀들이 당면과 돼지 피, 찹쌀들로 버물려져 있었다. 그 베개에 어머니의 얼룩진 사랑이 모자이크되어 있었다니. 어머닌 평생 아버질 웬수라고 부르면서 속으론 긴 세월 혼자만의 그리움을 그렇게 숨기고 있었던 것일까.

니 애빈 죽었어. 니 애빈 죽었어!! 살아 있었던 순간에도 아버진 그렇게 자신의 가슴에서 철저하게 도려내어 졌었다. 이미 자신의 기억 안에서 죽은 사람이었는데도 아버진 가슴에서 벌떡 일어나 자신의 존재를 알리고 싶은 듯 등을 곧추세운다.

어머니는 사이렌 소리에 깼는지 눈만 껌뻑인다. 어항 속의 금붕어와 호흡을 맞춰. 어머니 눈이 저렇게 컸었나? 그래. 젊었을 땐 쌍꺼풀이 워낙 예뻐서 달리 화장을 할 필요가 없었는데… 이제 자세히 보니 그 예뻤던 눈은 추억 속에서만 찾을 수 있을 것 같다. 언제 저렇게 힘없고 쭈글쭈글한 주름들이 눈동자 위를 덮어 버렸는지. 한숨이 터졌다. 자글자글한 비포장 길에서 잠시 정신을 잃고 있었다.

순간, 어디선가 바람이 휙- 불어왔다. 그 바람에 밀려 어머니의 깊고 굵은 주름 속으로 시속 150Km로 빨려 들어가고 있다.

아이를 안고 있는 그, 그 옆으로 다홍치마를 입은 여자가 있다. 언뜻 보니 세 폭 치마를 입은 여자는 그녀다. 그녀가 활짝 웃으며 그를 향해 속삭인다. 그녀가 무엇이라 말을 하는데 알아들을 수가 없다. 순간 그녀가 세 폭 치마 금붕어의 입 속으로 들어가 수초사이로 숨는다. 물결 때문에 그녀를 자세히 볼 수가 없다.

손을 집어넣어 그녀를 건져 내려는 순간, 밖에서 사이렌 소리가 요란하다. 잠든 어머니가 또 깨진 않았을까 방문을 열어 본다. 아직도 어머니는 잠들어 있다.

　베란다로 나가 담배를 물었다. 그리고 불을 붙였다. 오늘도 어김없이 달빛이 훤하다. 손에 들고 있던 담배재가 저절로 제 몸을 뚝 자르고 발밑으로 떨어진다. 시선이 여자의 집으로 들어간다.

　순간…… 그녀의 집이 대형 수족관으로 변한다. 어둡다. 그녀를 볼 수가 없다. 그는 수족관에 불을 켠다. 그리고 예쁜 세 폭 치마 금붕어를 살핀다. 수초 사이를 넘나드는 그녀의 꼬리가 힘이 없다. 자세히 보니 그녀의 몸에 곰팡이가 피어 있다. 그는 힘차게 꼬리를 흔들며 청소고기가 되어 그녀가 있는 쪽으로 헤엄쳐 간다. 그녀의 몸에 붙은 곰팡이를 물어뜯어 낸다. 그녀의 몸에 핀 곰팡이가 조금씩 그의 몸속으로 들어간다. 이제 꼬리를 흔들며 그녀가 놀고 있다. 그녀가 꼬리를 힘차게 흔들며 수초 사이를 지난다.

　어찌 된 일일까? 며칠 째 그녀가 보이지 않는다. 밖이 소란스럽다. 사이렌 소리가 요란해 밖을 내다보니 119구급대가 아파트 단지로 들어오고 있다. 그녀의 집에선 불 빛 하나 새어 나오지 않는다. 이 시각이면 그녀는 TV앞에서 조곤조곤 얘길 하며 퀼트를 하고 있거나 베란다에 나와 차를 마실 시간이다. 손을 내밀면 3미터도 안 되는 거리. 그 거리에 빛과 나무 그림자만 있었다. 그녀가 보이지 않는 지금은 3미터의 거리도 멀다. 베란다 철 기둥에 몸을 바짝 붙이고 한 발을 베란다 밖으로 옮긴다. 불 꺼진 수족관에 얼굴을 바싹 붙이고 안을 들여다본다. 아무 것도 보이지 않는다. 어둠뿐이다. 사위스런 생각에 가만히 앉아 있을 수가 없다. 텅! 문이 닫히고 복도에 오렌지색등이 켜진다. 엘리베이터를 타고 내려간다. 빨리…… 베란다 난간에 걸렸던 이불처럼 휙- 그녀 앞에 달려가고 싶다. 땡 엘리베이터가 멈췄다. 웅성거리며 몇 사람이 탄다. 문이 닫히고 다시 땡 소리와 함께 몇 사람이 또 탄다. 스르륵 다시 엘리베이터가 열린다. 그러나 이젠 더 이상 사람을 실을 공간이 없다. 숨이 콱 막힌다. 그 때 누군가 입을 열었다.

"벌써- 구급대 도착했나 봐. 무서운 세상이야. 끔찍해. 병든 엄마를……. 쯧쯧……. 난. 사지가 벌벌 떨려서… 죽에다 농약을 넣어서 먹였대. 하필이면 우리 동이야? 집값 떨어지게 생겼어."

철컥 스르륵……. 몸이 떴다 가라앉으며 엘리베이터 문이 열린다. 웅성대던 사람들이 우루루 몰려 나간다. 사람들 틈에 끼어 저절로 밖으로 나오게 된 그? 휴-우 한숨을 토한다. 앗!- 그녀다. 몇 미터 앞의 그녀는 달무리처럼 둥글게 사람들 속에 둘러싸여 있다. 그녀가 있는 쪽으로 한 발씩 움직이며 그녀에게 할말을 머리 속으로 정리하며 걷는다. 그 순간 그녀와 눈이 마주쳤다. 반가움에 미소가 입가에 걸린다. 사람들을 밀치고 그녀에게 다가가려 했을 때 경찰복을 입은 몇 명이 그 보다 먼저 그녀에게 다가가 그녀의 팔을 휘어잡는다. 그녀가 손에 들고 있던 뭔가를 툭 떨어트린다. 그녀는 힘없이 경찰차에 짐짝처럼 실린다. 그리고 웅성거리는 사람들의 목소리는 도미노처럼 와르르 쓰러진다. 몰려 있던 사람들이 길을 트자 싸이카는 서서히 움직여 후진하기 시작한다. 그녀가 물 풍선처럼 투명비닐에 갇혀 춤을 추고 있는 세 폭 치마 금붕어를 뚫어지게 쳐다본다. 그 옆으로 떨어진 약봉지를 보던 그녀가 두 손으로 입을 가린다. 파르르 하얀 손이 떨린다. 그녀를 보고 있던 그의 눈동자에 불이 붙는다. 불꽃 때문이었을까 그녀가 그를 본다. 그와 그녀의 시선이 부딪힌다. 순간 그의 가슴은 쩍-사과처럼 두 쪽으로 완벽하게 쪼개졌다. 그 사이로 바닷물이 흥건하게 스며 나올 것만 같았다. 다리에 힘이 풀린 채 그 자리에 주저앉아 정신을 차릴 수 없다. 사람들의 웅성거림은 저절로 굴러가 눈사람처럼 커져 갔고 그 사람들이 내뱉는 말소리가 그대로 그의 가슴에도 머릿속에도 뺄 수 없을 만큼 깊숙이 꽂혔다.

"죽은 지 솔찮히 지났담서라?"

"예. 옆 집 사람이 신고를 했대요. 하도 썩는 냄새가 진동을 해서 어디서 쥐새끼가 죽어서 썩는 줄 알았지 사람이 죽어서 그렇게 썩고 있는 줄 상상이나 했겠어요?"

그는 벼락 맞은 나무처럼 쓰러진 채 움직일 수 없었다. 간신히 정신을 가다듬고 구겨진 약봉지를 집어 들자 후 두둑 알약들이 바닥으로 떨어진다. 봉지에 쓰여진 이름이 낯설다.

휘~익 바람에 약봉지가 날아간다. 하…소…연……. 그가 입술을 들썩인다. 조각난 그녀의 이름 석자도 낙엽처럼 구른다. 그는 얼떨결에 그녀의 이름을 삼킨다. 털컥 그녀의 이름이 숨구멍에 걸린다. 그의 얼굴이 하얗게 변색되어간다. 헉헉대던 그의 입술이 파랗게 죽어간다. 그는 도리질을 친다. 그녀의 이름이 뭐……였…더…라?

그 때 빨간 불빛이 흔들리며 경찰차가 움직인다. 컥! 그가 멈췄던 호흡을 뱉어 낸다. 싸이카에 실려 가며 눈만 껌뻑이던 그녀가 쑤―욱 금붕어의 입 속으로 들어간다. 그는 배가 볼록 해진 세 폭 치마 금붕어를 집어 들었다. 반 이상 물이 빠져나간 비닐봉지를 두 손으로 감싸 쥐고 집으로 돌아왔다. 어머니는 여전히 금붕어를 보고 계신다. 그는 어항 입구를 열고 놀고 있는 금붕어 옆으로 세 폭 치마 금붕어를 떨어트려 준다. 파르르 몸을 떨며 입수하는 세 폭 치마 금붕어의 꼬리가 힘차다.

목욕탕 속 마네킹

어깨에 찰랑찰랑 닿을 듯 말 듯 물결의 흔들림에 따라 마네킹의 가슴이 들어났다 잠겼다. 머리칼도 물결의 움직임과 함께 해초처럼 살랑살랑 부유한다. 뽀그르르…… 털 사이사이에 미세한 방울들이 떨어지지 않고 그대로 붙어있다. 손으로 톡 쳐본다. 그래도 방울들이 떨어지지 않고 그대로 붙어있다.

목욕탕 속 마네킹

동굴 앞에서 잠시 발을 떼지 못하고 있다. 시계는 3시 25분을 넘고 있다. 바람에 들러붙은 박하 향 때문에 코 속이 간지럽다. 코 털 사이사이에 벤 박하 향 때문일까? 온 몸이 간질거린다. 습기를 머금어서 그런지 속옷까지 축축하다. 발을 떼자 처걱 처걱 소리가 발바닥에 붙어서 떨어지질 않는다. 머리 위로 떨어진 물기가 이마로 흘러내린다. 발을 잘못디디면 어떻게 될까? 등이 오싹하다. 이 어둠이 없다면 동굴은 산이나 계곡과 다를 게 없을 것이다. 동굴 입구의 계단에 오르자, 넝쿨나무 사이로 모락모락 김이 새어 나왔다. 옥순은 온 몸에서 피가 거꾸로 치솟는 느낌이었다. 이제 입구로 들어가야 한다. 조심스럽게 발을 뗀다. 저 안으로 들어가면 다시 나올 수 없을지도 몰라. 뒤를 돌아본다. 아무도 없다. 이명이었던가. 동굴 속 어둠의 공간 속에서 방향과 시간감각에 둔화 된 정신을 놓치지 않기 위해 최대한 신경이 예민해져야 해. 또 다시 들려오는 소리에 뒤를 돌아다보지만 아무도 보이지 않는다. 옥순은 온 몸의 감각기관을 모두 열어놓는다. 아주 미세한 느낌과 소리에도 민감해야 한다. 손끝, 발끝, 머리카락 끝도 공기가 지나갈 수 있게 열어두어야 한다. 이제 입구의 넝쿨을 지나 안으로 한 발 들여 놓는다. 미끄럽다. 밟고 있는 돌에 갈색 이끼와 검푸른 이끼가 먹물을 쏟아 부은 것 같다. 호흡을 아주 짧게 하고 발을 뗐다. 처벅 처벅 발을 옮길 때마다 더운 공기와 찬 공기가 어깨를 스쳐 지나간다. 습하고 냉한 공기에 코가 확 뚫린다. 박하향이다. 또 다시 박하향이 불어댄다. 저 어둠 속에서 기다리는 건 무엇인가. 더 이상 발을 떼지 못하고 그만 서 버렸다. 서있는 옥순의 머리 위로 수 십 마리도 넘는 박쥐들이 날아오른다. 뒤를 돌아보니 아무도 없다. 손엔 구겨진 입장권이 들려져 있었다. 천연기념물 219호 원래는 노리곡석굴이라고 했으나 의병장 고종원일가가 임진왜란 때 피난을 했다고 해서 고씨동굴이라……. 글씨 위로 맑은 물방울이 떨어진다. 눈앞에 보이는 건 흐릿한 불빛을 먹은 뻥 뚫린 거대한 구멍뿐이다. 그 어둠의 구멍 안으로 길이 나있고 알아들을 수 없는 음성 언어들이 흩날리고 있다. 저 소리가 사람의 소리인가? 옥순은 입도 열지 않았는데 자신의 목소리가 들린다. 천연 기념물 제1호, 2호, 3호, 4호 5호……. 천연기념물 몇 호였지? 기억이 나지 않는다. 동굴 속에서 누가 웃는다. 비명소리인가? 저 소 리……. 옥순은 소리를 따라가려다 발을 멈춘다.

"뭐야? 박하향이잖아!"

남편은 박하향이 나는 치약을 코언저리까지 올린 뒤 끙끙거린다. 그런 남편을 보는 동안 옥순의 가슴에 새벽안개가 뿌옇게 피어오르고 있었다. 좋아서 그 향에 예민한 건지 싫어서 그 향에 예민한 건지. 옥순은 박하향 앞에 노출되면 머리가 어지러웠다. 마치 박피 된 몸으로 햇볕에 나가 서 있는 듯했다.

저수지였다. 남편을 처음 만난 건. 저수지에서 국수와 라면을 끓여 주고 간단한 간식거리를 만들어 낚시꾼들에게 배달을 했었다. 사람들은 옥순을 시골처녀라고 불렀다. 늘 맨 얼굴에 머리를 질끈 묶고 트레이닝 바지에 면티를 입고 있었고, 운동회 때나 신는 하얀 실례화를 신고 다니는 옥순을 대 도시에서 레저 스포츠를 즐기러 온 사람들이 그렇게 이름 붙여 부른 건 당연한 일이었는지도 모른다. 옥순 포장마차라는 상호가 있었는데도 시골처녀 집으로 그들에게 불려지고 있었다. 밤낚시를 하러 오는 사람들이 많아지면서 점점 옥순의 수입은 늘어갔다. 옥순은 낚시꾼들의 입을 통해 서울소식을 들으면서 한 번도 가본 적 없는 서울에 대한 막연한 동경이 움트기도 했다. 돈을 많이 벌면 뭘 할까? 가 아닌 이젠 당당한 할 일도 생겼다. 조그만 음식점을 하고 싶다는 꿈을 가지고 낚시터를 떠나지 못하고 있었다. 단골들 사이에선 옥순을 숫처녀로 불리기도 했었다. 얄궂은 농을 잘하는 사람들은 21세기에 숫처녀라……. 이건 신문에 날 일이야 안 그래? 얼마면 잘 수 있어? 그들의 농을 아무 대꾸도 없이 받아 넘기는 옥순을 그들은 순박하기도 하지. 라며 옆으로 다가와 엉덩이를 툭 건드리고 가기도 했다.

남편도 옥순의 손님이었다. 자주는 아니었지만 가끔 새벽에 라면을 배달시켰었다. 그는 낚시를 하러 저수지를 온 건지 생각을 할 공간이 필요해서 저수지를 찾은 건지 알 수 없는 행동을 했다. 한 번 걸어 놓은 낚시엔 관심도 주지 않고 멍하니 저수지의 수면을 바라 볼 뿐이었다. 그가 돌아간 뒤라면 냄비를 수거하러 가면 퉁퉁 불은 라면이 그대로 있었고 소주병이 그 자리에서 윷놀이를 하고 있었다. 그가 떠나 버린 자리에서 소주냄새가 진동을 하는 것 같아 코를 막기도 했다.

옥순은 지난 밤 라면배달을 왔다가, 그의 어깨가 너무도 쓸쓸해 보여서 어둠 속에 가려진 그의 얼굴을 더듬어 보았다. 그렇게 그를 버겁게 짓누르는 삶의 무게를 덜어주고 싶다는 생각을 하면서 그를 보고 있었다. 소주를 벌컥벌컥 넘긴 입으로 들어가던 라면발이 입술에 걸려서 바르르 떨고 있는 걸 보면서 옥순은 가슴이 콩닥거렸다. 가슴이 오그라드는 것 같은 그 느낌을 오래도록 느끼면서 그가 앉아 있을 저수지의 나무 그늘 쪽을 막연하게 바라보았었다.

그는 몇 주 만에 다시 낚싯대를 메고 찾아왔다. 늘 앉았던 자리에 앉아 같은 위치에 낚싯대를 고정시키고 저수지의 수면을 바라보았다.

'사람이 빠졌어!' 라는 소리와 동시에 그 쪽으로 뛰는 사람들을 따라 옥순도 뛰고 있었다. 얼굴이 눈에 익은 사람들 틈을 비집고 들어가자, 먼지 하나 없이 잘 닦여진 까만 구두만 가지런히 놓여있었다. 그 구두가 너무 깨끗해서 저수지에 잠겼을지도 모르는 남자의 얼굴을 단박에 떠올렸다. 구두를 보자 옥순은 은행에 다닌다던 그 남자를 떠올렸다. 낚시를 하러 오면서 작업복이 아닌 양복바지에 구두를 신고 와서 참 이상도 하다고 생각을 하고 있었던 터였다. 옥순은 한숨을 크게 들이쉬었다. 내 뱉지 못한 숨이 명치끝을 쿡쿡 찔렀다. 옥순은 다시 숨을 크게 몰아쉬자, 어디에서 배어 나오는 냄새인지 몰라도 분명 박하 향이었다. 옥순은 순간 적으로 정신을 잃은 사람처럼 텀벙 저수지로 뛰어들었다. 건져 올려진 남자는 마네킹처럼 뻣뻣하게 굳어있었다. 눈썹 하나 까딱하지 않는 그를 바라보고 있던 옥순의 가슴엔 가시가 걸린 것처럼 따끔거렸다. 순간 균열이 가듯 그의 입술이 움직이며 깨졌다. 옥순은 그 순간을 놓치지 않고 깊은 숨을 들이켜 그의 도톰한 입술에 바람을 불어 넣었다. 푸-우……. 바람이 그의 몸에 동굴을 만들며 지나갔다. 다시 푸-우우……. 열린 동굴 문으로 차갑고 시원한 바람이 들어가 숲을 만났다. 일분……. 십분. 그리고 삼사 십 분 쯤 흘렀을까. 훅훅 그가 꿈틀대며 옥순이 주었던 바람을 토해냈다. 그의 입에서 누렇고 붉은 물이 흘러 나왔는데도 그의 입에선 박하향이 났다. 갓 칫솔질을 한 것처럼. 옥순의 입을 통해 나간 바람은 그렇게 그가 사는 동굴 속으로 들어가 그의 가슴 어디에 숨어있던 박하가 벼이삭 같은 가시를 돋으며 자줏빛 꽃을 피웠다. 바람이 불자 꽃술을 흔들며 박하향 바람을 오래도록 뿜어댔다.

치약을 듬뿍 짜서 하얀 거품을 입에 물고 집안의 곳곳을 걸어 다니며 볼일을 보던 남편. 그 남편이 사고가 났던 그날 이후, 꼼짝도 못하고 휠체어를 타던 순간부터 옥순의 기억 속에서 박하향이 옅어지기 시작했다. 이상하게 같은 치약을 써도 남편에게서만은 짙고 독한 박하향이 되었다. 땅 끝 마을을 떠나 기차로 몇 시간을 실려 온 순간부터 옥순의 가방엔 치약대신 소금이 들어있었고 양치할 때마다 바다 냄새가 났다. 그 짠 냄새가 박하 향을 먹은 것일까 옥순은 얼마간 박하 향으로부터 자유로웠다.

'텅' 화장실에서 뭔가 부서지는 소리가 났다. 달려가 보니 화장실바닥에 마네킹이 팔이 부러진 채 벌러덩 자빠져 있었다. 왠지 사위스럽다. 화장실의 작은 창을 통해 빛이 화살처럼 날아가 넘어져 웃고 있는 마네킹의 오렌지색 가발에 반사되어 유리알처럼 반짝였다. 누가 문을 열어 둔 것일까? 옥순은 벌떡 일어나 유리창을 밀었다. 스르륵 문이 닫히면서 옥순의 심장을 찌르고 있던 햇살이 순식간에 잘려 나갔다. 좀처럼 잠이 올 것 같지 않다. 사람의 때를 밀어주는 직업을 왜 갖고 싶었을까. 대답을 할 수 없다. 옥순은 고개만 숙이고 있는 자신의 붉어진 뺨을 거울을 통해 보고 있다. 친구들과 물장난을 치며 행복해하는 여자 아이의 얼굴을 넋 놓고 보고 있다. 욕탕 안에서 옷을 걸칠 수 있는 사람은 때 미는 사람뿐이잖아. 단발머리 여자아이가 말한다. 옥순은 거울 속의 여자아이 얼굴에 손을 댄다. 연못의 잔잔하던 물결이 파문을 일며 아이의 얼굴을 삼켜 버린다. 거울엔 손자국만 남았다. 옥순은 며칠이 지나도 여전히 남아있는 손자국에 유리 닦는 세정제를 분사해 뿌득뿌득 닦아냈다. 이 집으로 이사 온 후 처음으로 유리알처럼 맑은 거울을 보는 것 같다.

24시 천지연 찜질 방에 이력서와 자릿세, 물세, 하루 욕탕사용료 등 희망가격을 적은 용지를 내놓고 돌아오는 길에 잠시 사거리 앞에 섰다. 찜질방에서 제시한 하루 욕탕 사용료가 칠만 오천 원이면 너무 비싼 거 같다고 속엣 말을 하면서 불빛이 현란한 쪽으로 고개를 돌렸다. 해장국 집 대형 유리창안에 해장국을 게걸스럽게 먹는 사람들의 모습 속에 자신의 모습을 끼워 넣고 싶을 만큼 시장 끼가 돌았다. 배에서 꼬르륵 꼬르륵 울어댄다. 옥순은 길 건너 주유소에서 들려오는 크락션 소리를 빗어 넘기지 못하고 고개를 돌려 빨간 스포츠카에 잠시 시선을 꽂는다. 주유를 위해 멈춘 차 안에서 두 젊은 남녀가 말다툼을 하고 있었고 그 뒤에서 네다섯 살쯤으로 보이는 남자아이가 목청을 높여 울고 있었다. 옥순은 차문을 열고 울고 있는 아이를 데리고 나와 그들이 쫓아 오지 못하게 뛰어가 어디론가 숨고 싶었다. 그들의 싸움은 아이의 울음 끝이 길어져도 뒤차를 무시하고 주유기 앞에 선 채로 몇 분을 더 서있었다. 아이에게서 눈을 떼지 못하고 쳐다보던 옥순과 목청을 올리던 여자와 눈이 마주쳤다. 옥순은 자신도 모르게 고개를 돌리고 발 걸을 떼고 빠르게 걸었다. 시장 모퉁이를 돌아오던 길에 Mary-라는 옷 가게 앞에 버려진 마네킹을 본 순간 옥순은 발이 땅에 붙어서 떨어지질 않았다. 옷을 벗고 있는 마네킹. 그녀가 뻣뻣한 손을 내밀어 옥순의 옷자락을 잡고 놓질 않는다. 그 손길을 뿌리치고 돌아서는데 바람이 불었다. 그 세지도 않은 바람에 옥순이 흔들린다. 갑자기 온몸이 노곤해져 모든 게 짜증스러워지고 그대로 누워버리고 싶었다. 고개를 들어 위를 올려다본다. 4층 건물은 빛으로 가득 차 있었다. 1층 미용실에선 9시가 넘은 시각이었는데도 머리를 자르는 미용사의 가위든 손과 빗을 든 손이 바쁘게 갈마들고 있었고, 이층의 해프닝 호프집에도 삼삼오오 무리지어 층계를 오르고 있었다. 삼층 헬스장에서는 최신 댄스음악이 흘러나오고 있었고 그 음악에 맞춰 러닝머신 위를 뛰고 있는 여자와 남자들의 모습도 보였다. 옥순은 자신의 이마를 훑어본다. 푸석푸석하던 이마의 골에 끈적끈적한 땀이 배어있다. 화려한 불빛 아래 그림자를 쪼개고 서 있던 옥순은 잠시 정신이 몽롱해진다. 등에 기대고 있던 은행나무에서 몸을 떼자 쪼개졌던 그림자가 뻣뻣하게 등을 세웠다. 고개를 돌려 길 건너의 시끄러운 곳으로 시선을 멈추었다. 수원 갈비 OPEN 기념 이벤트를 하고 있었다. 가게 안은 사람들로 꽉 차있었고, 벌건 숯 위에서 막 익고 있는 고기를 상추에 싸서 입 속으로 쏙쏙 밀어 넣고 질겅질겅 맛있게 먹어댄다. 옥순의 입에 침에 고인다. 가게 안은 뿌옇게 그을음과 연기 속에 휩싸인 사람들이 흐릿해지고 있다. 그 흐릿한 그림 속에서도 옥순의 눈에는 또렷하게 아이들의 뛰어다니는 모습들이 정확하게 보였다. 가게 안의 그을음이 모두 옥순의 눈과 목으로 들어온 것처럼 매캐하게 눈물과 콧물이 흘러내렸다. 몸을 돌려 방향을 틀자, 인형처럼 예쁘고 쭉쭉 뻗은 몸매의 젊은 여성 두 명이 히트송이라는 NRG의 노래에 맞춰 댄스를 하고 있는 게 보였다. 몇몇 아이들이 그 여자들의 댄스동작을 따라하고 있었다. 리듬을 타며 흔들흔들 온 몸을 조금씩 움직이며 아이들은 여자들과 연습이라도 한 양 제법 댄스를 맞추고 있었다. 얼마를 걷다보니 옥순은 다시 Mary라는 옷가게 앞으로 와 있었다. 자신의 눈앞에서 수치스러움도 모르고 발가벗고 서 있는 마네킹의 눈을 보았다. 순간 자신도 마네킹처럼 입고 있던 옷을 다 벗어버리고 그 옆으로 나란히 서 있고 싶었다. 그 때 마네킹의 몸에 어디서 날아왔는지 다리 사이의 중요한 부위에 A4 크기의 종이가 부적처럼 착 달라붙었다. 점포정리. 옷가게 유리창에 붙여 놓았던 것이 바람에 떨어진 것이리라. 옥순은 종이의 글자를 뚫어지게 쳐다보다가 자신의 인생도 점포정리처럼 인생정리라고 써서 붙이고 싶었다. 돌아서서 가려는 옥순을 잡고 놓지 않는 마네킹을 그대로 둘 수없어 질질 끌며 집까지 데리고 왔다. 마네킹과의 동거는 그날 그렇게 시작되었다. 욕조에 물을 가득 받아 마네킹을 안고 욕조 안으로 들어 선 옥순은 기분이 묘해짐을 느꼈다. 딱딱하던 마네킹이 물기를 머금은 탓일까 말랑말랑 살처럼 부드러워짐을 느끼고 꾹- 눌러보았다. 그때 마네킹의 얼굴이 일그러진 듯 보여 그만 고개를 돌리고 만다. 옥순의 눈동자는 몹시 당혹스럽게 흔들렸다. 때 묻고 이가 나간 마네킹의 몸에 바디클린저를 뿌리고 부드러운 수건으로 거품을 일어 마네킹의 등을 문질렀다. 그 때 작은 미동을 느낀 것 같다. 옥순은 고개를 절래 절래 흔들며 다시 거품 묻은 손을 움직여 스펀지로 팔과 다리로 무릎을 거쳐 발로 다시 위로 올라와 눈을 감고 다리사이를 문질렀다. 순간 물컹한 것이 손끝에 닿은 것 같아 손을 멈춘다. 마네킹의 아랫도리는 밋밋했다. 아무것도 잡히지 않았다. 깨끗했다. 아니 허전했다. 숲도 없었고 골짜기도 없었고 동굴도 없었다. 갑자기 몸이 뜨거워지기 시작한다. 마네킹의 거기에 구멍을 뚫어주고 싶어졌다. 그녀에게도 여자의 기능을 만들어 주고 싶었다. 대음순과 소음순을 만들고 질을 만들어 그 안으로 깊숙이 자궁까지도… 옥순은 길게 묶은 머리를 풀었다. 거울 옆에 놓여진 눈썹 미는 칼을 잡아들고 풀어헤친 머리를 한 움큼 쥐고 그대로 쓰윽 벼를 베듯 베었다. 소리도 없이 귀퉁이가 맞지 않은 짧은 머리칼들이 발밑으로 쏟아졌다. 손에 잡혀있는 머리칼을 세면대 위에 올려놓고 속눈썹 붙이는 접착제를 마네킹의 사타구니에 펴 발랐다. 그리고 얼른 잘린 머리칼을 거기에 붙였다. 휴─ 한숨이 붙지 않은 머리칼과 함께 떨어진다. 홍조된 얼굴엔 이미 땀방울들이 몽글몽글 땀샘을 밀고 나오는 게 느껴진다. 옥순은 마네킹의 얼굴로 시선을 떨어트린다. 어깨에 찰랑찰랑 닿을 듯 말 듯 물결의 흔들림에 따라 마네킹의 가슴이 들어났다 잠겼다. 아랫도리가 물에 잠겼다가 뜨자 붙여놓은 머리칼도 물결의 움직임과 함께 해초처럼 살랑살랑 부유한다. 잠깐사이에 뽀그르 털 사이사이에 미세한 방울들이 생겨있었다. 옥순은 손가락으로 툭 쳐본다. 그래도 방울들이 떨어지지 않고 그대로 붙어있다. 옥순의 입가에 웃음이 번진다. 옥순은 마네킹의 팔을 올려 겨드랑이를 타고 다시 팔 아래쪽으로 스펀지를 옮겨가며 때를 밀었다. 스물 스물 물 위에 하얀 얼룩이 떠다닌다. 옥순의 얼굴은 온통 땀으로 젖어있다. 눈 속으로 이마에서 흐른 땀이 흡수된다. 눈을 깜빡이며 다시 눈물처럼 땀을 떨어내는 옥순의 얼굴은 발그레하다. 욕조의 마개를 따고 펑 소리와 함께 거품이 줄기 시작한다. 출렁이는 거품 속에서 마네킹이 웃고 있다. 옥순은 잘못 본 것은 아닐까 땀에 젖은 눈을 오른쪽 팔을 올려 땀을 닦고 마네킹의 얼굴을 들여다본다. 그리고 드릴을 찾아다가 마네킹의 숲 속에 동굴을 만들기 시작한다. 두루루룩… 끄르륵……. 구멍이 깊어지고 있다. 더 깊고 깊게……. 옥순은 주문을 외우며 어둠 속으로 발을 들여 놓았다. 용암이 흘러 내리 듯 옥순의 온몸을 타고 뜨거운 땀이 흘러내려 마네킹의 동굴 속으로 흘러들어가고 있다. 옥순은 굴의 끝에서 소릴 질렀다. 입굴 금지! '천연기념물 1호 자화상'

먼지를 뒤집어 쓴 마네킹을 샤워시키고 잠시 숨을 돌린다. 물을 뚝 뚝 흘리고 있는 마네킹의 몸을 마른 수건으로 닦아낸 후 거울 앞에 세 웠다. 마네킹이 자신의 모습을 볼 수 있도록. 형광등 아래 훤히 드러난 하얀 살이 비너스상 같았다. 그 하얀 살빛 때문일까 마네킹의 다리사 이에 숲이 숯덩이처럼 검고 짙다. 옥순의 가슴이 방망이질 한다. 옥순 은 잘려나간 머리의 대칭이 맞지 않은 부분을 집어 다시 써걱써걱 가 위로 잘라냈다. 속이 뻥– 뚫리는 것 같다. 방안에 후로랄 향이 박쥐처 럼 날아다녔다. 그 향에 취해 옥순은 그대로 방바닥에 머리를 떨어트 리고 눈을 감는다. 옥순의 얼굴에 조금 전 보다 더 큰 미소가 번진다. 무슨 생각을 하는지 행복해 보인다. 발가락을 꼼지락 꼼지락하며 입에 서 노래가 흘러나온다. 옥순은 이 순간의 희열 때문에 때 미는 여자가 되고 싶다고 했던가. 나른함이 봄날 오후를 그대로 복사해 온 것 같다.

"왜 하필, 그 많고 많은 직업 중에 때 미는·여자야!"

남편은 휠체어를 돌리며 옥순에게 성을 낸다. 옥순은 입을 닫고 창 밖을 본다. 왜 때 미는 여자가 되고 싶었는지 설명할 수 없었다. 아니 설명하기 싫었다. 옥순은 이미 마음먹은 일이고 어차피 이 집안에서 돈을 벌어야 하는 사람은 자신밖에 없다고 성내고 있는 남편을 달랜 다. 파르르 떨던 옥순의 남편은 그녀가 내 놓은 말의 줄기를 뽑아내어 다시 자신의 입속으로 기어 넣으며 수긍하는 낯빛이다. 그래. 당신이 때를 밀어주면 그 순간만큼은 병신이 된 걸 잊어버리게 돼. 하지 만……. 남편은 그녀가 서울로 상경할 것은 수긍하는 듯하다. 옥순의 마지막 말 때문에 얼굴에 혈색까지 돈다.

"돈 많이 벌어서 당신 다리도 재수술 해야죠. 서울에 있는 제일 큰 병원에서. 어쩜 다시 걸을 수 있다고 했잖아요."

옥순의 남편은 벌써 수술을 끝낸 사람처럼 발에 발끈 힘을 주어본다. 그러나 이내 낮빛이 변한다. 그런 남편을 그대로 둘 옥순이 아니다. 남편의 휠체어를 밀고 거실 유리창 앞에 선다. 그리고 작은 화단에 넘치도록 피어있는 개나리꽃을 가리킨다. 내년엔 저 개나리 꽃 대신 앞산에 올라가서 진달래꽃을 한 아름 꺾어 오자고…….

남편을 이혼하고 혼자 사는 시누이에게 맡기고 서울로 온 지 벌써 몇 개월이 지났다. 아— 정말 남편의 다리를 수술할 수 있는 큰 돈을 벌 수 있을까? 옥순의 마음에 푸른 이끼가 엉기성기 자라고 있었다.

그렇게 서울로 올라와 청미목욕관리학원에서 삼 개월을 목욕관리사가 되기 위해 교육을 받았다. 처음 며칠은 팔, 어깨, 허리, 목 등 온몸이 뻐근하고 몸살이 나서 눕고 말았다. 제대로 때밀이가 된다는 건 쉬운 일이 아니었다. 일자리를 정식으로 얻기 위해 양로원으로 무료 봉사활동을 나간 지 벌써 5개월째다. 그러니 이젠 때만 봐도 체질을 알 수 있었다. 지성 피부가 아니면서도 때가 많다면 몸에 열이 있는 사람이라는 걸 감지할 수 있게 되었다. 몸에 병이 있는 사람은 때의 빛깔과 농도도 달랐다.

'오늘은 어린이 날입니다.' 알람으로 맞춰두었던 라디오에서 DJ의 음성이 흩어져 나왔다. 옥순의 등이 파르르 떨린다. 일년을 11개월로 짤뚝 잘라내고 싶었던 이년 전 오늘.

남편과 아이는 놀이공원에 다녀오겠다고 옥순이 싸준 김밥과 계란 음료수, 아이가 좋아하는 과자가 든 가방을 들고 서울로 소풍을 갔었다. 오후 내내 돌아오지 않는 남편과 아이를 기다리던 옥순에게 걸려온 전화는 사고예요. 남편과 아이가 타고 있던 버스가 전복되었습니다. 다행히 남편께선 무사 하십니다 이었다. 아이 얘기는 없고 남편은 무사하십니다……. 남편을 꼭 닮은 아이는 영영 그 날 이후 없었다. 아이만 지워진 게 아니라 옥순에겐 영원히 어린이날은 기억에서 지워버렸다. 남편의 머리 속엔 아이가 있었던 기억이 없다. 그 날 그 사건은 옥순의 입에서 다시를 부를 수 없는 아이의 이름을 옥순의 기억에서 떼어 내어 버렸다. 병원에선 남편에게 해리성 기억상실증이란 진단을 내렸다. 옥순의 입에서 꺼낼 수 없는 그 사실은 허구가 되어버렸다. 그 날부터……. 옥순만 기억 할 수 있는 상자를 아프게 자궁 속으로 밀어 넣었다. 공유할 수 없는 배경지식이 있다는 건 결코 행복이 아니었다. 그러나 옥순에겐 순간순간 다행스럽다는 생각을 하게 되었다. 사고 후 남편은 첫날밤도 잊어버린 듯 보인다. 옥순은 차라리 남편의 기억 속에서 영원히 재생될 수 없는 테이프처럼 죽죽 풀어져 버리길 순간순간 기도한다.

"네? 오늘부터요?"

옥순은 찜질방에서 걸려온 전화를 놓자마자 휠체어에 나란히 놓여진 남편의 망가진 다리를 떠올린다. 다리위에 올려진 모포와 모포 아래로 나란히 놓여진 먼지하나 없이 잘 닦인 구두. 남편은 휠체어에 앉을 때마다 필요도 없는 구두를 꼭 신겨달라고 했다. 그는 그 구두를 신고 어디를 가고 싶은 것일까 생각하는 자신의 마음을 들여다 볼까봐 옥순은 남편의 눈을 쳐다볼 수 없었다. 지금도 남편은 구두를 신고 휠체어에 앉아 있을까? 옥순은 나란히 놓여진 마네킹의 발을 쳐다본다. 욕조에 걸터앉아 한 숨을 쉬고 있는데 밖으로부터 들어 온 햇살이 마네킹의 입술을 찔러댔다. 마네킹의 눈과 마주 친 옥순은 그만 눈을 감아 버렸다. 햇살이 반사되어 옥순의 눈을 찔렀기 때문이다. 마네킹의 눈에서도 시디 신 눈물이 곧 솟을 것 같다. 옥순은 얼른 욕조의 작은 창을 닫았다. 마네킹이 웃는다. 아니 그렇게 보인다. 순간 어제의 일이

번뜩이고 지나간다. 지압 연습을 할 양으로 마네킹을 눕히고 수건을
뜨거운 물에 넣었다가 꼬옥 짜서 마네킹의 등에 올려놓자 '아―' 아주
작은 탄성을 들은 것 같았다. 딱딱하던 마네킹의 몸이 시간이 지나자
말랑거리는 것도 같았다. 마네킹을 바로 눕히고 얼굴 마사지를 하려는
데 마네킹의 입가에 미소가 걸려 있었다. 숲에서도 바람이 부는 것 같
았다. 아니 자신이 가꾸어 놓은 숲에서 메아리가 울리는 것도 같았다.
키가 자란 나무들이 키 재기를 하듯 사각사각 댔다. 마네킹의 얼굴이
하루하루 달라지고 있었다. 옥순은 마치 오래전부터 이렇게 서로를 마
주하고 소꿉놀이를 해 온 것 같은 생각이 들었다. 수도꼭지에 손을 얹
고 툭 밸브를 올린다. 쏴―아 욕조에 물이 쏟아진다. 옷을 입은 채로 욕
조 속으로 몸을 들인다. 찰랑찰랑 목 언저리까지 물이 찬다. 밸브를 잠
그고 눈을 감는다. 잔잔하던 욕조 속 물위엔 반쯤 창으로 가로질러 온
햇살이 욕조 밖으로 드러낸 옥순의 얼굴을 조각하고 있다. 따끔 따끔
예리한 바늘로 찔러댄다. 옥순은 여전히 눈을 찔끔 감고 그 햇살을 참
고 있다. 쿡쿡 한자리를 같은 강도로 찔러대는 햇살에 얼굴에 빨갛게
구멍이 생길 것 같다. 언제 올라 왔는지 손바닥이 수면위로 올라와 뺨
에 올려져 있다. 옥순은 물 속에서 나와 옷을 벗는다. 뚝뚝 떨어지는
물을 닦지 않고 고개를 숙여 자신의 아랫도리를 본다. 거울에 자신의
몸이 비치려고 하자 휙 돌아서서 나와 수건으로 몸을 휘 감는다.

　오늘로 일주일째 출근이다. 시원하게 때를 밀어드립니다. 13,000
원, 전신 오일 마사지 35,000원, 얼굴 마사지 20,000원, 발마사지
20,000원, 속눈썹 파마 15,000원, 안면 잔털 제거 15,000원, 손톱소
지 10,000원, 전신 안마 40,000원. 어제는 비번이라 집에서 쉬고 있
었는데 자꾸 가격 판이 눈앞에서 그네를 타고 놀았다. 이 시간 때를 밀

면 돈이 얼만데……. 머리 속으로 계산되어지는 돈 때문에 통장을 몇 번이나 들여다보았었다.

"9번 아줌마. 얼른 가 봐요. 꼭, 아줌마한테 밀어야 한대."

옥순은 입고 있던 원피스를 벗고 목욕탕 안으로 들어갔다. 이미 젊은 여자는 다이에 누워있었다. 이틀 전이었다. 그녀는 하얀 등을 내 보인 채 가녀린 목소리로 너무 세게 밀진 말아요 라고 말하며 옥순을 향해 돌아누웠다. 그 순간 옥순의 눈엔 그녀의 사타구니만 보였다. 하얀 살이 그대로 드러나 있는 그녀의 사타구니에는 숲이 없었다. 바짝 마른 그녀의 몸매엔 똥배도 없어서 위에서 보기에도 볼록하게 솟은 듯 보였다. 거기에 수건으로라도 가려주고 싶었다. 옥순은 그녀를 의식해서 아무렇지 않은 듯 때를 밀기 시작했다. 더 부드럽게 더 민감하게 그녀의 은밀한 부위를 건드렸다. 두 팔을 위로 하자 그녀의 겨드랑이에도 숲은 존재하지 않았다. 옥순의 손이 긴장되고 있음을 그녀가 느낀 것일까. 흉한가요? 어려서 보약을 잘못 먹어서 그렇대요. 괜찮아요. 그녀의 입술에 날개가 달려있었던가. 그녀는 옥순을 남편 앞에 덩그러니 떨어 트려 놓고 날아가 버렸다.

"재수 없게!"

남편은 분명 재수 없다고 말했다. 남편의 입 속엔 잘 갈려진 칼날이 날을 세우고 있었다. 한입에 떨고 있는 옥순을 삼키고 써걱써걱 씹어 댔다.

"알보지였어? 한 번 보기만 해도 평생 재수 없다는? 날 속여!"

그 첫날밤은 옥순에게 지옥이었다. 귀가 먹먹하도록 맞고 또 맞으면서도 고백하지 못한 일이 속인 일이 되어버린 게 억울해서 울지도 못하고 입술만 피가 나도록 쥐어뜯었다. 그 일년이 지나고도 옥순은 처녀였다. 결벽증 있는 남편이 손대지 않은 옥순의 몸은 탐험하기를 거부당한 동굴이었다. 그 동굴을 제 몸에 담고 밤마다 남편의 욕설만 담아냈다. 그 욕설이 시간이 흐르고 동굴 속에서 화석 암이 되고 있었다. 남편은 술에 취해 살던 어느 날, 옥순의 몸을 더듬어대며 탐험을 시작했다. 노출되고도 꺼려져 들어가길 거부당했던 그 곳에 남편은 땀을 뻘뻘 흘리며 동굴의 끝을 향해 헤집고 다녔다. 동굴 속에서 남편이 만난 것은 무엇이었을까. 옥순은 동굴 속에서 나왔을 때 뻘겋게 불덩이가 된 남편의 얼굴을 아직도 잊을 수 없다. 그 동굴에 남편은 다시 들어가는 일은 없었지만 입구를 막아 버리지는 않았다. 그 동굴 속에서 만난 것이 무엇이었는지 남편은 말하지 않았지만 남편이 다시 동굴로 들어가는 일은 없었다. 동굴 속에서 웅크리고 있던 박쥐들이 날개를 펄럭이며 날아다녔다. 어느 날부터 불러 오는 배를 감싸 쥐고 옥순은 동굴의 끝에서부터 부는 바람을 시원하게 맞고 있었다. 아이를 낳던 날, 자궁을 빠져나온 주먹만한 아이를 보자 동굴 속에서 웅크리고 앉아있었을 것을 생각하니 뼈가 저렸다. 탯줄을 자르려던 의사의 손을 뿌리치고 피로 엉킨 시커먼 탯줄을 움켜쥐고 아이의 눈을 찾았다. 탯줄을 끊지 않은 채 서로가 마주쳤던 그 몇 초 동안 옥순은 아이의 얼굴에서 자신의 얼굴을 보았다.

　옥순은 사고 난 날 병원으로 뛰면서 재수 없는 년, 너 때문에, 니가 아들 잡아먹었어. 라고 손찌검할 남편이 두려웠었다. 옥순은 가끔 남편의 기억 속에 어디까지 지워졌는지 들어가 보고 싶었다.

　"아줌마 손은 마력이 있는 거 같애. 온 몸이 다 녹아버리는 기분이야."

　여자는 정말 행복해 보였다. 쭉쭉 뻗은 다리는 매끄러웠고 허리는 잘록하고 유방은 마치 물 풍선을 올려놓은 것처럼 봉긋했다. 눈을 감고 있는 그녀의 입술이 살짝 벌어진다. 여자는 마치 황홀경에 빠진 사람처럼 몸서리를 친다. 한 번도 오르가즘을 느껴본 적 없는 옥순이지만 여자는 분명 오르가즘을 느끼는 것 같다고 말하고 있다. 등을 밀기 위해 돌아누운 그녀의 엉덩이가 탄력 있게 보였다. 손가락으로 살짝 누르자 하얀 자욱이 퉁—소리를 내며 튀어 올랐다. 옥순은 손에 아로마 오일을 알맞게 떨어트리고 양손을 살짝 비빈 후, 목 뒤와 귀 옆을 마사지 한 후 목선을 따라 유방을 거쳐 배에 멈췄다. 옥순은 잠시 집에 있는 마네킹을 생각했다. 여자의 거기에도 자신의 머리를 잘라 강력접착제를 듬뿍 바르고 시커멓고 풍성하게 숲을 만들어 주고 싶었다. 그녀의 숲이 외롭지 않게 많은 새가 날아와 놀다 갈 수 있길 바래본다.

"이 향은 뭐야?"

그녀가 콧소리를 내며 묻는다. 낯선 아양이 들러붙은 목소리가 옥순의 머리를 환기시키듯 망상 속에서 끄집어내 주었다.

여자는 잠시 눈을 떴다가 감으며, 지난번엔 이 향이 아니었는데 한다. 옥순은 팔을 쓸어내리며 그녀의 손바닥에 지압을 시작했다. 지난번엔 이플립 플랜트 에센스였어요. 건성이라 각질이 많이 일어나서 천연 비타민, 미네랄 등 영양성분이 풍부한 걸 써야했어요. 옥순은 발바닥의 각질을 제거한 후 여자의 발바닥을 마사지하기 시작했다. 여자는 언제 잠이 들었는지 코를 골며 잠들어 있다. 여자의 발바닥은 여리고 부드러웠다. 옥순은 그녀의 몸을 돌려가며 안마를 시작했다. 퉁 두두 둥 퉁 두두두두 둥……. 그녀의 몸 구석구석에 기차 길을 만들어 갔다. 안전하게 그녀의 몸 구석구석으로 달렸다. 바람이 불기도 하고 훈훈한 열기가 느껴지기도 했다. 퉁 두두 둥 퉁 두두 둥……. 골짜기에 이르자 그녀가 한 숨을 후— 뱉어내고 간헐적인 신음을 토해낸다. 그녀도 그녀의 몸 구석구석을 다 알지 못한다. 옥순은 그녀가 알지 못하는 그녀의 몸 구석구석을 자세히 살핀다. 온 몸을 열어 둔 채 그녀는 자신의 몸을 허락한다. 옥순은 그녀의 몸 아주 예민한 부분까지도 기차 길을 만들며 힘차게 달리기 시작한다. 이미 있었던 터널 속을 달리기도 하고 조금 전 만들어 놓은 터널을 시험운행을 하기 위해 깊은 호흡을 들이 쉰다. 투두두두 퉁퉁 퉁퉁퉁 어디서 솔향기가 난다. 소나무 숲을 지나왔던가? 옥순은 잠시 엎드려 있는 여자의 다리 사이로 난 숲길에서 잠시 손을 멈춘다. 짙은 팥죽색의 작은 산 밑으로 동굴의 입구는 닫혀 있다. 똑똑 노크를 하지만 소리가 없다. 옥순은 벌어진 다리를 힘주어 밀고 동굴의 입구를 넓혀간다. 한 발 한 발 앞으로 걸어갈 수록 동굴의 입구에서 습한 바람이 불어 옥순의 뺨을 스친다. 얼마를 걸었을까? 등 뒤에 무엇인가 기어가는 느낌이다. 손을 등 뒤로 감아 꾸물거리는 것을 잡았다. 움켜쥔 손을 펴자 날개가 없고 눈도 없는 회색 곤충이 더듬이를 휘젓고 있었다. 언젠가 그림에서 보았던 갈로와 곤충처럼 보였다. 몇 분이 흘렀을까? 뒤를 돌아다보니 조금 전엔 보지 못했던 종유석이 뻗어있었다. 마치 나부상 같다. 이마에 떨어진 물을 닦으며 천장을 올려다보자 아이를 안고 있는 관음보살상을 한 벽화가 있었다. 옥순은 모자상이라고 읊조렸다. 옥순은 동굴의 끝에 다다르자 축축하게 젖은 손을 모아 '천연기념물 제 6호 관음굴' 이라고 이름을 붙여놓고 천천히 걸어 나왔다.

  여자는 여전히 깊은 잠에 빠져있다. 옥순은 멈추었던 손을 부지런히 움직이며 안마를 해댄다. 투두 두두둥 투투두두 두두둥……. 옥순에게 날개가 달린 듯하다. 날개를 단 옥순은 잠시 아래를 내려다본다.

  풀썩- 싸르르……. 엄마가 목욕을 하고 있다. 잠에서 깬 옥순은 벌레들이 울어대는 소리를 밟고 걷다가 멈춘 곳은 목욕탕 앞이었다. 달빛이 유난히 밝다. 목련꽃이 달빛을 온통 빨아들인 것처럼 활짝 핀 꽃송이마다 전등을 켜 놓은 것 같다. 악몽을 꾸었는지 이불에 오줌을 싸버렸다. 두꺼운 이불에 지도를 그려놓고 엄마한테 혼날까봐 조심스럽게 일어났는데 엄마는 옆에 없었다. 엄마를 찾으려고 떠지지도 않은 눈을 비비며 뒷마당을 돌아가려는 데 검은 그림자가 목욕탕 안으로 들어가는 것이 아닌가. 놀란 옥순은 작은 두 손으로 입을 막고 있었다. 어둠 속에서 남자를 삼켜버린 동굴은 동물의 울음소리를 토해냈다. 동굴 안은 암흑의 지하세계이다. 옥순은 점점 굴러 떨어지는 몸을 쭈―욱 뻗어 바닥에 닿지 않는 발을 고무줄처럼 늘이려고 안간힘을 썼다. 어두운 동굴 끝으로 떨어진 옥순은 손바닥이 다 까진 것도 모른 체 안간힘을 써서 기어 나왔으나 목련나무 뒤에 숨어 꼼짝할 수가 없었다. 팔도 없는 목련이 자신의 옷자락을 꽉 쥐고 놔 주질 않았다. 여전히 동굴 안에선 짐승들의 몸부림이 부서지고 깨지고 있었다. 으흐흐 헉헉…….엄마의 목소리를 가래 짙은 헛기침이 삼키고 나면 다시 엄마의 우는 것 같은 목소리가 물레방아처럼 돌아갔다. 옥순은 귀를 막았다. 그런데도 엄마의 웃는 소리가 들린다. 엄마의 웃음소리를 또 쉰 기침소리가 삼켜버린다. 동굴의 입구를 막아 버리고 싶었다. 엄마도 그림자도 나올 수 없게 영원히 가둬버리고 싶었다. 그 때 삐그덕 나무 대문이 열리고, 거대한 그림자가 움직이며 옥순의 앞을 빠르게 지나간다. 확―바람을 일으키며 지나간 그림자 뒤로 화―한 향이 지나간다. 몸을 오그린 채 고개를 땅으로 박았는데도 그 향은 옥순의 머릿결 사이사이에 스며든다. 순간 온 몸에서 열이 나기 시작한다.

"엄마, 엄마 옷에서 이상한 냄새 나. 매워!"

"맵긴. 엄만 좋기만 하구먼. 박하향이라구 하는 디. 너도 좋아하게 될 거여.”

  옥순은 엄마가 굿을 하러 간 사이 엄마가 좋아한다는 그 향이 나는 옷을 다음날 빨래 줄에 널고 쨍쨍 내리쬐는 햇볕에 말리고 그 다음날도 또 내다 널어 해가 넘어갈 때까지 말리고 또 말렸다. 그런데 엄마는 새벽에 신기를 받으러 간다고 나갔다 들어 온 날이면 여지없이 박하향이 묻은 치마를 걸치고 들어왔다. 벗어 놓은 치마에선 축축하게 물기가 묻어 있었다. 옥순은 또 엄마가 동굴 속에서 짐승이 되었을 것을 생각하며 입술을 깨물었다. 그 때마다 옥순은 울음소리가 새어 나오지 못하게 딱딱하게 굳은 재 묻은 떡을 입속에 넣고 있었다. 굳은 떡이 입속에 고인 눈물과 섞이면서 말랑해지면 꺽꺽 토악질이 났지만 이불을 덮어쓰고 잠들기만을 기다렸다. 하지만 옥순의 베개는 입에서 나온 오물과 눈물로 축축하게 젖어들어 얼룩덜룩한 베갯잇이 더 진한 그림이 된 후에야 잠이 들었다.

  ‘꽝! 꽈다당……. 댕그르르…’ 옥순은 잠에서 깨어 목욕탕으로 뛰어 들어갔다. 욕조에 반쯤 잠긴 마네킹의 한쪽 다리가 부러져 뒹굴고 있었다. 쭈그리고 앉아 산산조각이 난 마네킹의 다리를 대야에 넣고 욕조에 들어 앉아 있는 몸통을 들어내 바닥에 앉혔다. 흉찍한 다리는 부러진 다리가 아닌 남아있는 다리였다. 길게 쭉 뻗은 다리가 흉물스럽게 보였다. 순간 남편의 의족이 생각났다. 옥순은 벌떡 일어나 가방을 챙겨 들고 집을 나섰다. 돈을 벌어야 해……. 많이……. 옥순의 발걸음은 바빠졌다. 서울의 거리는 낮에도 옥순에게 온통 어둠이었다. 어디를 가도 모르는 길뿐이었다. 어느 날은 낯선 길을 3시간 동안이나 같은 자리에서 맴돌고 있었다. 옥순은 지금까지 탐사했던 어떤 동굴보다도 더 음습하고 냉한기가 도는 동굴 속으로 걸어 들어가고 있는 것 같아 잠시 발길을 멈추었다. 고수익 보장, 때밀이 아줌마 급히 구함. 전단지를 들고 공중전화 부스 속으로 들어갔다. 긴장이 풀어지자 다리에 힘이 풀려 잠깐 웅크리고 앉는다. 눈을 감았다 뜬 옥순은 서울의 한복판 동굴 속에 앉아 있는 자신의 모습을 본다. 세상은 온통 노출된 동굴을 안고 있다. 간판의 이름들이 갑자기 불기 시작한 바람에 날려 스르륵 사라진다. 좀 전에 보았던 신세계백화점의 간판은 천연기념물 3598호로 되어있다. 사람들이 동굴의 입구로 걸어 들어간다. 엘리베이터를 타고 암흑의 지하세계로 이야기를 하며 웃으며 내려간다. 옥순은 수화기를 든 채로 밖을 본다. 그 순간에도 사람들이 거대한 동굴 속으로 사라지고 있다. '으-아 악!' 옥순은 도리질을 해대는 자신의 모습을 멀리서 지켜본다. 웅크리고 떨고 있는 자신의 모습을 끌어내려고 애를 쓰지만 되지 않는다. 지나가던 사람들이 공중전화 부스속의 옥순을 이상스런 눈으로 쳐다본다. 손가락질을 하며 자기네들끼리 말을 하며 지나간다.

"전화를 걸었으면 말을 해야지. 씨발!"

순간 옥순은 아찔하게 떨어지고 있던 동굴 속에서 빠져나온다. 옥순은 지금 방문해달라는 주인의 신경질적인 음성을 놓칠까봐 꼭 잡고 택시를 탔다. 꼭 쥐고 있던 전단지는 심하게 구겨져 있었다. 금강산사우나 입구는 인공동굴로 되어 있었다. 옥순은 잠시 망설인다. 동굴 입구에 서서 발을 못 떼고 있다. 반짝이는 불빛이 요술나라 입구 같다. 그 안으로 들어가면 다시는 못나올 것 같다. 순간 정신을 잃는다.

"정신 차려요!"

코끝이 아릿하다. 옥순은 코를 틀어막는다. 박하 향 때문이다. 쥐고 있던 전단지가 바닥에 떨어진다. 전단지 보고 전화한 사람이라고 하자 옆에 서있던 남자가 우두둑 사탕을 씹어 삼킨다. 그가 사무실로 가자고 말한 뒤 앞서 걷는다. 그의 등 뒤로 박하 향이 날아와 옥순의 콧속을 후벼댄다. 그가 사장이라고 소개를 해 준 남자는 배가 뽈록하게 튀어나온 황소개구리 같았다. 커다란 눈은 거슴츠레했고 검붉은 피부는 거슬거슬해 보였다. 면담을 하자며 텅 빈 방안으로 옥순을 불러 들인 사장은 여기저기 지저분하게 놓여진 물건들을 거춤거춤 치웠다. 그는 어느 산에서 캐내온 나무뿌리로 깎아 만든 조각 같은 탁자에 피로회복제와 강장제를 올려놓았다. 사장은 한 눈에 보기에도 거쿨지게 보였고, 그 남자의 행동 하나하나가 거북살스럽게 느껴졌다. 마치 그 피로회복제를 잡아들면 수초처럼 덜컥 옥순의 손을 휘감고 다신 놓아줄 것 같지 않았다. 그 때였다. 남자는 옥순의 옆으로 다가 앉으며 건드레하게 말끝을 늘리며 보수는 충분히 줄 테니 이곳에서 먹고 자고 함께 일해 보지 않겠느냐며 제의를 했다. 사장은 피로회복제의 뚜껑을 따고 옥순에게 내밀었다. 병을 받아 든 순간 옥순의 손을 덥석 잡은 사장은 땀이 배도록 놓지 않았다. 그의 눈빛은 이미 개개풀어지고 있었다. 당황한 옥순은 그의 손아귀에서 풀려나기 위해 안간힘을 썼다. 남자의 손끝을 타고 검측측한 그의 마음이 옥순의 손끝으로 흡수되었다. 그가 옷을 벗기기라도 한다면……. 옥순은 한 가지 생각만 했다. 겁탈 당하게 될 몸뚱이 보다 '재수 없는 대게보지!' 그 소리가 버럭을 칠 것 같았다. 아이의 몸과 영혼을 태워 강가에 뿌리면서 그 재수 없게라는 말 역시 가루를 내어 함께 뿌렸다. 흘러가버린 강물처럼 남편의 기억 속에서 자연스럽게 지워진 일을 옥순 자신조차도 영원히 기억 할 수 없다면……. 옥순의 뇌 속에서 세포들이 기억장치를 두들겨댔다. 잡힌 손 때문일까? 떨고 있는 옥순의 손을 풀며 사장이 말했다. 생각해보고 다시 오라고. 옥순은 거듬거듬 손에 잡힌 가방을 들고 신발을 신고 유리문을 열었다. 철커덕 문이 닫히면서 감정이 빠진 기계음이 울렸다. 안

녕히 가십시오. 찾아주셔서 감사합니다. 다시 찾아 주십시오. 철컥! 옥
순은 횡– 자신이 빠져나온 공간의 열기를 잠시 생각했다. 밖으로 나오
자 고추바람이 불어 뺨에 와 닿는다. 화–한 향이 콤팩트의 분가루처럼
뺨 안으로 먹어 들어간다. 싸–하다. 박하 향이다.

"니도 좋아하게 될 끼다."

엄마의 갈근거리는 목소리가 심장으로 들어와 피 돌림을 하며 감친
다. 엄마는 그 밤에 사람들의 쑥덕거림처럼 박하 향을 찾아 나섰다가
영원히 돌아오지 못한 것일까. 옥순은 아직도 엄마의 죽음이 받아들여
지지 않는다. 주당풀이 굿을 하러간다고 나간 엄마는 이틀 만에 동네
아저씨들에 의해 들것에 실려 왔다. 사람들은 엄마가 박하가 흐드러지
게 피어있는 산 속에서 아랫도리가 다 벗겨진 채 박하 잎으로 거기만
덮여 있었다면서 못 볼 것을 봤다고 혀를 찼다. 웅성대던 사람들 틈에
서 옥순은 낯익은 그림자를 보았다. 재수 없는 화냥년! 무당은 무슨 무
당인 겨! 저 산에서 이놈 저놈 붙어먹는 거 내는 다 봤음더. 저런 년이
동네에 신성한 굿을 해 댔으니 동네가 잘될 턱이 있었겠능겨. 와 하필
우리 동네만 몇 년째 홍수로 마을이 잠겨야 했능겨. 다 저년 땜이 그랬
다 아임니꺼. 저 아도 동네에서 쫓가내야 합니더. 그 사람이 말할 때마
다 박하 향이 입속에서 불처럼 확확 붙어 나왔다. 그 불꽃이 엄마의 빨
간 치마에 들러붙어 활활 타고 있었다. 엄마가 얼마나 뜨거울까 그 생
각을 하면서도 소리한 번 지르지 못했다. 동네사람들은 옥순을 목욕탕
에 가둬놓고 문을 잠갔다. 옥순은 엄마와 거대한 그림자가 뒹굴던 동
굴 안에서 엄마의 몸이 타는 냄새에 질식하고 있었다. 사람들이 돌아
간 뒤 목욕탕에서 나온 옥순은 까맣게 산으로 날아가고 있는 박쥐를
보았다. 날아오르던 박쥐의 날개에서 떨어진 물방울에서는 박하 향이
났다.

옥순은 공중전화 부스에 들어가 버튼을 꾹꾹 힘주어 누른다.

"여보세요?"

낯익은 목소리가 꾸물꾸물 기어 나온다. 옥순은 수화기를 내려놓는다. 부스 안엔 낙서가 즐비하다. 그 낙서 사이사이를 지나가며 동공이 움직이고 있다. 찢어진 전화번호부 책장이 바람에 거풀거풀 춤을 추었다. 다시 구멍 속으로 동전을 넣는다. 딸칵 동전 떨어지는 소리가 옥순의 심장 뛰는 소리를 삼켜버린다. 옥순은 12개의 숫자와 특수문자 앞에서 잠시 망설인다. 062……055……. 갈 길을 몰라 멈추어 버린 손가락이 머문 자리엔 그림자가 생겼다. 꺽- 숨을 토해낸 옥순은 수화기를 떨 군 채 부스 안을 탈출하듯 뛰어 나왔다. 돌아 선 옥순의 등이 흔들린다. 웃었는지 울었는지 화를 냈는지 아무 생각도 나지 않는다. 옥순은 감정실금에 걸린 사람 같다. 갈퀴눈을 한 거대한 도시의 그림자가 옥순을 순식간에 흡수해 버릴 것 같다. 아스팔트를 따라 걷는 동안 옥순은 쇼 윈도우에 비친 황갈색 머리를 한 여자 마네킹과 잠시 눈이 마주쳤다. 순간 다리가 부러진 채 욕조 속에 갇혀있는 마네킹이 생각났다. 옥순은 생각한다. '천연기념물 1호 자화상, 너를 지켜야 해.' 옥순은 그녀의 동굴에서 날아다닐 박쥐를 생각한다. 누구의 입굴도 허용해선 안돼! 옥순의 입술에 힘이 들어간다. 순간 옥순의 눈동자에서 박쥐가 날개를 펴고 날아오른다. 그녀가 응신도 못하는 몸으로 무엇을 생각하고 있을까. 그래도 그녀의 숲에선 여전히 바람소리가 날 것 같았다. 골짜기에선 살랑살랑 실바람소리가 난다. 그 바람에 실려 온 그림자가 툭 그녀 옆으로 떨어진다. 누구의 얼굴인가. 그 얼굴 때문에 욕조의 공간이 비좁다. 욕조 안은 어느 새 박하 향으로 찰랑인다. 그녀의 숲에선 박하 향 바람이 불어댄다. 아- 옥순은 가방에 들어있던 소금 봉투를 꺼내 휴지통에 넣는다. 그리고 햇살이 부서지는 한길로 가붓가

붓 뛰어들어 택시를 잡는다.

"터미널이요."

택시가 총알처럼 달린다. 서울의 한복판을 달리면서 어디로 갈 것인지 묻고 있는 자신의 얼굴을 내려다 본다. 달리는 속도만큼 빠르게 거대한 도시의 동굴들이 택시의 백미러를 통해 사라지고 있다. 서울의 풍경 속으로 아스라이 멀어지고 있다. 그 멀어지는 풍경 속에 사람의 말이 알을 낳는다. 다시 찾아 주시면 감사하겠습니다.

옥순은 흔들리는 버스의 유리창에 기대어 표정 없이 스쳐지나가는 사람들을 강물처럼 흘려보낸다. 저 사람들 틈에서 무엇이 하고 싶었던가 생각하는 옥순의 입술이 파르르 떨리고 있다. 시내를 빠져나가는데 신호등에 걸린 버스가 24시 백두산 찜질방 앞에 섰다. 여자 몇이서 속닥거리며 목욕가방을 들고 그 안으로 들어간다. 옥순은 어쩌면 자신의 천연기념물이 되었을지도 모를 동굴들을 담담하게 지켜본다. 옥순의 입에서 멜로디를 잃어버린 휘파람이 새어나온다. 천지연, 금강산, 백두산……. 찜질방들을 산으로 모두 옮겨놔야 돼. 옥순은 덜컹이는 버스 속에서 오랜만에 단잠을 잔다.

시계는 벌써 3시 55분을 가리키고 있다. 벌써 몇 분 째 이렇게 서있는 것이다. 발을 옮겨 동굴의 입구로 들어섰다. 나선형 철 계단이 습기 때문인지 뻘겋게 녹이 슬어있었다. 몇 분을 걸었을까. 종유석이 고드름처럼 주렁주렁 매달린 것이 어디서 많이 본 것 같다. 익숙한 길을 걷듯 어두운 길을 쭈욱 따라 걸었다. 신발엔 습기가 축축하게 스며들고 있었다. 어디선가 사람들 소리가 들리는 것도 같은데 보이는 건 어둠뿐이다. 간간이 매달린 불빛에 의지해 발걸음을 더듬어 가고 있는데 푸드득 날갯짓 소리가 들리는 것 같아 두리번거린다. 옥순은 석순이 그림처럼 펼쳐진 곳 앞에 잠시 선다. 그리고 유심히 그 주위를 살핀다. 여기였다. 분명 여길 와 본 것 같다. 낯설지 않은 길을 따라 조심스럽게 걸어 들어간다. 똑똑……. 물 떨어지는 소리가 나는 곳으로 발을 옮겼을 때 였다. 옥순은 그 자리에 그대로 주저앉았다. 천연기념물 1호 자화상! 옥순의 입에서 신음처럼 터졌다. 옆을 둘러본 뒤 다시 목소리를 삼킨 입술을 움직인다. 아무 소리도 나오지 못했지만 옥순은 분명 이렇게 말했다. 천연기념물 2호, 3호, 4호, 5호, 6호……. 옥순은 숫자를 잃어버린 사람처럼 더 말을 잇지 못한다. 자신이 탐사했던 동굴이 모두 여기에 밀집해 있는 것이다. 잠시 걸음을 멈추고 불빛이 반짝이는 곳으로 눈을 꽂는다. 천장에서 내리 뻗은 종류석은 남편의 남근을 닮아 있었다. 옥순은 오래 전 자신의 동굴 속에서 얼굴이 벌겋게 달아올라 도망치듯 나왔던 남편의 얼굴을 떠 올린다. 어쩌면 남편은 자신의 동굴을 탐험하다가 정신을 놓고 있다가 자신의 남근을 여기에 심어 놓고 나온 건 아닐까? 옥순은 남근에 손을 대 본다. 남근이 벌떡 일어설 것 같아 그만 손을 놓아 버린다. 뒤로 돌아선 옥순의 심장이 방망이질 한다. 누군가 아이를 안고 있다. 어깨선이 부드럽다. 옥순은 한 발 한 발 조심스럽게 거대한 종유석 가까이 걸어간다. 옥순의 눈 속에 들어와 있는 건 어린이 날 이후로 만날 수 없었던 아이였다. 옥순은 가까이 가서 무릎을 꿇는다. 아이를 안고 있는 여자는 아랫도리가 벗겨진 형체다. 엄마 아……. 엄마 아 아. 옥순의 입속에서 터지지 못한 말은 혀를 휘감고 용암처럼 녹아 흘렀다.

"자— 이제부터 여러분은 놀라운 경험을 하게 될 겁니다. 우리나라 대부분의 석회동굴은 2~5억 년 전에 생성된 것으로 추정되고 있습니다. 석회동굴이란 오랜 세월동안 석회암이라는 암석이 물에 녹아서 만들어진 것입니다. 석회동굴은 울진의 성류굴, 단양의 고수굴, 정선의 화암굴 등 여러 곳이 있습니다. 자 여러분은 지금부터 고씨동굴의 경이로움에 빠져들게 될 것입니다. 자, 저를 따라 오십시오.”

옥순은 얼른 몸을 숨긴다. 그리고 사람들이 처벅처벅 물이 고인 검은 땅을 밟고 지나가는 소리를 듣고 있다. 긴 줄이 뱀처럼 빠져나간 자리에 혼자 남은 옥순은 신발을 벗는다. 그리고 양말을 벗고, 바지를 벗고, 셔츠를 벗어 옆으로 가지런히 놓는다. 천장에서 떨어진 물방울이 등줄기를 타고 흐른다. 그 물줄기가 가슴으로 흐른다. 가슴을 타고 흐르던 물줄기는 배꼽에 고였다가 다 머금지 못한 물방울이 빈 뜰로 고인다. 순간 마른땅에서 뾰족뾰족 새 순이 머리를 들어 올린다. 아랫도리가 간지럽다. 간지러움이 겨드랑이로 전위된다. 옥순은 참을 수가 없어 온 몸을 비튼다. 앗! 옥순은 자신의 눈을 의심한다. 자신의 아랫도리가 검은 털로 덮이고 있다. 그 순간 두 팔을 뻗어 본다. 보송보송한 느낌이 그대로 느껴진다. 아하! 짧은 탄성이 터진다. 옥순은 자신의 질입구가 넓혀 지면서 뭔가 커다란 것이 들어오는 것을 느낀다. 고통을 동반한 희열이 균열처럼 번진다. 이내 빠르게 자궁 속으로 빨려 들어오는 생명의 태동을 느낀다. 옥순은 있는 힘을 다해 입술을 연다.

“너를 지켜내야 해!”

옥순은 몸을 옹그린다. 온 몸이 축축해 지더니 바르르 떨린다. 옥순은 배꼽 밑으로 양손을 날개처럼 펼쳐 자궁을 감싸 안는다. 따뜻함이 이내 아랫배로 전위된다. 정신이 몽롱해진다. 잠이 쏟아진다. 눈꺼풀이 점점 무거워진다. 이젠 눈을 뜨지 않아도 된다. 이대로 이 동굴 속에서 깊은 잠을 청하면 돼……

“안돼, 나를 이대로……!”

누구인가. 옥순은 힘겹게 눈을 뜬다. 어둠 끝에서 절룩거리며 외발로 선 형상이 멈춰 서서 손짓을 한다. 나의 천연 기념물 1호? 아님 당신은……? 옥순의 입술이 간신히 열린다. 그러나 눈을 뜨고 있을 수가 없다. 졸음이 짓누른다. 더 이상 아무 것도 생각 할 수가 없다.

그때 스피커에서 여자의 음성이 쪼개져 나온다.

"오늘 관광은 여기까지 입니다. 고씨동굴을 찾아 주신 관광객 여러분 즐거운 여행이 되셨습니까. 안녕히 돌아가십시오!"

동굴 속에서 나가지 못한 음성이 종유석에 부딪혀 메아리로 울린다. 안녕…히……돌 아…가…십…시…오.

관찰자

텅 터더덩……. 북소리가 빨라
진다. 발자국소리는 점점 멀어진다. 아니 너무 가까이 온 것일까. 어둡던
방이 갑자기 밝아진다. 한꺼번에 쏟아져 들어오는 빛 때문에 더 이상 눈
을 뜨고 있을 수가 없다. 나체 사진 위의 봉긋한 유방위로 햇살이 부서진
다. 누눈가 속삭인다. '넌 영원히 나의 아프로디테야.'

관찰자

우박이 쏟아지는 소리가 들린다. 어쩌면 그가 한 손엔 장미꽃다발을 들고 남은 손엔 아이스크림 케이크를 사올지도 몰라.

승정은 슬립의 끈을 어깨에 고쳐 얹으며 사진에 시선을 박는다. 그가 웃고 있다. 꿈처럼 웃는다. 이제 그를 받아들이기 위해 비어있는 술잔을 채워야 한다. 그리고 거품이 가득한 욕조에 몸을 누이고 욕정을 싸고 있는 딱딱한 껍질을 벗겨 내야 한다. 껍질을 벗겨 낸 바나나처럼 욕정의 실체를 드러내야 한다. 승정은 슬립을 벗어놓고 욕조 속으로 몸을 들여 놓는다. 따뜻한 온기가 발끝에서 무릎으로 엉덩이로 가슴으로 올라온다. 눈을 지그시 감고 욕조 안에 눕는다. 목까지 찬 물이 출렁이며 얼굴에 촉촉한 물방울이 생긴다. 이마에서 콧등으로 타고 내려오는 물기를 느껴본다. 간지럽다. 순간 쑥- 물 속으로 잠수를 한다. 물이 욕조 밖으로 넘친다. 숨을 쉴 수 없을 때까지 참았다가 훅 내 뿜는다. 다시 몸을 쑥 밀어 넣는다. 일 초 이 초……. 좀 전보다 더 길게 숨을 참아 본다. 더 이상 참을 수 없을 때까지……. 푸욱! 입속에 들어간 물을 분수처럼 내 뿜는다. 어깨 밑으로 늘어진 긴 머리가 물살에 흐느적거린다. 민트 아이스 바디 워시를 온 몸에 듬뿍 쏟아 부어 손으로 거품을 낸다. 물 위로 둥둥 거품이 부풀어 올랐다. 코 밑까지 올라온 거품은 미세한 소리를 내며 꺼지기도 하고 다시 살아나기도 하면서 수면을 하얗게 바다 거품처럼 장식했다. 눈을 감고 시원한 민트 향에 취해 있을 때였다.

또루루리 푸드디……. 문 밖에서 암호를 입력하고 있다. 누구인가?
승정은 입속에 고인 한 숨을 삼킨다. 꿈이었던가! 조금만 더 그 꿈속에……. 아니 깨지 않을 수만 있다면. 그 호사스런 바람은 영원히 자신에게 오지 않을지도 모른다.
또리리루 뚜드디. 문이 열리지 않는다. 저 문밖에 서 있을 사람이 태어나서 한 번도 본 적이 없던 사람이었으면 좋겠다. 승정의 바람이 문밖으로 전달되었을 까. 문이 여전히 열리지 않는다. 어쩌면 낯선 사람이 술에 취해 자기 집인 줄 알고 열심히 번호를 입력하고 있을지도 모른다. 승정은 낯선 누군가가 실수로 번호를 맞혀 문을 열고 들어오길 기다린다. 그러나 그건 진짜 꿈같은 거였다.
이씨! 누군가의 입에서 낯선 언어가 밤알처럼 툭 떨어졌다. 그리고 연속적으로 짜증스런 욕설이 떨어졌다. 동시에 현관문을 차는 소리가 들렸다. 텅텅 터더덩! 구둣발소리다. 아마도 저렇게 구둣발을 계속 찼다간 구두코가 하얗게 까질 텐데. 여기까지 생각하고 있는데 덜컥 문이 열리는 소리가 들린다. 방문 쪽을 본다. 목이 뻣뻣해서 눈동자만 돌려놓는다.
"씨발, 생각이 안 나잖아!"

남편의 목소리였다. 혀끝을 타고 술이 뚝뚝 흘러내릴 것 같은 목소리다. 술 냄새가 진동을 하는 거 같다. 언젠가도 남편은 문을 열지 못해 십 분 이상을 문 밖에서 벌을 서다가 열쇠가게에 전화를 해서 사람을 불러서야 문을 열고 들어 올 수 있었다. 남편은 이상하게 숫자를 잘 외우지 못했다. 전화번호를 잊어버리는 건 흔한 일이었다. 남편에게 특별한 날이란 없었다. 비디오 대여점을 하는 남편은 아마 자신의 수입도 정확하게 모를 것이다. 남편의 주머니엔 항상 천 원짜리 지폐와 500원짜리 동전과 100원 짜리 동전 그리고 10원짜리 동전으로 바지 주머니가 늘어져 있었다. 물건을 사기 위해 가게에 들어가서도 주머니에 잔돈이 있는데도 항상 만 원짜리를 냈다. 그리고 거스름돈으로 받은 것을 주머니에 쓱 집어넣어 퇴근해 제일먼저 하는 일은 주머니의 잔돈을 화장대위에 수북하게 쌓아 놓는 거였다. 그러면 승정은 그걸 저금통에 분리수거를 했다. 한 달이면 돼지저금통은 만삭이 되어 은행으로 수술을 하러 가야했다. 제왕절개를 한 배를 꿰맬 필요도 없이 은행의 커다란 쓰레기통에 휙– 던져진 돼지들을 두고 나오는 기분은 상쾌하지만은 않았다. 반복되는 일상이 되어버린 승정의 외출은 그리 오래지 않아 끝이 났다.

"오빠~응? 정말, 여기서 자두 돼?"

처음 들어보는 여자 목소리다. 앳된 목소리는 남편의 축 늘어진 목소리 끝에 붙어서, 무게를 더하고 있었다.

"그렇다니까. 이리 와 봐."

목소리에 불이 붙을 것처럼 뜨겁다. 투두두 둥 여자가 잰 걸음으로 탁자의 모서리로 선다.

"아이, 오빤? 근데……. 오빠 결혼했어?"

대답이 없다. 아니다. 침묵일 것이다. 승정은 남편의 목소리를 기다린다.

"뭐야. 쨩나! 아저씨였어?"

여자가 짜증스럽게 목소리 끝을 올린다. 비비꼬인 목소리가 남편의 손목을 비틀어버릴 것 같이 힘이 들어가 있다.

"너두 좋아서 따라 왔잖아! 이런 거 바라고 온 거 아냐?!"

남편은 여자의 손목을 비틀어 잡는다. 여자의 얼굴이 하얗게 질린다.

"뭐야! 이손 놔! 아프단 말야!"

여자는 남편에게 발악을 하고 있다. 남편의 목소리는 끊기고 여자의 흐느끼는 소리가 들린다. 승정은 눈을 감는다.

"당신을 선택한 건 나한테 죄를 사하는 그런 의식 같은 거야."

그는 신혼여행을 떠나는 비행기 안에서 말했다. 그 소리가 너무 커서 승무원과 옆 줄 앞줄의 사람들이 동시에 승정이 앉은 쪽으로 시선을 모았다. 그 뜨거움 때문에 들고 있던 커피가 하얀 원피스로 흘러내리고 있는 것도 인식할 수 없었다. 일 분 이 분 시간의 흐름은 귀를 먹먹하게 만들었고 입술을 바싹바싹 구워냈다. 제주에 도착해서도 남편의 등에서 한 걸음 물러난 상태로 그를 따라 걸었다. 만난지 삼 일 만에 우리 사귑시다. 난 그 쪽이 싫지 않은데. 그의 무뚝뚝한 목소리 이면의 것을 들은 것일까. 승정은 그의 손끝이 잠깐 잠깐 자신의 엉덩이를 스칠 때마다 둥둥 심장이 울려대는 소릴 듣고 있었다. 이상하게 그의 말처럼 자신도 그가 싫지 않았다. 수려한 외모에 180Cm가 넘는 호리호리한 키에 오똑한 콧날은 승정의 마음을 사로잡아 버렸다. 무엇보다 그의 음성이 좋았다. 결혼식 피로연에서 그의 친구가 물었다. 이 사람 어디가 좋았습니까? 승정은 서슴없이 목소리가 좋았어요. 라고 대답을 하자 목소리 좋은 사람치고 음흉하지 않은 사람이 없는데……. 끝을 흐린 말을 했다. 누군지 정확히 얼굴을 볼 수 없었지만 기분은 좋지 않았다. 얼굴없는 말이 승정의 달팽이관에 걸려서 발장난을 해 댔다. 처벅처벅 그 발장난 때문이었을까 속이 울렁거렸다. 달팽이관에서 빠져나오지 못한 말의 뿌리가 거기서 자라고 있어서 그런 거라고 생각했다.

신혼여행을 가서도 그는 먼 바다를 바라보며 몇 개비 째 담배만 피워댔다. 승정은 그에게 다가가 말을 붙일 수 없을 만큼 딱딱하게 굳어 있는 그의 표정을 멀리서 거울처럼 보고 있었다. 틈이 생기면 슬쩍 발을 들여 놓을 생각으로. 그러나 캄캄하게 날이 저물어도 그는 그 자리에서 꼼짝을 않고 바람을 맞고 있었다.

그의 등만 바라보다가 침대 모서리에 기대 잠이 들었다. 승정은 옷을 벗기는 손길을 느끼고 눈을 떴다. 그러자 느닷없이 철썩! 그의 세찬 뺨 세례가 와서 퍼 부었다. 눈에서 불이 터졌다. 데인 뺨을 어르고 있는데 그가 눈 뜨지 마! 소릴 질렀다. 승정은 제일 좋아했던 그의 일면부터 먼저 싫어하게 될 줄 몇 시간 전엔 상상도 못한 일이었다. 그 목소리에 저런 소리가 숨어 있을 수 있었다니. 열린 문 밖에서 파도 소리가 울어댔다. 잠도 자지 않고 울어대는 파도는 아침이 되어도 지칠 줄 모르고 울음을 멈추지 않았다.

뻘겋게 충혈된 눈을 감당 못하고 잠시 잠이 들었다가 깼을 때 옆에 나체로 너부러져 있는 그의 모습을 보았다. 처음 보는 그 남자의 나체는 잘 깎인 조각 같았다. 그 순간 그의 몸을 스케치하고 싶다는 생각이 들었다. 그의 페니스는 그리스신화의 그림 한 쪽을 보는 것 같았다.

승정은 거울을 들여다보았다. 벌겋게 손자국이 나있었다. 부풀어 있는 손자국 위에 자신의 손을 얹어본다. 자신의 손바닥으론 다 가려지지 않았다. 그렇게 보게 된 자신의 상처는 그와 함께 둥우리에 들면서 하나씩 덧 생겼다.

문이 열리면서 남편의 힘에 이끌려 여자가 승정이 누워있는 침대 옆으로 쓰러진다. 이미 여자의 치마는 벗겨 져 있었고 가슴 한 쪽은 벌겋게 갈퀴손으로 할퀴어져 있었다. 압축파우다를 두들겨 놓은 것 같은 뽀얀 살이 갓 쪄 놓은 찐빵처럼 김이 몽글몽글 서려 있었다.

"살려주세요. 제발……."

여자는 남편의 무릎 밑에 붙어서 두 손을 싹싹 소리 나게 빌면서 애원하고 있었다.

"누가 죽인댔어! 이년아!"

남편은 여자의 팬티마져 벗겨 버렸다. 여자는 헝클어진 머리를 쓸어올리지도 못하고 코피가 범벅된 입술을 깨물며 끅끅대고 있었다. 남편은 여자를 일으켜 벽에 붙이고 한 손으로 바지를 내렸다. 팬티위로 발기 된 페니스가 텐트를 치고 있었다.

"니가 벗겨!"

여자는 바들바들 떨면서 남편의 팬티를 벗겼다. 남편의 하얀 엉덩이가 드러났다. 힘을 주고 있는 남편의 엉덩이는 올록볼록 움직이고 있었다. 여자의 몸속으로 파고드는 남편의 뒷모습을 본다. 여자의 눈빛이 승정의 눈동자에 빔을 쏘아 댔다. 여자는 이미 모든 걸 포기한 듯했다. 여자의 손은 남편의 어깨를 휘감고 있었다. 한 쪽 다리는 남편의 엉덩이를 감고 있었고 남편의 한 손은 감아 올린 여자의 다리를 힘 있게 잡고 있었다. 여자의 얼굴에 땀인지 눈물인지 흥건하게 흘러내린다. 남편의 하얀 런닝이 붉게 물들고 있다. 여자가 입고 있는 찢어진 하얀 탑도 이미 뻘겋게 태양을 올리고 있었다. 남편의 움직임이 강할

수록 그녀의 젖무덤이 동그랗게 솟아올랐다. 승정의 아랫도리가 축축하게 젖어 든다. 여자의 호흡이 가빠진다. 그 호흡에 맞추어 승정도 숨을 가쁘게 몰아쉰다. 여자는 남편의 뺨에 자신의 얼굴을 바짝 붙이고 눈을 껌뻑이고 있는 승정에게 입술을 움직여 말한다. 여자의 미간이 점점 더 좁혀 든다. 살려 줘요… 승정은 눈을 한 번 껌뻑인다. 제발……. 승정은 눈을 들어 창문을 본다. 달빛이 훤하다. 그 달빛을 머금은 액자에 시선을 꽂는다. 여자도 승정의 시선을 따라간다. 그리고 입술을 닫아 버린다. 벽엔 승정의 나신이 찍힌 커다란 사진이 걸려있었다. 무표정한 승정의 눈은 아래를 향하고 있다. 손엔 부채가 들려져 있다.

승정은 그 사진을 찍던 날을 기억한다. 술 취해 들어 온 남편은 비디오를 보며 자위행위를 하다가 들어 왔는지 음경에서 뿌연 액체를 떨어뜨리며 두려움에 떨고 있는 승정에게 다가와 옷을 벗겼다. 그리고 한쪽 벽면에 서게 했다. 얼굴이 하얗게 질린 채 비 맞은 강아지처럼 떨고 있는 승정에게 검은색 서류가방에서 뭔가를 꺼내와 손에 쥐어 주었다. 부채였다. 가장자리가 검은 레이스를 휘감아 놓은 마치 미국 서부영화에서나 본 듯한 귀부인들이 들고 있을 법한 부채였다. 비디오는 부채를 든 여자가 남자를 유혹하는 장면에 고정되어 있었다. 찰칵 찰칵 찍어 대는 남편의 손놀림은 바빴다. 딱딱하게 서있던 그의 음경은 이미 축 늘어져 작게 오므라져 있었다. 승정은 한 번도 탐하지 못한 남편의 거기를 멍하니 쳐다보았다.

여자는 남편이 가져다 준 물수건으로 몸을 닦았다. 그리고 여자는 조금 전의 모습은 어디에서도 찾아 볼 수 없을 만큼 온순해져 있었다. 남편은 교묘한 웃음을 지어내며 한 쪽 입 꼬리를 올렸다. 여자는 남편의 발소리에도 깜짝깜짝 놀라고 있었다. 잘 길들여진 푸들이 저럴 까 싶은 생각이 들었다. 여자는 남편이 서라는 데 섰고, 멈추라고 하면 멈 췄다.

남편은 없다. 출근을 했기 때문이다. 여자는 끙끙대며 승정의 눈빛 을 살핀다. 남편은 출근을 하면서 여자의 입에도 승정에게 씌운 것과 같이 재갈을 물리고 나갔다. 여자는 꽁꽁 묶인 손목이 아팠는지 미간 이 자꾸 찌그러진다. 승정의 표정은 달리 변하지 않는다. 이미 손목에 감각을 잃은 지 오래전의 기억처럼 희미하다. 승정의 등엔 욕창처럼 몇 번 껍질이 벗겨지고 곪아 터졌었다. 이젠 요리 조리 등을 옴짝거리 는 요령을 터득해서 더는 그런 고생을 하지 않아도 되었지만 그렇게 움직일 때마다 발목은 심하게 비틀려서 그만큼 고통이 발목에 가중되 어서 어느 것도 승정에겐 고통의 연속이었다. 여자는 아까부터 발가락 을 꼼지락거린다. 승정은 안다. 그녀가 화장실에 가고 싶어 한다는 것 을. 그러나 어쩔 도리가 없다. 남편은 그녀에겐 대형기저귀를 채워주 지 않았다. 잊은 것일까?

"으. 흠…음~"

그녀가 재갈을 혀로 밀어 내고 있다. 그러나 그녀가 원하는 기적은 일어나지 않을 것이다. 그녀는 아직도 모른다. 그러면 그럴수록 남편 의 가혹한 행동이 가중될 것이라는 걸. 안타까운 일이지만 승정은 그 녀를 도와 줄 방법이 없다. 여자는 스스로 경험하면서 순간순간 살아 내는 방법을 터득해야 할 것이다. 여자는 또 신음소리를 내며 승정의 눈빛을 살핀다. 여자의 발밑으로 누렇게 소수가 흘러내리고 있다. 바 닥은 금세 흥건해졌다. 여자는 얼굴이 홍당무가 되었다. 그러나 그것 쯤은 아무 일도 아니란 걸 시간이 흐르면서 알게 될 것이다. 여자는 소 수가 다리에 닿을 것 같자 몸을 움직여 피하고 있다. 순간 승정의 입술에 잔잔한 웃음이 물린다. 여자는 문고리에 발을 올리고 동아줄을 자꾸 걸어서 빼볼 심산인 것 같다. 승정은 소스라쳐 도리질을 친다. 마치 몇 달 전, 자신의 모습을 보는 것 같다. 이미 문고리를 몇 번째 갈은 것이다. 문고리를 갈 때마다 여자들이 남편의 손에 이끌려 사라져 갔다. 승정은 여자가 점점 마음에 들어간다. 더 옆에 두고 싶은 욕심이 생긴다.

다른 여자들은 어디로 사라진 것일까. 승정은 그녀를 보면서 다른 여자들의 얼굴들을 떠올린다. 사라진 여자들 하나같이 승정의 눈앞에서 질질 끌려 나갔다. 그리고 다시 돌아오지 않았다. 그래서 사라진 여자들의 흔적을 보면서 밤마다 기도를 했다. 방바닥에도 손톱이 잘려나간 여자의 생채기가 그대로 굳어있었고, 벽에도 뜯겨져 나간 벽지 사이로 드러난 시멘트의 속살에 짓이겨진 살점이 꾸둑꾸둑 굳어져 딱지가 앉아 있었다. 승정은 세 번째 여자를 지금도 잊을 수가 없다. 남편이 허리띠를 풀어 채찍을 치자 차라리 죽이라며 남편의 손을 물어뜯었고 남편의 혈흔이 입속에 고이자 꿀꺽 삼키더니 스스로 혀를 깨물었다. 그 여자가 질질 끌려 나갈 때 승정은 그녀의 등에 올라타고 싶었다.

"니가 감히 날 어떻게 안다고 말해! 이해를 한다고? 건방지게!"
처음 그의 손에 의해 침대에 짐승처럼 묶이던 날이었다. 오전에 병원에서 걸려 온 전화 한통은 승정을 나락으로 떨어트렸다. 정신병원이었다. 함관우씨 댁이죠. 어머니께서 자살을 기도했습니다. 포크를 어떻게 숨겼었는지…… 철저하게 관리를 했는데도 소용없었습니다. 목을 찔러 지금 출혈이 심해서 중환자실에 있습니다. 전화를 놓고 잠시 망설였다. 가게에 들려야 하나……. 그러나 선보던 첫날 그가 한 말 때문에 그럴 수 없었다. 나는 고아입니다. 철저하게 버려진 고아죠. 하지만 누구나 사는 동안 고아가 되죠. 그게 신이 하는 일 중에 제일 공평한 일이라고 생각해요. 그런 눈으로 보지 말아요. 고아여서 행복한 순간도 있었으니까. 그의 단호한 목소리에 베인 승정은 그에게 상처가 되는 말은 묻지 않았다. 그가 내 뱉은 마지막 말 때문에 더더욱 침묵해야 했다.

"승정씨가 맘에 든 건 고아라는 이유 때문이었습니다. 함께 공유할 무엇이 있다는 거 그건 편함이죠. 불편한 건 싫거든요."

그의 어머니는 산소 호흡기를 쓰고 있었다. 집으로 돌아 온 승정은 의사의 이야기가 쉽게 지워지지가 않았다. 충동조절장애에요. 위급하면 연락드리겠습니다. 돌아서는 승정에게 의사는 멀리서 툭 돌멩이를 던지듯 "함관우씨 괜찮죠?"라고 한다. 승정은 걸음을 멈췄다가 의사에게로 다가갔다. 그리고 남편이 2년 전까지 그의 환자였다는 사실을 듣게 되었다. 망상장애였어요. 뇌의 기저부분에 어떤 원인으로 인해 손상이 있는 경우 발현하는 건데 함관우씨는 성장과정에서 부모의 잘못된 성관계를 보고 충격을 받은 거 같았어요. 의학용어로 사디즘이라고. 안타까운 일이긴 하지만 함관우씨 어머니가 처음 우리 병원에 왔을 때 나타난 증세는 마조히즘 증세도 갖고 있었죠. 하기야 모든 생리적 기능에는 사디즘이 숨어 있다는 프로이트 설처럼 어쩜 자기 자신에게 향하는 사디즘 증세를 마조히즘이라고 우리들은 보고 있죠. 아무튼 성 학대자의 학대음란증에 시달렸을 그의 어머니를 생각하면 가슴 아픈 일이죠. 함관우씨도 그 피해의 파장이었을 겁니다. 그런 어머니 곁에서 함관우씨가 정신적인 스트레스를 받았을 걸 생각하면……. 아버지를 향한 미움과 증오로 청소년기를 보냈을 테니까요. 그렇게 아버지에게서 신뢰를 결핍당한 것이 무의식적인 억압에 의해 쌓였다 폭발한 거 같습니다. 지금은 괜찮으시죠? 승정은 생각 없이 고개를 끄덕였다.

돌아서는 승정의 뒤에 대고 의사가 던진 한마디는 승정의 가슴을 헤집고 다녔다. 정신질환은 외상과 달라서 주위사람들이 끊임없이 관심을 기울여야 합니다. 밖으로 드러난 상처처럼 눈으로 확인 할 수 없는 것이니…….

집으로 돌아와 남편에게 어머니가 중환자실에 있다는 얘길 했다. 남편은 하얗게 안색이 변하더니 승정을 끌고 들어가 방문을 닫고 구타를 해댔다. 정신을 잃었다가 깨어 났을 때 승정은 침대에 짐승처럼 꽁꽁 묶여 있었다.

"니가 나를 안다구? 이해한다구? 뭘? 아무도 나를 심판할 수 없어. 내가 너를 심판할 수 있을 뿐이야. 넌 더러운 몸을 가졌어."

더러운 몸? 승정은 남편이 자신의 과거를 다 알고 있는 것 같아 반항도 못하고 남편의 폭력을 그대로 받아들였다.

'난 지금 마조히즘에 길들여지는 중이야…… 이 고통의 끝에 다다르면 어쩜 남편과 손을 뜨겁게 맞잡을 수 있을지도 몰라. 그래. 그를 진짜 이해하게 될지도…… 성적학대와 고통에 대해 어쩌면 나 스스로 가해자이면시 방관자 인지도 몰라.'

승정의 입 속 말들이 부딪혔다.

남편은 새벽 늦게야 들어왔다. 오늘도 현관 밖에서 숫자와 씨름을 하다가 성질이 있는 데로 나서 들어왔다. 그러면서도 자물통을 바꾸지 않는 그를 이해할 수 없었다. 양말도 벗지 않고 들어 온 남편은 방문을 열고 찌른 내가 진동하는 여자를 거실로 끌어냈다. 그리고 마대 걸레로 쓱쓱 닦았다. 하루 종일 굶은 여자는 얼굴이 누렇게 떠 있었다. 열린 방문 밖에 쓰러진 여자가 자기가 신고 왔던 하이힐을 슬픈 눈으로 쳐다보는 모습이 보였다. 엇갈린 시간은 그녀의 하이힐의 뒤축처럼 까져 있었다. 그 시간을 거슬러 올라가고 싶을 것이다. 그녀는 또 얼마간 저렇게 절망하는 눈빛으로 눈물을 흘리기도 할 것이다. 그러나 그 눈물마저도 허망하다는 걸 깨닫는 순간 짐승으로 살아 질 것이다.

　여자는 끙끙거린다. 그리고 화장실 쪽으로 눈을 돌려 간절하게 쳐다본다. 저기에 앉을 수 있을 것인가. 그럴 수만 있다면 인간다움을 잠시라도 느낄 수 있을 테지만. 그것마저도 호강이 되고 누림이 될 수 있다는 걸 승정은 너무도 잘 알고 있다. 남편은 물수건을 가져와 승정의 엉덩이를 들고 기저귀를 빼내고 꾸둑꾸둑 굳은 변을 닦아냈다. 여자가 그런 그의 행동을 쳐다보고 있다. 승정에게 수치심이란 없다. 찡그리고 보고 있는 그녀도 이제 별 수 없다는 걸 몇 시간도 지나지 않아 경험하게 될 것이다. 남편은 거실 밖의 여자에게 인스턴트 죽을 전자렌지에 30초간 돌려 머리맡에 놓아 주었다. 그녀는 고개를 흔든다. 승정의 머리맡에도 접시에 담아 온 죽이 놓였다. 승정은 몸을 뒤집어 혀를 내밀며 죽을 먹었다. 그는 승정의 머리를 쓰다듬는다. 접시의 죽이 조금씩 조금씩 줄어들었다. 문 밖에서 여자는 끙끙거린다. 여자의 머리맡엔 식은 죽이 그대로 놓여져 있었다.

　"야, 이년아. 고상한 척 하지 말구 어서 먹어."

　여자가 고개를 돌리자 그녀의 허리를 발로 찬 뒤, 머리채를 잡았다가 놓았다.

　"개 같은 년. 지랄하구 자빠졌네!"

　그녀가 온 지 사흘째다. 오늘이 몇 월 며칠인가. 승정은 남편처럼 숫자를 헤아릴 수 없게 되는 건 시간문제구나 생각한다. 세상이 지금 어떻게 돌아가고 있든 자신에겐 소용없는 일이었다. 관심을 갖는 순간 슬퍼진다. 그래서 그런 생각을 하게 되면 억지로 빠져 나온다. 그리고 주위를 두리번거린다. 가장 가까운 곳에 있는 것부터 살핀다. 눈을 뜨면 자신을 내려다보고 있는 나신의 눈동자, 문고리, 화장대위의 먼지가 쌓여가는 화장품들, 협탁 위의 울려도 받을 수 없는 전화, 장롱의 문고리에 걸린 청실홍실로 엮은 매듭, 문짝의 윗부분에 나 있는 구멍……. 남편의 주먹이 퍽 소리를 내면서 들어갔을 때 동화처럼 나무가 살아있다면 그 주먹을 꼭 물고 놔주지 않는다면 어이없는 상상을 했었다. 남편의 손이 빠져 나온 자리는 남편의 혈흔과 살 껍질을 감자 껍질처럼 벗겼을 뿐이었다. 커다란 구멍만 남긴 채.

　남편은 낙관처럼 문에 구멍을 찍어 놓았지만 승정을 옴짝달싹 할 수 없게 했다. 가끔 아직도 숨을 쉬고 있는지 스스로 호흡하는 걸 느낄 수 없을 때가 있는데 그 때가 가장 두려운 시간이었다. 시간의 흐름을 느끼지 못할 때 그 공포란…… 세상에 태어나 처음 느끼는 거였다. 그 공포의 상자 안에서 생긴 구멍이 일상의 것들을 흡입하면서 승정은 새로 태어난 것 같았다. 아주 사사로운 것에서 살아있는 자신을 느끼고 있다는 게 행복이라기보다 처참하리만치 삶에의 집착이 되어버렸다. 모든 살아있는 풍경은 보이지 않아도 느끼고자 한다면 느껴졌다. 지금까지 놓쳐버렸던 일상의 것들이 승정에겐 가장 소중한 삶의 순간순간이 되어주었다.

　창가엔 여전히 햇살이 들어오는지, 사람들의 소리는 여전히 들려오는지, 가끔씩 지나가는 차의 크락션 소리는 들리는지, 번개 치는 소리와 번쩍임이 느껴지는지, 가끔 문 밖에서 장사치가 벨을 누르다 가는지, 남편은 여전히 집으로 돌아오는지 승정에겐 그것이 제일 중요했다. 꼼짝할 수 없는 순간부터 승정에게 가장 감사한 사람은 마이크에서 흘러나오는 얼굴도 이름도 모르는 남자의 음성이었다. 리듬이 있는 음성, 살아서 팔딱거리는 굵직한 남자의 목소리였다. 계란 사세요 계란, 열무 있어요 열무, 싱싱한 동태가 왔어요. 금방이라도 눈을 뜨고 벌떡 일어날 것 같은 생선이 있어요……. 승정은 아파트 밖에서 들려오 는 정기적인 생선트럭과 채소트럭의 방문을 기다리며 꿈을 꾸기도 했다. 저 닫혀 있는 현관문을 열고 손에 비린내를 묻혀가며 스스로 고른 생선으로 찌게를 할 수만 있다면……. 그러나 그런 꿈은 기회도 없이 좌절을 겪으면서 기다림이 되어버렸다. 그런 좌절 끝에 피어났던 파릇한 생동은 또 다른 희망의 빛을 발사했다. 지지직거리는 신호탄을 터트리며 아파트 관리 사무실에서 하는 방송이었다. 이번 주엔 정기 소독을 하겠습니다. 외출 시엔 열쇠를 경비실에 맡겨 주십시오. 한 가구도 빠짐없이 협조 부탁드립니다……. 승정은 그 걸쭉한 목소리를 처음 듣던 날 얼마나 기뻤는지 모른다. 그러나 그 기쁨이 순식간에 거품처럼 꺼져버릴 줄 생각 못했던 것이 더 가슴이 아팠었다. 가끔씩 사람들이 지껄여대는 소리가 반가웠다. 조용한 건 참을 수 없는 두려움이었다. 아무도 없다는 건 더욱 그랬다. 입술사이에 낀 재갈만 풀어도 여자와 대화를 할 수 있어 얼마나 행복할 까 지금은 그 생각뿐이다. 여자는 지금이 몇 월 며칠인지 알 것이 아닌가. 세상 밖에서 걸어 들어 온 지 사흘밖엔 안 되었으니.

　창 밖에 비가 내린다. 창문이 덜컥거린다. 바람이 많이 부는가보다. 승정은 다리가 시퍼렇게 멍든 여자를 내려다본다. 여자는 기운 없이 반 쯤 뜬 눈으로 방바닥에 기어가고 있는 빨간 개미의 행렬을 지켜보고 있다. 여자는 이제 취미를 찾았는가. 재갈을 물린 입술 언저리가 시퍼렇다. 승정은 여자의 모습을 보면서 거울을 보듯 여자의 모습에 볼 수 없는 자신의 모습을 치환해 놓는다. 여자는 다리로 기어 올라가는 빨간 개미의 간지럼을 즐기고 있는 것처럼 이마에 작은 찡그림에 변화가 일고 있다. 다리사이로 흘러내린 소수 가장자리에 빨간 개미 몇 마리가 빠져 죽어있다. 그녀의 동공이 흔들린다. 창문이 아까보다 더 세게 흔들린다. 여자가 창문 틈에서 들어온 바람에 흔들리는 커튼의 움직임을 본다. 빗소리가 음악처럼 들린다. 여자가 발가락을 까딱거린다. 승정도 따라 해 본다. 여자의 가지런하던 눈썹이 어느 사이 눈 덩이 사이에 하나 씩 잡초처럼 자라있다. 처음 왔을 땐 완벽하게 반달처럼 그려졌던 눈썹이 반밖엔 없다. 펜슬로 그렸을 눈썹의 위치를 어림잡아본다. 여자도 승정의 눈썹을 본다. 이번엔 여자의 발톱에 칠해 진 반쯤 벗겨진 매니큐어를 본다. 여자도 승정의 발톱을 본다. 발톱이 많이 자라있을 것이다. 승정은 자신의 오른 쪽 발가락을 왼쪽 발등에 찍어 본다. 날카롭다. 여자의 눈빛이 흔들린다. 안타깝게 쳐다보는 여자의 시선에 갇힌 승정은 이제 그녀의 동정을 받는다. 여자가 승정을 향해 눈썹을 두 번 치 떴다가 내린다. 무슨 말일까? 여자는 자꾸 몇 번씩 반복해서 승정에게 말을 걸어온다. 이번엔 여자가 장롱 쪽으로 시선을 꽂았다가 승정을 올려다보며 좀 전처럼 눈썹을 두 번 올렸다가 내린다. 장롱 손잡이에 걸린 매듭이 바람에 흔들린다. 승정도 여자를 향해 두 번 눈썹을 움직여 보인다. 여자는 이번엔 벽에 걸린 승정의 나체사진을 향해 한 번 눈을 치 떴다가 내린다. 이쁘다는 표현일까? 승정은 무슨 말이냐며 두 번 눈을 치 떴다가 내린다. 그러자 여자는 이번엔 고개를 한 번 끄덕이며 눈을 한 번 치 떴다가 내린다. 승정은 이제 그녀가 긍정의 표현일 거라는 확신이 섰다. 그래서 고맙다며 고개를 두 번 끄덕였다. 그녀도 두 번 끄덕여 주었다. 여자는 이번엔 몸을 좌우로 흔들며 고개를 끄덕이며 눈을 한 번 치 떴다가 내린다. 몸은 괜찮으냐는 것이겠지. 승정도 그녀처럼 몸을 좌우로 흔들며 고개를 끄덕여 준다.

여자의 눈이 반달로 접힌다. 기분이 좋은 모양이다. 승정도 웃음을 흘려보낸다. 얼마 만에 이렇게 의사소통이란 걸 해 보는 가. 승정은 갑자기 사람답게 살고 싶다는 생각이 화살처럼 그녀를 향해 날아간다. 그녀가 묶인 발을 들어 창문을 향해 흔들어댄다. 밖으로 뛰어 나가고 싶다는 것? 누군가와 이렇게 말이 통한다는 것이 이런 행복감을 줄 줄 어찌 알았겠는가. 승정은 몸을 움직였다. 그녀에게 좀 더 가까이 몸을 붙이고 싶었다. 그러나 침대에서 떨어지는 건 위험했다. 남편이 그녀와 이렇게 대화를 하고 있다는 걸 안다면 둘 다 어떻게 할지 알 수 없는 일이었다. 승정은 그녀에게 어떻게 든 알려야 한다고 생각했다. 간단한 의사소통은 쉬웠지만 이번엔……. 승정은 턱을 문 쪽으로 돌리고 두 번 까딱인 후 눈을 세 번 깜빡였다. 그녀는 눈을 크게 뜨고 길게 늘였다. 아직 못 알아들었다는 표현일 것이다. 승정은 다시 문 쪽으로 턱을 끄덕인 후 그녀의 멍든 다리와 팔을 번갈아 가며 쳐다보았다. 그녀는 고개를 끄덕이며 화사하게 웃었다. 이제 그녀와 완벽하게 의사소통이 되었다.

텅! 현관문이 닫히는 소리가 났다. 유난히 소리가 크게 들린 건 밖에 바람이 많이 불고 있다는 것이리라. 승정은 몸을 침대에 똑바로 옮겼다. 그리고 눈을 감았다. 그녀도 등을 돌리고 벽을 향했다. 남편은 문을 열고 들어와 여자를 힐끔 쳐다본다. 술 냄새가 역겹다. 그는 오늘 병원에 다녀 온 모양이다. 남편은 어머니를 보러 병원에 다녀 온 날이면 저렇게 술에 취해 들어 왔다. 샤워하는 소리가 요란하게 났다. 목욕탕에서 뭔가 깨지는 소리가 났다. 승정과 여자는 동시에 눈을 마주치고 서로에 의지했다. 잠시 후 알몸으로 들어 온 남편의 손에서 피가 철철 흐르고 있었다. 여자에게로 다가 간 남편은 그녀의 입에서 재갈을 푼 다음 입 벌려! 소릴 질렀다. 그녀가 입을 굳게 다물자 한차례 뺨을 후려치더니 죽을래? 그녀의 뺨을 집게처럼 힘주어 잡았다가 놓는다. 여자는 잠시 눈을 감았다가 입을 벌린다. 그는 여자의 벌린 입에 줄줄 피가 흐르고 있는 손을 위에 대고 있다. 잠시 후 그녀가 컥컥대다가 꿀꺽 삼킨다. 그는 벌게진 얼굴로 피식 웃더니 이번엔 그녀의 얼굴위에 발기 된 페니스를 넣는다. 그녀는 피가 범벅이 된 얼굴을 돌린다. 그러자 퍽! 그녀의 뺨에 그의 주먹이 날아갔다. 컥컥 그녀의 입에 그의 성기가 쑥 들어간다. 컥컥 컥…그녀의 얼굴이 벌겋게 달아오른다. 그녀의 얼굴이 파랗게 질려 가자 그가 자신의 성기를 쥐고 일어선다. 그때 그녀가 헉헉……. 헉 오물을 토해낸다. 뻘겋게 방바닥이 물감을 쏟아 부어 놓은 것 같다. 그가 벌떡 일어나 텅 텅 텅 발바닥에 힘주어 거실로 나간다. 승정은 차마 그녀의 얼굴을 볼 수 없어 눈을 감아 버린다. 재갈이 벗겨진 그녀는 쉬- 밖의 동정을 살핀다. 아무 소리가 나지 않는다. 그녀는 조심스럽게 문 쪽으로 몸을 움직여 턱을 문턱에 대고 밖을 본다. 잠들었나 봐요. 그녀가 아주 작은 소리로 말한다. 그리고 끙끙대는 승정을 향해 쉬-바람 소리를 낸다. 승정은 그녀가 어떤 행동을 할지 불안해졌다. 섣부른 행동으로 이제 찾은 행복을 놓칠 수는 없었다. 승정은 도리질을 치며 그녀를 간절하게 쳐다보았다. 그녀는 염려 말아요. 조금 전보다 힘주어 말한다.

밖에서 개 짖는 소리가 들린다. 승정은 이대로 시간이 멈추어 버렸으면 좋겠다고 생각한다. 그녀가 자꾸 몸을 움직여 승정에게로 다가와 입에 물린 재갈을 이빨로 풀려고 한다. 승정은 세차게 도리질을 한다. 그녀는 다시 몸을 옮겨 바들바들 떨고 있는 승정의 손목에 묶인 동아줄을 풀려고 애를 쓰고 있다. 그녀의 이빨 부딪히는 소리가 벼락 치는 소리처럼 들린다. 심장이 부풀대로 부풀어 뻥하고 터질 것 같다. 펌프질을 해대듯 폐에 공기가 불규칙하게 팽창되었다가 다시 푹 꺼진다.

승정은 속으로 되뇐다. 여기서 멈추어야 해. 이러다간 둘 다 죽어…….
그러나 여자의 이빨 갈리는 소리는 멈출 것 같지 않다. 승정의 늑골 중
앙의 숨골이 빠르게 뛴다. 숨을 멎고 있는 승정의 귀에 여자의 말소리
가 주술처럼 들린다. 나가야 해. 여기서 이렇게 죽을 순 없어. 짐승 같
은 놈. 미친 새끼. 저 새끼가 더 미친 짓을 하기 전에 여기서 나가야
돼. 승정은 그녀의 말을 삼키지 못하고 끅끅 되올리기를 한다.

　열다섯 살이면 여기서 나가야 되는 거 몰라서 그래? 넌 내가 아니면
여기서 쫓겨나야 하는 거야. 세상 천지에 널 거둘 사람은 나 밖에 없
어. 넌 천애 고아라구. 알지? 이리 와. 치마를 좀 더 올리고 나를 유혹
해 봐. 어서. 좀더 요염하게 농익은 표정으로 영화에 나오는 여자처럼
해 봐. 그래그래……. 좀 더. 대머리가 유난히 빛에 반사되어 번쩍였
다. 원장 아버지의 기름기가 번들거리는 몇 가닥의 앞머리 칼이 더 징
그럽게 니글거렸다. 저 몇 가닥의 기름칠 된 머리만 아니여도 역겹진
않을 텐데. 그런 생각을 하면서 원장아버지가 시키는 대로 몸을 움직
였다. 교복 치마를 엉덩이 까지 까올리고 다리를 벌리고 비디오에서
본 것을 다 한꺼번에 해냈다. 원장아버지는 앞 자크를 열고 자신의 페
니스를 꺼내 눈을 반쯤 내리 깔고 열심히 좌우로 흔들었다. 승정은 눈
앞에서 펼쳐지는 마술 같은 광경을 지켜봐야만 했다. 커다랗게 부풀대
로 부푼 거기에서 몽글몽글 하얀 액체를 물총처럼 쏟아낸 원장아버지
는 티슈를 뽑아 한손으로 움켜쥐고 닦으며 말했다. 잘했어. 넌 나의 아
프로디테야. 승정은 그렇게 고아원에서 18살까지 비밀을 지키면서 살
아냈다. 원장아버지는 승정의 몸에 손을 대는 일은 없었다. 승정에게
는 얼마나 다행한 일이었는지 모른다. 원장아버지는 하루가 다르게 다
른 걸 원했다. 승정은 쫓겨나지 않기 위해 원장아버지가 권하는 포르

노 비디오를 열심히 봐야했다. 그리고 그 날 밤은 여지없이 불려가 재현을 해야 했다. 승정은 요염한 표정을 지으며 속으로 주술을 걸었다. 짐승 같은 놈. 나쁜 새끼. 저 두 얼굴을 한 야누스의 얼굴을 벗겨야 해. 점점 미쳐가는 저 인간의 탈을 쓴 늑대의 탈을 벗겨야 해. 세상이 속고 있는 거야. 저 짐승의 얼굴을 못 보는 가엾은 사회사업가들에게 알려야 해. 그러나 날이 갈수록 승정은 늑대를 잡아야겠다는 생각의 껍질을 벗겨내고 다른 희생양을 지켜보고 싶다는 생각이 들기 시작했다. 그 양이 늑대 앞에서 발버둥치며 견뎌내는 걸 보고 싶다는 충동이 강하게 뿌리를 내리고 있었다. 그래서 침묵과 묵인의 시간을 흘려보냈다. 시간이란 묘약은 승정의 뇌에 겔포스처럼 뿌옇게 퍼지며 쓰리고 상처 난 부분을 덮어냈다. 시간은 그렇게 더디 지나가지도 빨리 지나가지도 않았다. 정확하게 초침과 분침을 움직였다.

푸르스름한 빛이 창문에 휘장처럼 내려온다. 승정의 손에서 툭— 노끈이 끊어졌다. 순간 여자와 눈이 마주친다. 어서요. 빨리……. 그녀의 몸짓이 다급하다. 승정은 입에 물린 재갈을 목에 내린 후 잠시 생각한다. 그리고 여자의 손에 묶인 동아줄을 풀어준다. 여자는 풀어 진 팔목을 주무르며 긴장된 얼굴로 승정에게 같이 가자고 재촉한다. 일어서려는데 다리가 뻣뻣하다. 나무토막처럼 굳어서 움직일 수가 없다. 여자는 당황한 표정이다.
"어서 가요. 난……."
도리질을 하는 승정의 손을 놓지 못하고 있는 여자의 손에서 땀이 배어 나온다. 끈적끈적한 손을 승정이 떼어 낸다. 여자는 벽에 기대어 거실을 살핀다. 남편은 코를 골며 자고 있다. 여자가 나가려고 발을 빼내려다 멈칫 선다. 자신의 벗겨진 아랫도리를 황망하게 쳐다본다. 승

정은 입고 있던 바지를 벗는다. 그리고 피범벅이가 된 윗옷을 쳐다본
다. 여자는 승정이 벗어주는 윗옷을 겹쳐 입는다. 승정은 재갈을 다시
문다. 그리고 두 손과 발을 모으고 침대에 다시 눕는다. 여자는 껌뻑이
는 승정의 눈빛을 살핀 후 다시 동아줄로 묶는다. 승정은 눈을 감는다.
방문을 열고 순식간에 그녀가 공처럼 튀어 나간다. 그녀는 자신의 발
자국 소리까지도 삼킨 채 빠르게 빠져나갔다. 승정의 멎었던 심장이
다시 뛰기 시작한다. 뻐꾸기가 운다. 4시다.

　밖이 소란스럽다. 그 소리에 남편이 깼는지 방으로 들어선다. 남편
의 눈은 이미 잃어버린 것을 찾는 아이같이 울상이다. 텅텅 텅텅텅!!!
　"함관우씨. 경찰입니다. 문 열어요."
　남편은 그 자리에 서서 현관문을 바라보다가 방으로 들어 와 문고리
를 누른다. 그리고 퀴퀴한 냄새가 나는 침대모서리에 주저앉는다. 여
자가 흘려놓은 오물위에 엉덩이가 닿아 얼룩이 번진다. 남편은 몸을
달팽이 껍질 속에 숨어 들어간 듯 꿈쩍도 안한다. 밖에선 문을 부숴 버
릴 것처럼 두들겨 댄다. 사람들이 남편의 이름을 찢을 듯이 불러댄다.
승정은 햇살을 맞고 있는 남편의 등을 바라본다. 망부석처럼 움직임이
없다. 남편은 그대로 굳어 버릴 것 같다. 승정의 눈동자가 남편의 등위
에 올라타서 톡톡 건드려 본다. 그러나 미동도 없다. 몇 분이 흘렀을
까. 남편이 몸을 비틀어 벽에 걸린 액자를 본다. 유리에 빛이 반사되어
눈이 부신지 눈을 찡그린다. 승정의 시선도 남편을 따라간다.
　나체 사진위의 봉긋한 유방위로 햇살이 부서진다. 누군가 그 나체의
여인을 바라보며 속삭인다.
　'넌 영원히 나의 아프로디테야.'
　순간 나체의 여인은 몸을 숙여 풀어진 샌들의 끈을 묶으며 승정을

바라보며 웃는다. 아주 오래전에 보았던 유화집 속의 비너스……. 아래로 향한 유방은 작은 종을 매달아 놓은 듯 검푸른 유두가 볼록 일어나 몽우리가 터질 것 같다. 승정의 입술이 유두꼭지를 향해 열린다. 달콤하게 포도 알을 빨아 들이 듯 힘껏 빨아본다. 물컹한 것이 입술 속으로 잠입해 들어온다. 달콤하다. 승정은 눈을 지그시 감는다. 그리고 그 달콤함을 음미한다. 촉촉하게 입술위에 물기가 어린다. 자신도 모르게 벌어진 입술 틈새로 비릿한 물기가 침범한다. 순간 떠버린 눈 속에 남편의 모습이 잠긴다. 처음으로 느껴보는 연민이다. 똑 똑똑……. 남편의 손목에서 떨어지는 흑장미 빛 혈흔이 승정의 얼굴을 물들인다. 그러나 승정은 눈을 감을 수 없다. 남편의 눈가에서 보석처럼 떨어지는 빛 때문에 눈을 감을 수 없었다. 처음 보는 남편의 눈물은 무게가 너무 무거워서 자신의 가슴으로 떨어지면 숨을 쉴 수가 없을 것 같다.

텅 터더덩……. 북소리가 빨라진다. 발자국소리는 점점 멀어진다. 아니 너무 가까이 온 것일까.

어둡던 방이 갑자기 밝아진다. 한꺼번에 쏟아져 들어오는 빛 때문에 더 이상 눈을 뜨고 있을 수가 없다.

비 상

‘내가 사라져야 해. 잔인하게 널 버려야 해…….’ 너의 등이 움찔거린다. 바람이 아직은 차갑다. 너의 목소리에서 쇠 소리가 간다. 너의 몸엔 내가 아는 것보다 모르는 사이버 조각들이 더 많이 들어가 있는 거 같다. 그 조각들이 어느 날 너를 삼켜버릴 것 같아 너에게서 눈을 떼지 못한다.

비상

너는 음악을 듣고 있다. 반쯤 감긴 너의 긴 속눈썹이 파르르 떨린다. 그 눈썹 위에 코요테의 노래가 얹어져 있다. 요즘 한창 뜨고 있는 노래다. 신지의 목소리가 너의 입술로 들어간다. 너의 미간에 깊은 골짜기가 생긴다.

'내가 사라져야해. 잔인하게 널 버려야 해. 작은 미련조차 갖지 않게 믿을 수 있게…'

너의 등이 움찔거린다. 바람이 아직은 차갑다. 베란다 문을 닫아야 할 것 같아서 일어서는데 너의 목이 툭 떨어진다. 너를 바라보고 있던 내 눈은 이미 너의 목을 받쳐 들고 있다. 무겁게 떨어지는 너의 무게를 감당 못해 헉헉댄다. 그 때 으흑! 떨어진 목을 추스르는 너를 두고 나는 베란다로 걸어 나간다. 바람을 막아버린 베란다 유리창이 따뜻하다. 눈이 내릴 것 같은 하늘은 온통 회색빛이다. 이런 날 너는 나한테 여행을 가고 싶다고 말했었는데. 아니 진짜 바다에 가자고 느닷없이

나를 끌고 코발트색 크레도스에 시동을 걸었어. 바다가 보이는 쪽으로 몇 시간이고 달리다가 새벽이 되어 바다도 보지 못한 채 서울로 돌아오면서 너는 말했다. 에이 씨! 직장 때려 칠까! 힘들어! 자기 올 시간이면 밥이나 하고 빨래나 하고 자기 아이 낳구… 난 너의 말엔 신경을 안 쓰는 것처럼 창 밖만 보고 있었어.

안돼! 그 말을 참으려는 나의 몸짓이었는데 넌 그걸 못 봤을까? 그때 운전대에서 한 손을 떼어 내 어깨를 감싸 쥐고 한 말이 내 폐 속으로 깊숙이 파고들어가 상처를 냈지. 눈을 감아 봐. 바다 냄새가 나지. 자기 얼굴에 소금기가 붙어서 짭짜름할 거 같애. 여기 요 볼을 핥고 싶어. 거기서 너의 말이 멈추어야 했어. 거기서 멈추었더라면…

"가 봐."

한길로 달리는 차들을 보고 있는데 너의 말이 내 등을 때린다. 아파트 안으로 들어오는 차들이 줄을 서 있다. 정문에 설치된 검색대 앞에서 리모콘으로 막대를 올리고 들어오는 차들의 소음이 나를 부르는 거 같다. 빽빽한 지상 주차장을 몇 차례 돌고 있는 흰색 소나타가 주차를 못시키고 몇 바퀴 째 돌고 있다. 거기에 내가 타고 있는 거 같다.

"어서 가라니까!"

너의 목소리에서 쇠 소리가 난다. 너의 다리에 박힌 쇠붙이가 온 몸으로 전위되는 건 아닌 가 섬뜩하다. 너의 척추에 박힌 쇠도 점점 자라는 건 아닌 가 겁이 난다. 너의 몸엔 내가 아는 것보다 모르는 사이버 조각들이 더 많이 들어가 있는 거 같다. 그 조각들이 어느 날 너를 삼켜버릴 것 같아 너에게서 눈을 떼지 못한다.

"다신 오지 마!"

너를 움켜쥐고 있던 손에 힘이 풀린다. 여기까지 인가. 내 머릿속에 남은 너의 웃는 얼굴들이 조각조각 흩어진다. 얼굴을 감싼 너의 손 밑의 얼굴을 보고 싶다. 그러나 너는 내가 돌아서서 현관문을 열고 완벽하게 내 몸의 향 까지도 다 빠져나가기 전엔 그 손을 떼지 않을 것이다. 탈각 CD가 걸렸다가 풀린다.

"해라 가져가!"

들어올 땐 보지 못했던 쇼핑백이 유난히 크게 보인다. 안을 볼 수 없게 호치키스로 찍어 놓은 쇼핑 백 그 안에 있을 것들이 나를 떨게 만든다. 차라리 너의 그 뒷얘기를, 그 울음을 삼킨 말들을 더 들을 수만 있다면…… 너는 현관문이 열리는 데도 돌아보지 않는다. 한 발을 빼지 못하고 망설이다 그만 바람의 힘에 문이 닫히면서 양복의 뒷자락이 물리고 말았다. 문 밖에서 잠시 생각한다. 문을 다시 열고 들어가야 하나 하고 말야. 그러나 나는 다시 문을 열지 못하고 양복에 끼어있는 몸을 빼 계단으로 내려간다. 내 몸이 빠진 양복저고리는 목을 매단 것처럼 보인다. 숨이 막힌다. 그러나 숨을 토해 낼 수가 없다. 이대로 숨이 멎어버렸으면 좋겠다고 생각하면서 계단을 내려간다. 계단을 반쯤 내려가 모퉁이에 쭈그리고 앉아 담배를 물고 불을 붙이지 못하고 있는데 덜컥 문이 열린다. 너의 모습을 볼 수 있을까 싶어 벌떡 일어나보지만 너의 모습은 없고 문 밖에 양복만 쫓겨나 있다. 순간 담배가 아닌 내 눈에 불이 붙어버렸다.

너의 울음소리가 파도를 탄다. 비 오던 날 아파트 쓰레기 더미에서 울던 고양이 울음소리를 닮아있다. 술에 취해서 돌아오던 날 너의 눈앞에서 암고양이가 이상스런 소리를 내면서 울자 들고 있던 우산을 획 던지며 '저 소리 재수 없어!' 하던 그 목소리가 순식간에 고양이의 울음을 삼켜 버렸던 걸 기억한다. 돌아서서 가다가 너는 이렇게 말했지. 등 뒤에서 손톱을 세우고 목 뒤에 뛰어올라 할퀼 것만 같아서 자꾸 돌아보게 된다고. 나는 지금 너의 손톱을 기다리고 있다. 그러나 너의 손톱은 발 보다 느리게 움직인다는 걸 모를 내가 아니다. 그래도 기다려 본다. 이 복도에서 일어날 수 있을까? 나는 떨어진 양복을 오래 쳐다보고 있다. 너의 울음소리가 멎었다. 불안하다. 문을 열고 들어가 너를 안을 수만 있다면. 한기가 옷 속을 뚫고 살 속으로 파고든다. 덜덜 떨고 있는 내 입술 속 치아들이 부딪힌다. 계단 복도에 열어 둔 창문에서 들어 온 바람이 쇼핑백을 넘어트린다. 넘어진 쇼핑백에서 해라가 뱀처럼 고개를 쳐들고 있다. 손잡이에 비상(飛翔)이라고 한자가 쓰여 있다.

내 생일 날, 에스콰이어에 갔다가 이걸 얻어 내느라 종업원과 실랑이를 하던 너의 모습을 잊을 수 있을까. 구두를 구겨 신는 나를 위한 너의 배려에 가슴이 찡 했었다. 아침마다 출근 시간이면 해라 때문에 웃지 못 할 다툼이 있었던 걸 어떻게 잊을 수가 있을까. 너도 어느 사이 바쁘게 뛰어 나가면서 구두 뒷등을 밟고 나를 닮아 가는 걸 탓하자 너는 한집에 사는 사람이 닮는 건 당연한 거 아니야! 탓할 걸 탓해. 하면서 내가 들고 있던 해라를 뺏어들었었지. 이제 네 말대로 어쩌면 해라는 너에게 필요 없는 물건이 되었을 지도 모른다. 그래도 너와 함께 쓰던 물건을 들고 나는 어쩌란 말인지. 구두를 사주면 그 신발 신고 변심해 떠나 버린다면서 질책하던 눈빛이 지금은 그립다. 언제나 나를 날려 보내기 위해 준비해 온 사람처럼 지금은 너무 냉정하다. 나는 날아갈 준비가 되지 않은 새처럼 깃털을 세우기가 두렵다. 아니 날았던 기억도 없다. 나에게 날개가 있었다면 그건 너에게 날아오기 위해서였다는 걸 니가 모를 리 없다.

갑자기 음악소리가 커진다. 너는 아직도 내가 여기에 있다는 걸 알고 있다.

'서로 사랑해 마음을 줬잖아. 우리 정주고 모든 걸 줬잖아. 나를 혼

자 두지 마. 나를 버리지 마…….'

  가지 말라고 붙드는 게 너였으면……. 이 계단을 올라 너에게로 가기가 이렇게 먼 거리였는가.

  전화를 받지 않는다. 우리가 이렇게 오랫동안 서로의 안부에서 멀어져 있었던 적이 있었던가. 아침부터 공구리(콘크리트)를 친다고 밖은 소란스럽다. 김 기사도 헬멧을 쓰고 나가면서 더 추워지기 전에 일을 끝내야 한다고 말을 보탠다. 공기(공사기간)에 맞춰야 한다고 본사에서 지시가 내려 온 탓이다. 장비가 소란스럽게 돌아간다. 그 소리가 사무실 지붕을 흔들어댄다. 어제 미스 김이 탕비실에서 니가 쓰던 전동칫솔과 수건을 챙겨 나와 봉해진 너의 짐 위에 얹어 놓았다. 나는 슬며시 너의 칫솔을 들고 들어가 치약을 듬뿍 짜서 입안이 허는 줄도 모르고 칫솔질을 했다. 입술에서 피가 죽죽 흐르고 있었는데도 모른 채. 화장실로 들어오던 김 기사가 놀라서 칫솔을 쥐고 있던 팔을 꽉 잡고 흔들었다.

  "모하메드, 피, 피나."

  정신을 차리고 본 거울 속의 내 모습은 넋이 날아간 사람이었다. 낯선 내 모습이 거울 속에서 피눈물을 흘리고 있는 것처럼 보였다. 그러나 내 눈에선 눈물 한 방울 쏟아낼 줄 모른다. 안구 건조증 이었으니까.

  "지랄 같은 안구 건조증!"

  "지랄은 또 어디서 배웠어?"

  너는 탕비실에서 인공누액을 가져와 눈을 비비고 있는 나를 의자에 앉히고 안약을 넣어 주었다. 핑크빛의 인공누액이 내 눈 속으로 들어

118

가 눈물처럼 흘러 내렸다.

"세상 이런 이쁜 눙물 나, 나!"

내가 가슴을 퉁퉁 치면서 이렇게 말하자, 너는 '세상에서 이런 예쁜 눈물 흘리는 사람 나와 봐.'라며 말도 안 되는 내 말을 즉석에서 의역했다. 그 날부터 내게 한국말을 가르쳐 준다며 일 끝나고 사람들이 다 퇴근 한 뒤에 숙소 작은 방에서 한국어 공부를 시키느라 진땀을 흘렸다. 나보다 내 맘을 더 정확히 표현해 내는 너를 보며 인샬라! 내 입에서 나온 말은 그뿐이었다.

너에게 사랑한다고 말 한 적은 없다. 세상에 태어나서 난 사랑이라는 말을 해 보지 못했다. 사랑이 아닌 인샬라……

한국으로 오기 전 노동자교육기관에서 우리가 한국에 대한 정보로 배운 것이란, 한국 사람들을 조심해야 한다. 사기를 당하고 번 돈 다 잃어버리는 사람들이 노동자 보호 센터에 신고 한 예를 들어 가면서 절대 믿어선 안 되는 사람들로 교육을 시켰다. 그리고 임금을 착취하는 기업주를 조심하라는 교육과 보험처리가 안 되니 몸조심해야 한다는 그런 한국에 대한 불신이 담긴 내용들이었다. 그런데 그런 여러 곳을 거쳐 니가 있는 이 곳은 내게 있어 천국이었다.

이라크에서 아이들을 가르치던 나, 선생님이었던 내 과거를 송두리째 잊어버리고 있었다. 막노동으로 손은 다 터지고 발은 여기저기 상처가 안 난 곳이 없었고, 몇 번씩 빠진 발톱은 짐승의 것 같았다. 여기가 유럽 어느 나라를 뚝 떼어다 놓은 것 같다는 생각을 하고 있던 내게 너는 소나기처럼 한국에 대한 새로운 경험을 하게 해 주었다. 일요일에 아무 곳에도 갈 곳 없던 나한테 갈 곳이 생기게 했고, 넓기만 한 이 곳에도 내 민족이 그렇게 많이 와서 살고 있는지 알게 해 주었다. 그런데 내 민족을 만나 말이 통하고 뜻이 통하고 마음이 통하는데도 나는 점점 더 외로웠다. 나를 사원에 떼어 놓고 가버린 네 등을 찾느라 내 눈은 휘둥그레지고 너를 찾는 데만 내 눈은 기능을 다하고 있었다. 그게 사랑이라고 너의 입술이 내 입술에 와서 불을 뿜지만 않았어도 나는 사는 게 이렇게 힘들지 않았을지 모른다고 너를 탓하기도 했었다.

"임신 이래."

왜 하필 그 말을 듣던 순간, 난 그 제서야 내가 유부남이고 돌아갈 내 나라가 있다는 걸 깨닫게 된 것일까. 난, 너한테 모하메드라고 부르지 않았는지 그 이유를 묻고 싶었다. 한 번이라도 내게 모하메드라고 불렀다면 너에게로 가까이 가지 않았을지도 모른다고 또 너의 탓을 했다.

"낳고 싶어. 난 병원에 안가!"

넌 내 속으로 걸어 들어왔다 나온 사람처럼 혼잣말을 했다. 그런 너에게 난 아무 말도 할 수 없었다. 내 입에서 나오는 어떤 말도 진실일 수 없을 것 같았다. 이 낯선 땅에서 너 없인 난 장애인이었다. 너로 인해서 낯선 땅이 아닌 나를 잃어버릴 수 있었던 시간들이었으니까. 그런 내가 차라리 행복했다. 난 아무 것도 해줄 게 없어. 라고 말하자 넌 돌아서서 코만 풀었다. 뻘겋게 코 밑이 다 헐어버린 너를 보면서 난 충혈 된 눈만 비벼댔다.

며칠째 니가 회사에 나오지 않아서 찾아간 아파트는 낯설었다. 몇 달 동안 함께 지낸 곳이었는데도. 벨을 누르고 니가 문을 열기만을 기다렸다. 몇 번의 벨이 울리고 니가 아닌 너의 어머니 손에 멱살을 잡혀 있으면서 차라리 너의 어머니 손에 죽고 싶었다. 니가 울면서 그 사람 아무 잘못 없어! 그러지마. 엄마. 제발…… 이라며 무릎을 꿇고 울 때 난 결심했다. 너의 어머니가 한 말 때문은 아니었다. 그래 이해 할 수 없는 그 말을 몇 번이나 되새김질 해 봤는지 모른다. 아마 노래 테이프였다면 얼마나 들었던지 쭉 늘어졌을 것이다. 지금도 그 쟁쟁하던 음성이 가슴을 파고든다.

"니 애비 잡아먹은 이라크 놈들! 니 애비로 부족해서 니가 그 족속 애를 배? 내 눈에 흙이 들어가도 절대 안돼!!"

너를 위해서 내가 할 수 있는 일이 있다면 그건…… 떠나자. 널 떠나자. 수 백번도 더 뇌까렸었다. 그 바람을 마음에 담아두지 못하고 난 이내 돌아서서 인샬라……를 토했다.

책상 모서리에 비스듬히 서 있는 가족사진을 본다. 알사무는 아이를 안고 활짝 웃고 있다. 그녀의 입가에 들러붙은 행복이 삐죽댄다.

며칠 만에 사무실에 들어 온 너의 눈빛이 비장했다. 난 너의 눈빛조차 읽어내지 못한 못남을 이제야 탓해 본다.

"할 말 있어."

너는 힘없이 비탈길을 걷다가 힘이 드는지 쪼그리고 앉았다. 그리고 냇가의 흐르는 물을 쳐다보고 있었다. 그 머릿결이 얼마나 검고 반짝이던지 난 습관처럼 너의 머리를 쓸어내릴 뻔 했다. 그 때 생각했지. 내가 너의 머릿결을 좋아한 건 알사무의 뻣뻣하던 머릿결을 그리워해서 그런지도 모른다고. 아니 나한테 억지를 쓰고 싶었는지도 모른다. 그래야 널 떠날 수 있을 것 같아서.

"우리 도망가자. 응?"

도망? 그 순간 내가 불법체류자라는 걸 깨달았다. 난 지금도 도망을 다니고 있다는 사실을 까마득하게 잊고 있었다는 걸. 넌 나한테 괴로운 것도 두려운 것도 잊게 해주는 묘약처럼 내 옆에 있었던 것이었다. 그래서 니가 없으면 불안했던 거였나. 그걸 이제서야 깨닫다니. 난 지금 도망중인 거다. 그런데 도망을 가자고? 어디로. 내가 숨을 곳이 어디 일까? 과연 이 낯선 나라에 내가 숨을 곳이란 있는 것일까.

"가지마!"

너는, 미국과 이라크전이 터졌다는 보도를 보면서 하얘지는 내 얼굴을 말없이 지켜보다가 떨고 있는 내 손을 잡으며 말했다. 그런데 그 순간에 알사무와 아이의 얼굴이 생각나지 않아 벌떡 일어났다. 두려움이 온 몸을 꽁꽁 묶었다. 몇 년을 함께 살아 온 아내의 얼굴이 생각이 나지 않다니…… 사무실로 뛰어 올라와 몇 분 동안 책상위의 사진을 뚫어지게 쳐다보았다. 가슴이 벌떡였다. 사무실에선 연속해서 보도되는 전쟁뉴스를 틀어 놓아서 귀가 윙윙거렸다. 번쩍이는 불빛은 내가 보았던 하늘을 내가 밟았던 땅을 쿠르릉 쾅쾅 굉음을 내면서 날아다녔다. 그 불빛이 바그다드 시내 한 모퉁이에 있는 우리 집을 내리칠 지도 모르는 데도 난 아무 생각도 할 수 없이 보도되고 있는 내용을 지켜보고 있어야 했다. 특보에 계속 귀를 열어두고 일을 했다. 보도가 끝나고 선전이 나오는 시간에 한 사람씩 내게 와서 괜찮으냐고 물었지만 난 괜찮지 않았다. 아니 괜찮을 수 없었다.

저녁식사를 하기위해 식당으로 모두들 우르르 몰려 나가고 사무실엔 나 혼자 앉아있었다. 전화는 불통이었고, TV에선 아나운서의 다급한 보도가 줄다리기를 하고 있었다. 그 때 너의 따뜻한 손이 떨고 있는 내 등을 감쌌다. 나는 뒤를 돌아볼 수 없었다. 눈물도 나오지 않는 망가진 눈으로 너를 보고 있기가 민망할 것 같았다. 눈물이 그렇게 크게 걸림돌이 될 줄. 이런 순간에 내 마을의 사람들이 죽어나가는 광경을 보면서도 뻑뻑한 눈을 깜빡이고 있어야 한다는 게 나를 무기력하게 했다. 날아가야 한다고 그래야 한다고 그 생각만 하고 있었다. 그런데 그 생각 속으로 너의 입김이 스며들었다.

"가지 마! 우리 아버지도 이라크에서 돌아가셨어. 1986년에 바그다드 시내의 도로공사 소장으로 갔는데… 이란 군에게 총격을 가하던 이라크 인들이 쏜 총에 맞고 그 자리에서 즉사했대. 도로에 흄관을 파묻기 위해 장비 점검을 나갔다가… 가지 마! 가면 죽어!"

너의 뜨겁게 튀는 침이 내 얼굴에 붙었을 때 내가 아는 바그다드 시내의 건물이 무너진 걸 망가진 눈으로 보고 있었어. 아는 얼굴이 지나가는데도 난 아무 말도 할 수 없었어. 너의 가면 죽어! 그 말 때문이었을까.

전쟁은 한 달이 넘도록 계속 되고 내가 걸어 다니던 땅이 폭탄으로 인해 푹푹 꺼지고 신문 방송 인터넷엔 온통 전쟁을 다룬 기사와 보도뿐인 것처럼 그것만 보이고 들렸다. 텔레비전에서 떠들어 대는 전쟁도 더 이상 나를 가둬두지는 못했다. 이젠 내가 살았던 곳이었는지도 생각이 나지 않는다. 모두들 전쟁에 면역이 되어간다. 아니 전쟁을 준비하며 평생을 살아 온 사람들이었으니 새삼스러울 일도 아니었다. 전쟁과 함께 살아 왔던 우리에게 더 이상 전쟁은 공포가 아니었다. 사무실에서도 후세인의 생사에만 관심이 있었다. 미국의 횡포와 이라크 인들의 무기력함이 보도되어도 CF를 보듯 흘깃 볼 뿐이다. 세계가 떠들썩하게 전쟁을 반대하는 시위가 벌어지고 인터넷에 떠도는 이라크 소녀의 눈물로 쓴 편지를 몇 번에 걸쳐 보도를 하는데 내 눈에서는 여전히 눈물주머니가 가물어 있었다. 물고를 트지 못한 내 울음은 시작도 못하고 있었다. 일부러 그 상황을 피해 자갈을 깔아 놓은 도로의 다짐을 하고 타르를 붓고 섞다가 그 열기 때문에 쓰러져 숙소에 누워 있는데 너는 사람들의 시선을 의식하지 않고 숙소로 뛰어왔다. 그 날 소장이 사무실 직원들을 불러 놓고 회의를 했고, 숙직실에 누워있던 나는 건전지가 다 된 장난감처럼 뚜두둑 손가락 꺾기만 하고 있었다. 회의 가 끝나고, 김 기사가 숙직실로 들어왔다. 그는 퉁명한 목소리로 사고가 나면 불법 체류자 채용으로 인해 회사가 피해를 보게 될까봐 현장에서 일하던 내 동료와 함께 내 보내기로 했다고 했다. 그날 밤, 니가 소장실로 들어간 걸 본 압둘은 니가 소장에게 무릎을 꿇고 애원 하더라는 얘길 하면서 술을 가져왔다. 술 때문에 그 밤을 보낼 수 있었다. 난 그날 소장과 니가 무슨 일이 있었는지 묻지 못했다. 너는 꼭 묻기를 바라는 눈으로 나를 바라보았고 그 순간, 막혀버린 내 눈물통로를 드릴로 뚫어 버리고 싶었다. 전쟁보다 더 비참한 내 삶이 무너지는 순간 이었다. 계속되는 전쟁의 보도는 점점 사람들을 무감각하게 했다. 미국병사가 이라크 병사에게 잡혀 가학을 당한 인질 테이프가 방영 되던 날 알자르 방송에서도 CNN과 맞선 방송을 하고 있었다. 그 때 모기소리처럼 들리던 내 나라 말을 먹어버린 한국의 아나운서 목소리가 편지를 읽기 시작했다.

제가 운이 좋다면 여러분이 떨어트린 '스마트' 폭탄에 살해당한 300명의 아이들처럼 그 자리에서 죽을 겁니다. 하지만 운이 없다면 바로 이 순간 바그다드 어린이 병원의 '죽음의 병실' 에 있는 열 네 살의 알리 파이잘처럼 천천히 죽게 될 겁니다. 살만의 아버지는 온 가족을 한 방에서 함께 자게 했습니다. 모두 다 살든가, 아니면 같이 죽고 싶어서. 살만은 아직도 공습 사이렌이 울리는 악몽 속에서 살아가고 있습니다.

이상했다. 살만……내 아이의 이름과 동명이었는데도 아주 먼 나라 낯선 이름을 듣는 기분이다. 이미 그 곳엔 내가 없다. 어쩌면 내 아이도 샬롯 앨더브란처럼 나에게 매일 밤 편지를 쓰고 있는지도 모르는데 나는 담담하다. 점점 편지는 아나운서의 울먹이는 목소리로 읽혀졌다. 내 나라말이 아닌 한국어로 전해들으면서 울컥 서러움이 복 받쳤다.

나는 전화기 앞에서 몇 분째 버튼을 누르고 있다. 전화는 여전히 불통이다. 이젠 가고 싶어도 갈 수 없다. 비행기 입국을 허용하지 않는다. 갇혀 버린 땅에서 차라리 편안하다. 걸리지 않는 전화가 차라리 다행스럽다. 아내도 저 편지를 쓴 소녀처럼 아이를 꼭 안고 내 사진을 품에 안고 죽음을 기다리고 있을 까? 함께 죽을 수 없는 나를 원망하며……

　갑자기 사라진 너. 일주일 째 연락이 없는 너의 안부가 궁금해서 미칠 지경이다. 어제도 너의 아파트 문 앞에서 몇 시간을 기다리다 왔다. 너는 도대체 어디로 숨어 버린 것인지. 회사에선 무단결근을 하는 너를 일방적으로 사표처리를 해 버렸다. 소장은 나를 불렀다. 회의를 막 끝낸 직원들 앞에서 한 회사에 같이 다니는 건 불편한 일 아니냐며 너의 사표에 대해 정당성을 설명했다. 너는 그렇게 부당하게 회사에서 거세되어 졌다.

　일주일 뒤, 너는 그것도 모른 채 전화를 했다. 나는 김 기사를 바꿔 줘 버렸다. 내 입으론 말할 수 없었다. 아주 간단하게 김 기사는 너의 해직을 알렸다.

　전쟁은 여전히 영화처럼 아니 연속 드라마처럼 죽은 내 나라 사람을 찍어다 뉴스시간에 방영을 해 댄다. 그리고 여전히 미국의 승리를 외친다. 다시 끊어져 버린, 너의 소식도 모른 채 두 달이 지나간다. 너의 어머니가 사무실을 찾아 왔었다. 나라면 니 소식을 알 수 있을 것 같아서 찾아 왔다고. 그 소리를 듣는 순간 난 너에게 아는 것이 무엇인가를 돌이켜 보았다. 너를 찾을 수 없는 건 너를 찾고 싶지 않은 내 마음 때문은 아닌가 스스로에게 묻는다.

　몇 달 만에 돌아 온 너는 배가 조금 불러 있었다. 제법 임산부 같아 보였다. 너는 기어코 나의 아이를 몸에서 키우고 있었다니. 전쟁은 이미 끝나 있었다. 마치 니가 전쟁을 치루고 온 병사처럼 얼굴에 힘을 다 써버린 듯 초췌 했다. 너는 아무 것도 먹지 않고 하루 종일 잠만 잤다. 그런 너를 지켜보고 있는 나는 이제야 너의 보호자가 된 것 같았다.

숙소로 걸려 온 알사무의 다급한 목소리는 막 따놓은 콜라를 숨도 안 쉬고 마신 것처럼 숨이 거꾸로 치솟았다. 아이가 학교 운동장에 나가서 놀다가 매설된 지뢰가 터지는 바람에 왼쪽 다리가 날아가 버렸다고 했다. 수술해야 한다고. 위급한 상태라고 했다. 그 전화를 막 내려놓는 순간 너에게서 전화가 왔다.

"바다가 보고 싶어."

너는 또 너의 마술로 나를 꼼짝 못하게 묶어 니 옆에 태우고 벌써 바다로 향하고 있다.

새벽이 되어서야 우리는 바다에 도착했다. 문을 열고 뛰어가는 너의 뒷모습은 위태로워 보였다. 영영 그 바다로 뛰어 들어가 나올 것 같지 않아 난 너의 팔을 힘껏 낚아챘다. 너는 내 품에서 떨고 있었다. 넌 꼭 할말이 있는 사람처럼 긴장하고 있었다. 그러나 너의 말을 기다리지 못하고 내 입이 먼저 열렸다.

"철근 절단기에 내 손가락이 잘렸을 때 그걸 찾아 병원에 온 너를 꽉 잡아야지. 그래야 이 나라에서 쫓겨나지 않을 거야 생각했어. 그래서 널⋯⋯."

"모하메드!"

넌 처음으로 내 이름을 불렀어. 그런데 너의 입에서 나온 내 이름은 낯선 사람의 이름 같았다. 난 너에게 그렇게 불리 우지 않았던 이유를 그 때 깨달았지. 넌 도리질을 하며 내 손에서 빠져 나가 시동을 걸었다. 그게 아니라고 말을 하고 싶었지만 난 입이 붙어있었다. 거기까지만 말을 하고 한국어를 모두 잊어버렸다. 너는 그렇게 나를 바다에 두고 혼자서 서울로 돌아갔다.

버스를 타고 돌아오는데 고속도로에서 난 너와 함께 타고 왔던 차가 전복되어 있는 걸 보았다. 너를 보고도 난 내릴 수 없었다. 경찰들이 둘러싸고 있는 너에게 다가갈 수 없는 나는 불법체류자일 뿐이었다.

병원에 누워있는 너는 아이를 날려 보내고 홀 몸이었다. 목에는 필라델피아를 두르고 홀쭉한 배에 딱딱한 척추고정 장치를 한 옷을 입고 있었다. 자궁의 기능까지 잃어버린 너를 안고 너의 어머니는 한 달 이상을 굶고 먹이를 쳐다보는 표범의 눈으로 나를 독하게 찔러댔다. 그 눈빛 보다 너의 맥 풀린 눈동자가 깨진 계란 노른자처럼 지글거리고 있었다. 너는 나를 다 태워버릴 것처럼 활활 불꽃을 피워댔다. 그러나 입술을 들썩이며 나만 알아들을 수 있게 '가.' 몇 번 나를 돌려 세웠다. 이내 너의 눈동자는 내가 들고 있던 장미다발에 뚝 떨어지며 지글지글 끓어댔다.

"니 놈이 우리 애 앞길 다 망쳐놨어! 어쩔 거야! 이 염병 할 놈아! 신고해 버릴 꺼야! 너 같은 놈은……!"

벌떡 일어나는 어머니의 바지를 움켜쥐고 넌 승냥이처럼 고함을 질렀다.

"가! 제발!…… 엄마! 그 사람 죄 없어!"

다시는 병원으로 널 만나러 갈 수 없었다. 어머니가 병실을 지키고 있어서 병실 밖에서 몇 시간을 서성이다 돌아서야 했다. 너는 그래도 내가 왔다 간 걸 알 수 있을 것 같아서 하루도 빠질 수 없었다. 일을 끝내고 날마다 술에 취해 살았다.

퇴원을 했다는 전화를 받고도 나는 너에게로 달려갈 수 없었다. 니가 나를 만나길 거부했기 때문이다.

　그러던 어느 날 집으로 와 달라는 너의 전화를 받고 단숨에 달려갔다.

　"이거, 받아 줘."

　통장이었다. 꽤 많은 돈이 들어있었다. 내가 한국에 와서 5년 동안 번 돈보다 더 많은 액수였다. 그 순간 둥둥 떠가는 얼음조각위에 서 있는 나를 보았다. 한 발만 움직이면 강으로 풍덩 빠져서 허우적거릴 것 같은 위태로운 나를.

　너는 압둘에게서 들었다고 했다. 아이의 수술을 서두르지 않으면 두 다리를 다 못쓰게 될지도 모른다는. 통장을 자꾸 내 앞으로 밀어 주고 모포로 가려진 너의 다리를 찍찍 끌고 방문을 넘어 들어가는 너의 뒷모습을 보는 내내 내 얼굴은 일그러지고 있었다. 너는 방문을 닫고 잠가 버린다. 통장위에 어리는 아이의 얼굴이 통증을 느끼는 지 홀쭉해진다. 나는 현관문을 닫고 나온 뒤에 주머니에 든 통장을 확인한다. 언제 주머니 속에 넣었는지 기억이 나지 않는다. 그러나 다시 너에게 들어 갈 용기가 나지 않는다. 돌아서서 잠시 너를 불러본다. 나가지 못한 목소리는 목젖을 울린다.

　바람이 가지 끝에서 휘파람 소리를 낸다. 매일 너의 집 앞에서 서성이다 돌아간다. 오늘도 어제처럼 돌아가야 하는가.

　경비실 앞에서 위를 올려다보니 휠체어에서 이 쪽을 내려다보는 너의 모습이 보인다. 너는 꿈쩍도 않고 몇 분을 그렇게 있었다. 너의 눈을 들여다 볼 수만 있다면 니가 무슨 생각을 하는지 읽을 수 있을지도 모르는데… 허망한 꿈을 꾼다.

　어제 알사무에게서 전화가 왔다. 붙여 준 돈으로 수술을 무사히 끝냈다고. 한 쪽 다리는 살릴 수 있을 것 같다고 했다. 고생하는 나한테

미안하다며 울먹이는 아내의 음성을 다 듣지 못하고 끊어 버렸다. 뚜-
그 공간 속으로 빨려 들어가 숨을 수만 있다면 숨어 버리고 싶었다.

아침에 뉴스를 보면서 압둘의 표정이 굳어졌다. 비장하기까지 했다.
나에게 한국으로 돈 벌러 가자며 몇 년만 고생하면 된다면서 나를 설
득했던 그. 압둘은 내 눈을 들여다 보고 다시 텔레비전을 뚫어지게 쳐
다본다.

지금 정부는 불법체류자 자진신고를 받고 있습니다. 자진신고 받으
면 여비를 마련해 돌아 갈수 있는 일정기간을 준다고 합니다. 보다 많
은 불법체류자들의 자진신고가 있기를 기대하면서 뉴스를 마칩니다.

"모하메드. 난 간다. 더 여기서 우리가 꿈꾸는 세상이란 없어. 이거
봐. 성성한 몸으로 왔다가 손가락 두개는 잘려 나가고, 마빡은 다 깨
지고, 다리엔 두 개나 철심을 박고. 우리가 여기까지 와서 얻은 게 뭐
냐! 내 걸음걸이를 봐. 쩔뚝이는 이 다리로 내가 돌아가 무엇을 할 수
있을까."

그의 한 숨이 깊다. 점심을 먹고 압둘은 짐을 싸고 있었다. 가방 하
나 달랑 들고 한국에 들어 온 압둘은 가방이 세 개나 되었다. 퇴직금을
받으러 사무실로 올라 간 압둘은 현장 관리부장과 큰 싸움이 붙었다.
나는 패대기쳐지는 압둘을 층계 아래에서 올려다보고 있었다. 층계에
걸린 압둘의 팔뚝에 15Cm의 긴 상처가 햇볕에 빨갛게 보였다.

몇 년 전 한국 와서 염색 공장에서 휴일도 없이 18시간씩 번 돈 전부
를 여권발급을 해 준 한국인에게 사기당하고 죽고 싶다면서 소주병을
깨서 손목을 그었던 자국이었다. 몇 배로 불려 준다고 가져간 돈도 사
람도 모두 사라지고 만 것이다. 불법체류자라서 통장 발급도 안 되니
자기 이름을 빌려 주겠다고 해 놓고 흔적도 없이 사라진 것이다. 그 상
처를 훈장처럼 보면서 악착 같이 돈을 벌어야 한다고, 비가 오는 날 현

장이 일을 못하게 되면 24시간 찜질방에서 청소며 세탁기 돌리는 일을 하면서 악착같이 돈버는 일에 매달렸다. 그런 압둘에게 퇴직금을 주겠다고 약속을 해 놓고 딴 소리를 하는 관리부장을 가만 놔 둘 압둘이 아니었다. 분명 1년 이상 근무를 하게 되면 퇴직금을 준다고 약속을 했었다. 나는 압둘이 싸움에서 이기길 속으로 빌고 있었다. 이것 역시 내 일이기도 했던 것이다.

"그지 새끼! 불법체류자 받아 준 것도 어딘데. 이게 어디 와서 행패야. 야! 넌 신고하면 끝이야 새꺄! 좆만 한 게 어디서 까불구 있어! 꺼져 새꺄!"

순간 퍽 둔탁한 소리와 함께 관리부장의 머리에서 피가 줄줄 흐르고 있었다. 압둘의 작업복에 튄 피가 차도르를 두른 것 같다. 순간 압둘은 휙 돌아서더니 손에 뭔가를 들고 광기어린 눈으로 사람들을 노려보았다.

"갓 댐!!! 다 죽여 버릴 꺼야!"

뒤에서 김 기사가 압둘의 팔을 잡아채자, 그는 발길질을 하더니 쥐고 있던 칼을 자기 몸 쪽으로 잡아 빼려고 했고, 김 기사가 발을 걸어 넘어트리자 압둘은 칼을 안고 뒹굴었다. 으흐흑……. 일어서지 못하고 피를 바닥에 쏟아내고 있는 압둘은 두 손을 바들바들 떨고 있었다.

잠시 후 구급차가 도착을 했고, 피에 범벅된 두 사람을 병원으로 실어갔다. 두 사람이 뒹굴던 자리는 얼마 전 TV에서 방영했던 폭격맞은 바그다드를 그대로 옮겨다 놓은 것 같았다. 사무실 직원들은 넋나간 나를 둘러싸고 있었고 나는 바닥을 치우기 위해 화장실로 향했다. 이미 압둘이 흘린 피가 시멘트 바닥에 스며들어 있었고 그걸 치우기 위해 물걸레를 들고 서있던 나는 울컥 치미는 수치심에 그만 그 얼룩처럼 땅 속으로 꺼지고 싶었다.

피비린내가 진동하는 마대걸레를 빨기위해 화장실에 갔을 때 뚝뚝 떨어지는 핏물과 함께 대롱대롱 메달려 있는 압둘의 목걸이 사진을 보고 난 억장이 무너져 내렸다. 피로 얼룩진 바닥을 질질 끌려 다녔을 압둘의 가족들을 생각하며 컥컥 목으로 넘어가는 질컥한 가래를 삼키고 삼켰다. 목걸이 뚜껑을 열자, 두 아이를 안고 있는 압둘이 세상에서 가장 행복한 아버지처럼 웃고 있었다. 한국에 와서 한 번도 볼 수 없었던 얼굴이었다.

응급실에서, 이틀간 중환자실에서 사투를 벌이던 압둘은 끝내 죽고 말았다. 나는 그 순간 너 밖엔 생각나는 사람이 없었다. 휠체어를 타고 나타난 너는 내 눈을 피해 입고 있는 검은 옷만 만지작 거렸다. 그래도 너는 나를 떠나지 않고 빈소를 함께 지켰다.

손바닥만한 항아리에 몸을 웅크리고 앉은 압둘을 안고 나 대신 니가 울었다. 그때 너의 입에서 나온 말은 인샬라!였다. 습관처럼 너는 그렇게 입에 익은 말을 했다.

"떠나. 떠날 수 있을 때 떠나."

나는 너의 말을 털어내려고 도리질을 쳤다.

"나 괜찮아. 모하메드 땜에 이렇게 된 거 아냐. 죄책감 느끼지 마. 절대! 맘 편히 떠나. 부탁이야. 사실 그 아이 모하메드 아이 아니었어. 우리 소장 애 였어. 그날⋯⋯"

너의 닫힌 입이 열릴까 봐 나는 한 걸음 물러나 담배를 물고 연기가 날리는 쪽을 보고 있었다. 담배 연기를 구름처럼 쓰고 있던 압둘의 항아리가 꿈틀대는 거 같았다.

"받아. 그리고 부탁이 있어."

너의 손에 들려진 건 항공권 이었다. 너의 음성은 떨리고 있었다. 울음을 삼키며 너는 얘길 했다.

아버지가 다녔던 회사에서 연락이 왔었어. 유품 찾아가라고. 아버지의 낡은 가방 속 유품에서 나온 건 이라크 근무하면서 찍은 동료들과의 한 때 호탕하게 웃으시는 사진 몇 장과 이라크 현지 여성과 함께 찍은 사진이었어. 엄마는 아버지에 대한 배신감 때문에 상처를 많이 받으셨어. 그런데 난 돌 박이 아이를 안고 있는 아버지가 밉지 않았어. 어머니와 사시는 동안 그 사진 속의 얼굴처럼 환하게 웃으시는 걸 못 봤거든. 어머니와 행복할 수 없었던 아버지. 누구나 자기의 삶에 행복할 권리는 있는 거잖아. 이 사진 속 아이가 살아있다면 16살은 되었겠지? 찾아 봐 줘. 주소는 사진 뒷면에 적혀 있어. 여기 있어. 말을 끝낸 너의 음성이 말라있었다.

나는 너의 움츠린 등을 힘껏 안았다. 그리고 축축한 너의 눈가를 훔쳤다. 휠체어를 밀고 택시 기다리는 곳에 섰을 때 너는 고개를 들어 하늘을 올려다보았다. 고정 된 너의 시선을 따라가 보니 이륙해 날고 있는 비행기가 있었다. 너의 눈 속에 들어있던 비행기는 순식간에 사라지고 없었다. 네가 눈을 감았기 때문이다. 감았다 뜬 너의 눈동자에 또 하나의 영상이 생겼다. 난 놀라 한걸음 뒤로 물러선다.

"왔어요?"

소장이었다. 너의 다정한 목소리. 나는 내 귀를 의심하고 있었다. 소장은 들고 있던 노란 국화 꽃다발을 너에게 건네며 좀 전까지 내가 쥐고 있던 휠체어 손잡이를 잡았다. 소장의 손목에 힘이 들어갔다. 팔뚝에 굵은 심줄이 솟아올랐다. 소장은 사고가 생겨서 유감이라고 했다. 사고? 유감? 난 돌아서서 한 줌 가루가 된 압둘을 꼬옥 안고 걸었다.

"법원에 갔다 오는 길이야. 이혼……. 다 정리 됐어."

난 너의 얼굴이 보고 싶었다. 웃고 있는지 울음을 참고 있는지. 그러나 고개를 돌리지 않았다. 그때 병원으로 들어오는 흰색 소나타의 열린 창문 밖으로 흘러나온 노래가 너에게로 날아가고 있었다.

'모두 거짓말 그런 말, 믿지 않아. 이건 꿈이야…….'

그 노래는 날개를 펴고 너의 머리 위를 맴돌며 비상하고 있었다.

양면 색종이

불이 붙은 종이학들이 활활 타오른다. 투다다닥 종이학들이 몸을 부대끼며 서로의 몸에 불을 전위한다. 욕조 안은 온통 불바다로 변한다. 순식간에 불꽃이 거실로 옮겨 붙었고 바닥에 있던 양면색종이로 옮겨 붙고 있다. 철컥! 현관 문이 열린다.

양면 색종이

아이는 색종이를 가지고 오늘도 무언가를 만들고 있다. 몇 번을 움직이더니 손바닥만한 색종이는 아주 작은 학이 되어있었다. 날개를 쭉쭉 펴고 아이는 빙긋이 웃고 있다. 또 다른 색종이를 꺼내 아이는 방바닥에 대고 양 귀퉁이를 똑 바로 맞추느라고 인영이 부르는 소리도 못 들은 듯 하다. 아니 못 들은 척 하고 있는 건 아닌가. 대답 없는 아이에게 약이 바싹 올라 있었다. 가까이 다가가 아이가 열심히 접고 있는 색종이를 뺏는다.

'으앙!'

아이는 울음을 터트린다. 하루에도 몇 번씩 이렇게 통곡을 토하고야 입에 먹을 것을 넣을 수 있다는 걸 아는 지금은 그리 놀랄 일도 아니다.

아이는 인영에게 한 번도 '엄마' 라고 부르지 않았다. 정식으로 아이의 엄마가 된지 벌써 6개월이 훨씬 지났는데도 말이다. 아이는 결혼식장에서 신부입장을 하는 인영의 웨딩드레스를 움켜쥐곤 그악스럽게 달려들었다.

"아니야! 안돼!"

그 외마디를 끝으로 아이는 말하기 기능을 잃어버렸다. 감정이 거세되어 진 아이처럼 아이의 표정은 그려놓은 종이인형 같았다. 인영의 손이 닿기만 해도 움찔거리는 아이는 달팽이처럼 몸을 축소시키고 웅크렸다. 인영은 아이에게 좋은 엄마가 되고 싶었는데……. 아니 완벽한 가정을 꿈꾸며 이 집에 들어왔는데. 인영이 만든 집에 금이 가기 시작하고 있음을 아이를 통해서 읽고 있었다. 그러나 그렇게 쉽게 포기할 수 없었다.

"곰탱이 같은 마누라하고 사는 거 신물 나. 편하다는 거 그게 얼마나 사람 죽이는 건지 당해보지 않은 사람은 말 못해! 그건 고문이라구!"

그가 인영을 향해 던진 말이었다. 입사해서 그를 처음 보았을 때 저런 사람이라면 남은 인생을 맡기고 싶다고 생각을 했다. 그가 결혼 한 사람이라는 걸 알았을 때는 이미 인영은 그와 모든 걸 나누고 난 뒤였고, 죽어도 좋을 만큼 사랑에 빠진 뒤였다. 인영은 자기가 탄 배가 어디로 흘러가도 상관없다고 생각했다. 그와 함께라면.

"니가 필요해. 알지? 너만 있으면 돼! 날 믿고 따라 와. 걱정 마."

그렇게 인영은 그가 만들어 내는 길로 따라 갈 뿐이었다. 더는 아무 생각도 하지 않았다. 아니 하고 싶지 않았다. 생각이 많다는 거, 그게 살아오면서 인영의 인생에 걸림돌이 얼마나 되었었는지…… 인영은 이제 그가 내미는 손을 잡고 그가 길을 터주는 방향대로 살아보리라 다짐했다. 그리고 여기까지 왔다.

아이는 색종이를 가지고 놀 때면 시들었던 화초가 살아나듯 파르르제 몸을 떨며 스스로 생명을 불어넣는 것처럼 보였다. 병원에선 실어증이라는 진단을 내렸다. 그 병명을 제 몸에 날개처럼 달고 난 후, 아이는 자유로워 보였다. 그날부터 아이는 날개를 달고 인영은 가슴과 머리에 철컥 다시는 풀리지 않을 것 같은 수갑을 찼다. 처음부터 열쇠란 없었던 것 같은 수갑을.

아이가 색종이에 집착을 하는 건 충격 때문이라고 했다. 남편은 그런 아이를 위해서 퇴근 할 때마다 색종이 꾸러미를 사들고 들어온다. 이제 남편은 말없는 아이 옆에서 색종이 접는 법을 하나하나 배워간다. 아이는 남편의 손에서 만들어진 종이학을 받아들고 마냥 좋아라한다. 행복해 하는 아이를 보면서 남편도 활짝 웃는다. 그런 남편을 보면서 인영은 혼자가 된다. 아이가 말을 잃어버리면서 남편은 인영에게서 자연스럽게 떨어져나가 아이에게로 붙어버렸다. 자석의 다른 극처럼.

남편은 오늘도 아이 옆에서 색종이를 접고 있다. 낯선 모습이다. 그 낯선 모습 속에 인영 역시 낯선 모습이 되어간다. 하루 또 하루.

아이는 오늘도 저렇게 색종이를 접다가 잠이들 것이다. 어제, 잠든 아이를 침대에 눕히고 들어 선 남편의 엉덩이에 학이 한 마리 붙어왔다. 반짝거리는 날개를 달고 날아든 종이학의 '꾸우꾸우' 외침소리에 놀라 깬 인영의 등줄기엔 소름이 돋아났다. 마치 아이가 주술을 걸어놓은 듯 집안엔 종이학들이 살아서 날아다닌다. 이젠 잠든 사이에도 푸드득 푸드득 날개를 터는 종이학의 몸부림 소리가 들린다. 춤추는 종이학들의 무리 속에서 아이가 뛰어논다.

1

방에선 엄마와 아빠가 다투는 소리가 새어나오고 있다. 내 생각은 조금도 하지 않는 엄마 아빠가 밉다. 아니 원망스럽다. 이렇게 가슴 떨리고 쿵쿵 천둥 치는 소리가 나는데도 그 심장소리를 엄마 아빠는 듣지 못한다. 이 소리 때문에 내가 놀라고 내가 쓰러진다. 투다당 텅텅! 아빠는 또 뭔가를 집어던지고 엄마를 때리는가보다. 텅— 엄마 아빠가 들어있는 커다란 방에서도 천둥소리가 난다. 그 천둥소리 때문에 또 내가 놀라고 내가 울고 있다. 잠시 번개를 맞은 내가 천둥소리에 자지러진다. 아— 또, 길고 긴장된 전쟁은 며칠간의 잠복기간을 지나야 바람처럼 흘러 지나갈 것인가. 그 바람은 내 옷자락을 할퀴고 내 속살을 할퀸 뒤 아무렇지 않게 맑게 개일 것이다. 차라리 아주 혹독한 바람이 불었으면 좋겠다. 더 이상 아무 소리도 들을 수 없게.

아침에 엄마가 불러서 안방으로 들어가 보니 엄마 얼굴에 시뻘겋게 핏물이 고여 있었다. 나는 엄마의 일그러진 얼굴을 감싸 쥐고 절대 울지 않는다. 일년 전까지만 해도 난 엄마 아빠가 싸우면 아빠의 부들부들 떨고 있는 굵은 다리를 안고 울었다.

"아빠. 무서워! 엄마 때리지 마!"

그러나 내가 매달려 울어도 아빠의 커다란 손은 멈추지 않고 엄마의 뺨을 때리고 등을 때리고 넘어져 뒹구는 엄마의 헝클어진 머리채를 쥐고 흔들어댔다. 그런데도 엄마는 나처럼 울거나 소리 지르지 않고 망가진 인형처럼 휘청휘청 늘어졌다가 다시 몸을 웅크렸다. 그런 엄마가 아빠보다도 더 무서웠다. 그런 일이 몇 번 폭풍처럼 지나가고 난 절대 울지 않았다. 점점 때리는 아빠가 무섭지 않았다. 매를 피해 달아나지 않는 엄마가 더 무서워지기 시작했다. 그 무서워진 엄마는 점점 내게서 멀어져 갔다. 그런데 이상한 것이 피멍들고 퉁퉁 부은 얼굴의 내 엄마가 아닌 여자의 얼굴을 한 엄마의 얼굴에 아빠는 약을 바르고 파스를 발라주고 주물러주고 어디서 사왔는지 죽을 떠 먹여 주었다. 그러면 눈을 지그시 감았다 떴다 하며 입을 벌려 씹을 것도 없는 죽을 조심 조심 씹어가며 죽 한 그릇을 다 먹어치웠다. 그런 엄마의 얼굴이 더 무 서워 오래 쳐다볼 수 없어 그만 고개를 돌리고 안방을 뛰어나와 놀이 터로 향했다. 그리고 그네에 앉아 해가 지길 기다렸다. 이해할 수 없 는 엄마와 아빠를 생각하며 내가 돌아갈 곳이 집이 아닌 또 다른 곳이 있었으면 좋겠다고 생각했다. 그때 누군가 데려 가겠다고 하면 순순히 따라 나섰을지도 모른다. 그 많은 유괴사건이 있었는데도 나에겐 아주 먼 일이었고 상관없는 일이었다. 그때 흔들리는 그네에 앉아 해가 질 때까지 생각했다.

'어른들은 모두 이해할 수 없는 괴물들이야……'

2

나는 개나리반의 민지가 참 좋다. 항상 웃고 있기 때문이다. 엄마처 럼 표정이 없거나 매일 화난 사람처럼 양말만 꿰매거나 비닐에 꿰맨 양말을 넣어 종이박스에 가득 가득 채우는 일이 끝날 때까지 한자리에 기계처럼 앉아있지도 않는다. 먼지 나도록 내 옆을 뛰어다니고 내 발 을 밟고 지나가도 난 민지가 좋다. 민지 머리에서 나는 샴푸냄새도 좋 다. 내가 쓰는 샴푸와는 향기가 다르다. 엄마는 슈퍼마켓에 가서 샴푸 를 고를 때에도 제일 싸고 양이 많은 것으로 고른다. 그런 엄마를 지켜 보고 있으면 가슴이 답답해진다. 엄마가 신고 있는 양말을 볼 때마다 그렇게 하루 종일 쪼그리고 앉아 새 양말을 만들어 내는 엄마가 자기 양말하나 새 것으로 신지 못하는 게 싫었다. 신을 수 없는 양말은 왜 그렇게 많이 만들어야 하는지. 아빠가 먼지 나서 싫다고 하는 일을 왜

140

그렇게 고집을 피우면서 해야 하는지. 내가 엄마의 하는 일을 모르는 것은 그것만이 아니다. 엄마는 외할머니가 우리 집에 오는 걸 싫어한다. 외할머니가 오셨다 가신 날이면 혼자서 몇 시간이고 문을 잠근 채 울었다. 엄마는 울면서도 나처럼 소리를 내지 않는다. 참 신기한 일도 다 있다고 생각했다. 나는 입을 틀어막고 울어도 소리가 나는데 엄마는 그렇지 않았다. 그래서 나는 생각했다. 어른이 빨리 되면 좋겠다고. 그러면 엄마처럼 소리 내지 않고 울면 아무도 모를 테니까. 그런데 엄마는 소리 내어 울지 않아도 나한테 항상 들키고 만다. 그런 엄마가 그래도 난 참 좋다. 엄마한테는 비누냄새가 나기 때문이다. 민지한테서 나는 향긋한 샴푸냄새는 아니지만 엄마에게서 나는 비누냄새는 나한테서 나는 비누냄새가 아닌 다른 냄새가 났다. 같은 비누를 쓰면서도 아빠한테는 나지 않는 비누냄새가 엄마한테는 났다. 그래도 아빠는 나처럼 엄마에게서 나는 비누냄새를 좋아하진 않는다. 퇴근해서 들어오면 개처럼 코를 킁킁거리면서 우리 집에선 왜 이렇게 퀴퀴한 냄새가 나지? 하시며 엄마를 힐끗 쳐다보셨다. 그러면 엄마는 생선을 구어서 그래요. 엄마는 죄를 지은 사람처럼 아빠를 제대로 쳐다보지도 못했다. 우리를 위해서 몇 시간씩 준비한 엄마의 생선요리는 그렇게 아빠에게 대접받지 못하고 몸통만 몇 번 찔리고 밀려난 생선은 나와 엄마 차지가 된다. 엄마는 뼈를 잘 발라 낸 생선을 하얀 쌀밥이 작게 삽질된 내 수저에 살짝 얹어 주었다. 그러면 나는 신이 나서 무슨 맛인지도 모르면서 맛있게 쩝쩝대면서 먹어 치웠다. 생선 한 마리에서 왜 그리 많은 뼈가 발라져 나오는지 나는 엄마의 손에서 비린내가 지워지지 않으면 어쩌나 걱정이 되기도 하였다. 그러나 설거지를 끝낸 엄마의 손에선 생선비린내가 아닌 비누냄새가 났다. 아빠는 늘 식사가 끝나면 TV 앞에서 뉴스만 보다가 안방으로 들어갔고 엄마는 내 방에서 줄줄 외워

버린 책을 처음 읽는 책처럼 읽다가 잠든 내 얼굴을 확인하고야 안방
으로 건너 가셨다. 어느 날은 슬프지도 않은 이솝우화를 읽던 엄마가
눈물을 흘리는 게 싫어서 나는 엄마를 속이고 잠이 든 척 했다. 눈을
감고 엄마의 눈물 떨어지는 소리를 듣는 나는 엄마보다 더 슬펐다. 이
상도하지. 엄마는 슬프지도 않은 책을 읽으면서 울기도 잘 운다고 생
각했다. 아마 엄마가 연기자가 되었다면 요즘 하는 멜로드라마의 여
주인공보다 더 잘했을지도 모른다는 생각도 들었다. 하지만 엄마는 연
기자가 아니었다. 그런데도 엄마는 잘 울었다. 엄마의 머리 속에는 슬
픈 생각만 가득한 걸까?

3

　오늘 아침에 엄마는 아빠한테 오후에 누가 이사 올 거라고 했다. 그
래서 이젠 양말 꿰매는 일은 하지 않을 거라고 했다. 아빠는 다 알고
있던 일을 새삼스럽다는 듯 엄마의 말엔 신경도 쓰지 않고 휙 나가 버
렸다. 난, 엄마가 양말을 꿰매지 않으면 민지처럼 엄마의 손을 잡고 놀
이터로 갈 수 있게 될 것 같아 돌아서서 토끼처럼 유치원을 향해 뛰어
갔다. 뛰어가면서 빨리 오후가 되었으면 좋겠다고 생각했다. 내 머리
속은 온통 엄마와 많은 시간 놀 수 있을 것을 생각하며 행복했다. 내가
혼자서 밖에 나가서 놀기 시작한 이후 처음으로 갖게 되는 행복을 상
상하면서 그 좋아하는 간식시간도 기다려지지 않았다. 어쩌면 나한테
서 엄마를 뺏어간 양말들이 보고 싶을지도 모른다는 생각도 들었다.
이제는 옷에 붙어 있을 실을 떼느라 아빠가 쓰고 버린 청테이프를 주
워 끈적끈적한 면을 찾느라 손을 대어 보지 않아도 될 것이었다. 그렇

게 테이프로 옷에 붙어있는 실을 떼고 있을라치면 지 애비 닮아서 쬐끄만게 깔끔하기는. 하는 엄마의 혀 차는 소리를 듣지 않아도 될 것이었다.

내가 그렇게 기다리고 기다린 오후가 되었고 빨간 색종이 같은 노을이 거실바닥까지 들어왔을 때 커다란 가방 하나를 들고 머리가 긴 여자가 들어왔다. 엄마는 작은 방 문을 열어주며 '여기예요.' 라고 짧게 말을 하고 여자는 '예.' 라며 엄마보다 더 짧은 대답을 하고 잠깐 어깨를 스쳐 여자는 여자의 방으로 엄마는 엄마의 방으로 들어갔다. 나는 졸래졸래 엄마 뒤를 따라 들어가 엄마 옆에 앉았다. 양말이 가득하던 방 한 구석이 썰렁했다. 엄마는 잠시 멍하게 창문으로 들어오는 노을을 깔고 앉아 있더니 벌떡 일어났다. 그리고 시장에 다녀오겠다면서 혼자서도 잘 놀 수 있지? 내 대답을 기다리지 않고 순식간에 벌써 슬리퍼를 신고 현관문을 '꽝' 닫고 나가 버렸다.

엄마는 한 시간쯤 후에 양손에 검은 비닐주머니를 무겁게 들고 들어왔다. 그런데 시장에 갔다 오겠다던 엄마의 손에 들려있던 검은 비닐 속에서 나온 건 꽁치나 고등어가 아니었다. 매일 밥상에 올라왔던 콩나물도 아니었고, 시금치도 두부도 아니었다. 엄마는 방으로 들어가더니 그 검은 비닐을 거꾸로 들더니 그 속의 것들을 다 쏟아냈다. 금세 방안 가득 색종이로 가득 찼다. 노을에 색종이 비닐이 보석처럼 반짝였다. 엄마는 하나를 집어 들고 색종이를 감싸고 있던 비닐을 벗겼다. 그리고 빨간색 색종이를 꺼내 종이 접기를 하기 시작했다. 이리 저리 요리 조리 엄마의 손은 바쁘게 움직이더니 금세 한 마리의 종이학을 만들어냈다. 나는 너무 신기해서 종이학의 날개를 만지작거렸다. 엄마는 나에게도 파란색의 종이를 내밀었다.

"자, 한 번 해볼래?"

엄마는 내 작은 손의 위치를 옮겨가며 네모를 만들었다가 다시 펼쳐서 여러 개의 삼각형을 만들더니 다시 작은 삼각형을 접었다가 펼치고 다시 만지작거렸다. 그러자 금세라도 날아갈 것 같은 새 한 마리가 완성되었다. 엄마는 내가 만드는 종이학을 기다릴 수 없었던지 '니가 해봐.' 라고 한 마디 하고는 계속 한 마리, 두 마리, 세 마리, 네 마리……. 엄마의 종이학은 금세 많아졌다. 내가 움직이면 밟힐 만큼 많아진 종이학을 엄마는 두 손으로 밀더니 거실로 나가 유리항아리를 들고 들어와 재잘대며 놀고 있는 종이학들을 항아리에 집어넣었다. 항아리의 바닥을 채우고 다시 차곡차곡 쌓인 종이학은 위에서 보거나 옆에서 보면 알록달록 예뻤지만 숨이 막힐 것처럼 갑갑해 보였다.

밖에서 아빠가 불러도 모를 정도로 엄마와 나는 색종이 접는 일에 몰두해 있었다. 아빠는 신경질적인 목소리로 내 이름을 크게 불렀다. 난 놀라서 방문을 열고 아빠의 얼굴을 살폈다. 아빠는 색종이를 열심히 접는 엄마의 등에 대고 소릴 질렀다.

"이번엔 종이학이야?"

그 때였다. 내 뒤에서 방문이 열리고 이사 온 여자가 나왔다. 그리고 아빠를 쳐다보았다. 나는 창피했다. 소릴 지르는 아빠의 모습을 들켜버려서 숨어버리고 싶었다. 민지 아빠처럼 학예회 때 디지털카메라를 찍어대느라 이마에 송글송글 땀이 맺히는 그런 아빠였음 좋겠다고 생각했었는데…… 그런 아빠는 아니어도 괜찮다. 남들 앞에서 우리 엄마를 윽박지르는 그런 모습을 보여주고 싶지 않았다. 무슨 커다란 잘못을 했는지 엄마는 항상 아빠 앞에서 죄인처럼 고개를 들지 못하는 그런 모습도 정말 싫다. 아빠는 오늘 이사 온다는 얘길 아침에 엄마한테 들었을 텐데. 아마 회사 일로 바빠서 잊고 있었나보다. 아빠는 지금 나보다 더 창피할 것 같았다. 그런데 이상하게 얼굴도 붉어지지 않았고 목소리가 작아지지도 않았다.

"배고파!"

엄마는 접고 있던 종이학을 항아리 옆으로 놓고 밖으로 나와 싱크대로 가서 쌀을 씻는다. 그런 엄마의 등을 또 곱지 않은 시선으로 아빠가 쳐다보고 있다. 그 아빠를 이사 온 여자는 빨갛게 상기된 얼굴로 쳐다본다. 그 긴 머리의 여자를 또 내가 쳐다보고 있다. 아빠는 잠시 고개를 돌려 그 여자의 눈과 마주쳤고, 내 눈은 그 여자의 눈과 '쨍' 하고 부딪혀 깨졌다. 내가 눈을 돌려 아빠를 쳐다보았을 때 아빠는 웃고 있는 것도 같았다. 내가 잘 못 본 것일까? 엄마는 오늘따라 쌀을 오래도록 바득바득 문질러 씻었다.

수돗물을 틀어 놓은 채로! 엄마의 등이 흔들린다. 또 엄마는 소리도 내지 않고 울고 있을 것이다. 엄마의 눈물이 수돗물과 섞여 뽀얀 쌀뜨물에 희석되어 넘치고 있다. 오늘 저녁은 반찬 없이도 밥이 잘 넘어 갈 것 같다. 그래도 아빠는 오늘도 다른 날처럼 반찬이 싱겁다고 투정을 하며 수저에 올려진 밥보다 두 배는 더 높은 크기의 반찬을 얹어 입에 넣을 것이다. 그래도 수저의 밥알을 흘리는 일이 없는 아빠의 입은 참 크기도 하다고 나는 또 속으로 생각만 할 것이다. 그러면 내 말을 듣기라도 한 듯 '뭐 하나 잘 하는 게 하나도 없어.' 라고 할 것이다. 그 말을 다 듣고 있던 엄마는 먹고 있던 밥 그릇을 그대로 개수대에 넣고 수돗물을 틀 것이다. '쏴—아' 물소리보다 더 크게 아빠의 목소리가 내 몸을 적시는 일이 다신 일어나지 않았으면 좋겠다. 우리 가족만 있는 게 아니니까!

4

엄마의 웃는 소리가 들린다. 소리 내어 울지 않는 엄마가 소리 내어 웃는다는 게 이상했다. 엄마의 웃음소리를 언제 들었었는지. 나는 빨리 어른이 되고 싶다. 내가 알지 못했던 일들이 엄마처럼 아빠처럼 키가 크고 덩치가 크면 저절로 다 알아질 것만 같아서.

어제도 어른이 된 나를 꿈속에서 보았다. 그런데 아빠를 닮지 않은 내 모습에 놀라서 그만 오줌을 싸고 말았다. 엄마가 알까봐 자리에서 일어나지 못하고 있는데 철컥 문 닫는 소리가 나더니 엄마가 들어와 내 침대 모퉁이에 머리를 박고 울고 있었다. 또 소리도 없이. 나는 숨소리도 못 내고 계속 자는 척했다. 그때 엄마가 내 침대위로 올라와 나를 안았다. 축축한 내 바지가 엄마의 허벅지에 닿았는지 엄마는 이불을 들어 올렸다. 그리곤 다시 나를 안고 울었다.

"미안해……."

엄마는 나를 깨우지 않고 잠든척하는 내 다리를 올려 바지를 벗기고 다른 옷으로 갈아 입혔다. 그리고 침대 시트 위에 두꺼운 이불을 깔고 그 위에 나를 얹었다. 난 눈을 더 세게 감았다. 엄마의 눈물이 내 얼굴 위에 차갑게 떨어졌다. 얼굴이 간지러웠다. 손으로 훔쳐내고 싶었지만 참고 있었다. 엄마는 또 나를 세게 안더니 미안해……. 내 뺨에 뜨겁게 엄마의 입김이 와 간지럽게 와 닿았다. 모로 누웠던 엄마가 벌떡 일어나 밖으로 잠깐 나갔다가 다시 들어왔을 땐 엄마의 손에 색종이가 들려 있었다. 엄마는 커튼을 열어젖히고 달빛이 환하게 들어온 방바닥에 앉아 색종이의 모서리를 잘 맞추어 종이 접기를 시작했다. 한 마리 두 마리 세 마리 네 마리…….

반짝이는 날개를 달고 종이학들이 날아다녔다. 파드득 파드득 엄마의 몸 주위를 고추잠자리처럼 맴을 도는 종이학을 나는 보았다. 유난히 빨간 빛깔의 깃털이 내 눈 속으로 날아 들어왔다. 내 눈은 파르르 떨리기 시작했다. 더 꼭 감으려고 하면 할수록 잠자리 날개처럼 파르르 파장이 길게 떨렸다. 난 더 이상 연기를 할 수 없었다.

"엄마. 뭐해?"

눈을 비비며 일어나는 나를 향해 엄마는 종이학을 한 움큼 집어 손에 쥐어 주었다.

다 올려지지 않은 종이학이 후두둑 밑으로 떨어졌다. 날개를 펴지 못한 채 방바닥으로 떨어지는 종이학을 엄마의 커다란 두 손은 가둔 채 유리병 뚜껑을 열고 다 채워지지 않은 종이학 위에 덧얹었다. 내 손에 들려져 있는 종이학의 구겨진 날개를 손으로 매만지자 엄마가 잠시 뚫어지게 쳐다보았다.

"엄마. 이거 다 뭐 할 거야?"

"친구."

"친구?"

"응. 천 마리 접으면 소원이 이루어진데."

난 엄마의 알 수 없는 대답이 싫었다. 알 수 없는 어른들의 세계가 싫었고, 이상한 엄마의 행동이 싫었다. 종이학으로 친구를 만든다는 엄마의 말은 크리스마스에 산타할아버지가 선물을 준다는 것 보다 믿기 어려운 말이었다. 그렇지만 거짓말을 못하는 엄마가 나를 속이기 위해 한 말은 아니었을 것이다. 엄마는 거짓말하는 사람을 세상에서 가장 싫어한다고 했으니까. 사람이 사람을 속이는 건 제일 큰 죄라고 알아듣지도 못하는 나를 붙들고 말했었다.

엄마가 종이학을 그렇게 열심히 접는 이유를 알고도 난 이해할 수 없는 엄마의 행동이 내가 어려서라고 그래서 빨리 어른이 되었으면 좋겠다고 생각했다.

그런데 오늘은 엄마가 종이학을 접는 대신에 컴퓨터 앞에 앉아서 열심히 컴퓨터를 하고 있다. 아빠가 엄마한테 컴맹이라면서 구박하던 생각이 나서 난, 컴퓨터 하는 엄마의 모습이 진짜인가 옆에 가서 확인을 했다. 분명 엄마였다.

두 달 전 아빠는 술에 만취해 들어 오셔선 집을 담보로 대출을 받아 주식투자를 해야겠다고 하면서 엄마한테 회사에 나가 있는 동안 집에서 컴퓨터로 주식시세를 비교해서 사고팔고만 잘 하면 돈 버는 건 시간문제라고 했는데 엄마가 안 된다고, 아니 못 한다고 어떻게 마련한 집인데 절대 그럴 수 없다고 하자 아빠는 바보 같은 게 뭐 하나 제대로 하는 것도 없어! 라고 소릴 질렀고 아빠가 던진 재떨이에 엄마는 입술이 터지고 컴퓨터 얼굴엔 금이 갔다. 엄마는 모니터를 가느라고 한 달 동안 양말 꿰맨 돈을 다 써야했다. 그런 엄마가 컴퓨터 앞에 몇 시간째 앉아 아빠처럼 열 손가락을 다 움직이며 피아노를 치는 것 같다. 엄마를 쳐다보고 있는 나를 향해 니 방에 가서 놀아~한다. 나는 슬며시 나와 내 방으로 건너가 나도 종이학을 접기 시작할까? 생각했다.

아빠의 퇴근시간이 가까워오자 난 엄마가 아빠한테 또 야단을 맞을까봐 걱정이 되었다. 그런데 아빠는 다행히 들어오지 않았다. 그날도 그 다음날도.

어제 엄마는 컴퓨터를 밤새했는지 나를 깨워서 유치원에 보내야 하는 시간에 잠을 자고 있었다. 다행히 선생님이 집으로 나를 데리러 오셔서 난 유치원에 갈 수 있었다.

엄마는 요즘 이상하다. 이상한 건 한 두 가지가 아니다. 소리 없이 우는 일도 종이학을 접는 일도 없다. 내가 왜 종이학은 안 접느냐고 했더니 천 마리 다 접어서라고 했다. 난 엄마의 소원이 이루어졌나보다 생각했다. 그래서 정말 친구가 생겼나보다……. 생각했다. 엄마가 전처럼 울지 않는 것도 친구 때문이라고. 엄마는 울지 않았지만 여전히 나하고 말은 많이 할 시간이 없었다. 민지 엄마처럼 놀이터에 함께 나가서 놀아주지도 않았고 민지 엄마처럼 빵이나 요구르트를 사와서 나누어주는 일도 없었다. 양말을 꿰매는 일을 할 때나 종이학을 접을 때보다도 더 나와 눈이 마주칠 시간이 없었다. 싱크대 위엔 아침 점심 저녁까지 설거지가 쌓여있었고, 아빠가 퇴근 해 돌아 올 시간이 되면 엄마의 손은 바쁘게 움직였다. 엄마가 바빠진 것처럼 아빠도 바빠졌다. 그래서 그런지 아빠가 엄마한테 화를 내는 일은 그리 많지 않았다. 그래서 소리 없이 우는 엄마를 보는 일도 없어졌고, 안방에서 소리 지르며 물건을 내 던지던 성나고 무섭던 아빠의 목소리도 들을 수 없다. 아빠가 엄마에게 화를 냈던 건 그 동안 엄마가 컴퓨터를 못해서 였나? 엄마는 바보 같다. 그렇게 컴퓨터를 잘할 수 있었으면서도 왜 아빠한테 피멍들도록 매를 맞고 있었는지. 난 정말 엄마를 이해할 수가 없었다.

하루 또 하루가 지나면서 점점 조용해지는 우리 집이 난 싫다. 나는 오늘 유치원에서 민지랑 싸웠다. 날더러 거지라고 했기 때문이다. 어제 입었던 옷을 또 입고 며칠 째 신었던 양말을 또 신고 유치원에 갔기 때문이다. 엄마는 오늘도 늦잠을 자고 있다. 나는 혼자서 일어나 유치원 가방을 챙겨 밖으로 나왔다. 그러나 유치원에 가고 싶지 않았다. 유치원에도 나랑 말할 사람이 아무도 없었다.

오늘은 엄마가 빨강 스웨터에 초록색 치마를 입고 외출을 했다. 입술엔 번쩍이는 색종이를 오려 붙인 것처럼 하고. 한 번도 엄마의 화장한 얼굴을 본 적이 없는 것 같은데 엄마 화장대에도 저런 예쁜 빛깔을 한 화장품이 있었는지. 난 비어있는 안방으로 들어가 엄마의 화장대에 앉았다. 화장대 밑에 숨어있는 유리병을 꺼내 엄마가 접어놓은 종이학을 한 마리 두 마리 세 마리……. 방 하나 가득 꺼내 놓았다. 내 발 밑은 온 통 오색빛깔의 종이학이 춤을 추고 다녔다.

"친구."

엄마의 목소리가 들리는 것 같았다. 내 눈에서 눈물이 종이학처럼 떨어졌다. 한 방울 두 방울 세 방울……. 멈추지 않는 눈물은 종이학보다 더 많이 알을 낳을 것 같았다. 내 눈물이 종이 학 위로 떨어져 얼룩이 졌다. 얼룩무늬가 된 종이학은 날지 못했다. 내 눈물이 너무 무거웠나보다.

5

엄마는 오늘이 외할머니 생신이라면서 친정집에 다녀오겠다고 아빠한테 말했다.

"오늘?" 엄마는 고개만 끄덕였다. 아빠가 출근을 하고 나자 엄마는 나한테 종이학이 든 유리병을 건네면서 말했다.

"이거 받아. 자 이것 두……."

엄마가 준 것은 색종이 꾸러미였다. 엄마가 노을을 밟으며 걸어 나가 사왔던 색종이보다 훨씬 큰 봉투에 담겨져 있었고 훨씬 더 무거웠다.

엄마는 나를 무릎에 앉혀놓고 색종이 하나를 펼쳐 들었다.

"자— 이번엔 꼭 종이학을 만들어야 해. 엄마가 하는 대로 따라 해. 자 어서 해봐."

나는 색종이 하나를 집어 들었다.

"엄마. 이거 봐. 엄마가 접었던 색종이하고 달라."

"그래. 엄마가 접었던 건 단면색종이고, 이건 양면색종이야. 자 봐. 앞에는 빨강 색이지만 뒤는 알 수 없지? 이렇게 손으로 뒤집어 봐야만 뒷면의 색을 알 수 있지. 사람 마음처럼."

"응?"

엄마는 잠시 말을 멈추었다가 다시 종이학을 접기 시작했다. 이번엔 나도 열심히 접었다. 엄마의 웃는 얼굴을 보고 싶었다. 그런데 종이학이 완성된 걸 들고 좋아라 웃고 있는 나를 보고 엄마는 소리 없이 또 울었다. 엄마의 병이 도진 것일까? 가만히 생각해 보니 요즘 엄마는 소리 내어 웃는 일이 없어진 것도 같다. 어쩌면 다시 엄마도 종이학을 접어야 할지도 모른다는 생각이 들었다.

엄마는 오늘따라 유치원에 입고 갈 옷을 다리미로 반듯하게 다렸다. 그리고 생일날처럼 예쁘게 차려입은 내 손을 잡고 유치원까지 데려다 주었다.

"종민아. 이따 집에 와서 옆방 아줌마랑 놀고 있으면 저녁에 아빠 오실 거야. 엄만 오늘 못 와. 할머니 댁에 다녀와야 하거든. 아줌마 말 잘 듣고 있어 알았지?"

나는 친구들이 나를 보고 있는 게 멋쩍어서 엄마 얼굴은 보지도 않고 '알았어.' 하면서 우리 반으로 뛰어 들어갔다. 민지는 유리창 밖으로 나와 엄마를 보고 있었나보다.

"니네 엄마 울면서 간다. 저거 봐."

"아냐!"

나는 민지를 밀치고 내 자리로 들어가 앉으며 울면서 걸어갔다던 민지 말이 생각나서 뾰루퉁 하게 수업시간 내내 침통하게 있었다.

엄마가 없을 것을 알면서도 나는 현관문을 열고 들어가면서
"엄마!" 불렀다.

그러자 옆방 아줌마가 나오며 기다렸다는 듯이 반갑게 맞이했다.

"지금 오니? 점심 안 먹었지?"

아줌마는 엄마처럼 싱크대에서 요리를 시작했다. 난 갑자기 엄마가 보고 싶었다. 한 번도 엄마가 보고 싶어서 울어 본 적이 없었는데 참 이상한 일이었다. 엄마가 민지엄마처럼 세련되고 화장도 예쁘게 하고 유치원에 간식을 가지고 와줬으면 하고 투정부렸던 내가 미워졌다. 먼지나는 양말 꿰매고 포장하느라 하루 종일 허리 필 시간도 없어서 밤마다 끙끙 소리를 내는 엄마가 미워서 밤마다 책을 읽어 준다던 민지엄마가 우리 엄마였으면 하고 엄마를 원망했었던 게 미안해졌다. 아줌마는 요리 조리 종종걸음으로 다니더니 식탁에 점심을 차려놓고 내 옆에 바짝 다가앉았다. 수저에 밥을 떠서 아주 먹기 좋은 크기로 김치를 가위로 잘라 얹어 주고 다 씹어 삼킬 때까지 기다렸다가 들고 기다렸던 수저를 입에 넣어 주었다. 그런데도 행복하지가 않았다. 엄마가 더 보고 싶었다. 나는 바짝 앉은 아줌마의 가슴 쪽으로 얼굴을 대 본다. 엄마냄새가 맡고 싶어서. 그런데 아줌마에게선 코를 찌를 듯한 꽃 냄새가 났다. 나는 갑자기 밥이 목구멍에 걸려 넘어가지가 않았다. 눈물이 눈에서 흐르는 게 아니라 목구멍으로 흐르는 것이었다. 참 이상했다. 눈물은 눈에서 나오는 줄 알았는데…….

저녁이 되어서야 아빠가 손에 케이크를 사 들고 들어왔다. 아빤 참 이상했다. 엄마가 있을 땐 한 번도 손에 뭔가를 사서 들고 들어온 적이 없었는데. 아줌마는 엄마보다 더 엄마처럼 케이크를 받아들고 '시장하시죠?' 하면서 식탁에 음식을 차리기 시작했다. 난 이상하게 아빠와 내 밥상을 차려주는 아줌마가 하나도 고맙지 않았다. 배도 고프지 않았다. 그런데도 아빠는 아주 맛있게 밥을 먹는다. 그리고 내 수저에 밥을 떠서 입에 넣어주는 아줌마를 환하게 웃으며 쳐다본다. 엄마가 이

모습을 보면 속이 무척 상하실 것 같았다.

'왜 하필 엄마는 아줌마한테 부탁을 하고 간 걸까?'

6

아침에 외할머니한테서 전화가 왔다. 아빠는 얼굴이 채리사탕처럼 빨갛게 변해서 허둥지둥 옷을 챙겨 입고 옆방 아줌마를 불렀다.

"사고래. 대구 지하철 화재……. 애, 엄마가 그걸 타고 가다가. 애 좀 부탁해."

아빠는 며칠 째 오지 않았다. 엄마도 오지 않았다.

오늘도 아빠는 오지 않았다. 전화가 왔는데 아빠는 아줌마만 바꾸라고 했다. 아줌마랑 아빠는 무슨 얘길 주고받는지 오래도록 통화를 했다. 아빠가 미웠다. 내 걱정은 하나도 되지 않는지 아줌마하고만 전화를 하고 끊어 버렸다. 엄마도 미웠다.

사람들이 나를 보고 가엾다고 머리를 쓰다듬었다. 선생님도. 민지는 어제부터 나한테 아주 친절해졌다. 수업이 끝나고 민지 엄마가 민지를 데리러 왔다. 그런데 이상하다. 민지 엄마도 경훈이 엄마도 나한테 열심히 공부해서 훌륭한 사람 되어야지 하면서 등을 토닥거려준다. 어제도 오늘도……. 그런데 하나도 기쁘거나 즐겁지가 않다. 애들이 나를 놀려도 상관없었는데 나한테 관심을 보이면서 애처로운 눈빛으로 쳐다보는 게 자꾸 맘에 걸렸다. 엄마는 오늘도 오지 않는다. 정말…….

아빠는 이사를 간다면서 집을 내 놓으셨다. 어제도 부동산 아저씨가 저녁을 먹고 있는데 낯선 사람들과 함께 집을 보러왔다고 하면서 왔다 갔다. 오늘 계약을 하러 오겠다고 했는데 아줌마는 계약을 해야 하는 거지 하신다. 나는 왜 이사를 가느냐고 아빠한테 물었지만 아빠 그냥 이라고만 했다. 엄마가 오면 어떻게 하느냐고 울고 보챘다. 그런데 아빠가 성을 버럭 내시며 고함을 질렀다.

"니 엄마. 안 와."

나는 놀라서 그 자리에 앉아 울었다. 설거지를 하고 있던 아줌마가 달려 나와 나를 끌어안았다. 그리곤 아빠를 향해 소리쳤다.

"애가 뭘 안다고 그래요!"

내 역성을 드는 아줌마한테 아무 말도 못하고 있는 아빠가 참 이상했다. 엄마한테는 한 번도 저런 모습이지 않았었는데. 그런 아빠보다도 아줌마가 더 미워지기 시작했다. 엄마보다 더 엄마처럼 나한테 다가오는 아줌마가 싫다.

저녁 늦게 부동산에서 계약을 하겠다고 해서 아줌마와 아빠는 함께 나갔다. 혼자 남은 나는 엄마가 접어놓은 종이학을 끌어안고 울었다. 엄마처럼 소리 내지 않고. 소리 내지 않고 우는 건 참 힘들었다. 가슴에 바늘이 콕콕 박히는 것 같이 아팠다. 엄마가 울 때마다 자꾸 하늘을 쳐다보는 이유를 이제야 알 것 같았다. 나도 엄마처럼 고개를 들어 눈물이 떨어지지 않게 자꾸 눈을 깜빡였다. 그래도 눈물은 얼굴을 타고 흘러내렸다. 엄마처럼 잘 되지 않았다. 그때 땡땡 하면서 시계가 자꾸 큰 소리로 나를 향해 울어댔다. 그 소리가 내 머리위로 떨어졌다. 무겁게……. 유난히 크게 종소리처럼 오래 울렸다. 다른 날은 전혀 들리지 않았던 시계소리. 우리 집에 언제 저런 시계가 있었나 생각도 나지 않았다. 엄마가 있을 때도 없었던 것 같던 시계. 갑자기 무서워지기 시작했다.

그때 전화벨이 울렸다. 전화를 받는 순간 현관문을 열고 아빠와 아줌마가 들어왔다.

"엄마? 응……. 알았어."

아빠는 빨갛게 불에 그슬린 얼굴을 하고 뛰어와 내가 들고 있던 수화기를 뺏어 들었다.

이미 '뚜~' 기계음만 들리고 있었다. 아줌마와 아빠는 서로 얼굴을 마주하고 놀란 표정으로 몇 분을 그대로 서있었다. 그날 나는 불 꺼진 창 아래 웅크리고 엄마가 접어놓은 종이학을 한 마리씩 펼쳤다가 다시 접었다. 엄마가 시킨 대로. 종이 학 속에 엄마의 말이 숨어 있었다. 아무도 모르는 비밀. 엄마와 나만 아는 비밀. 엄마의 소원처럼 내 소원도 그 안에 있었다. 한 마리 두 마리 세 마리……. 종이학은 날개를 활짝 펼쳤다. 펼쳐진 사각 종이엔 그림처럼 종이학의 모형이 그대로 남아있었다. 펼쳐진 종이학을 다시 그대로 접으면 종이학은 좀 전처럼 다시 살아났다. 그러다 잠이 들었다. 종이학이 요술처럼 눈 깜짝할 사이에 커다랗게 변신을 했다. 커다랗고 빨간 날개를 한 종이 학위에 내가 타고 있었고, 노란 종이 학 위에 엄마가 활짝 웃으며 나란히 날고 있었다. 엄마 말처럼 소원이 이루어 진 걸까?

7

내일이면 이사를 간다. 아빠와 아줌마는 오늘도 함께 외출을 했다. 요즘 아빠와 아줌마는 무슨 서류인가를 하러 아주 바쁘게 다닌다. 아빠는 이제 회사를 안 다녀도 된다고 했다. 사표를 냈다고 했다. 엄마가 알면 얼마나 놀라실 까? 월급쟁이가 그래도 마음 편하다고 자기사업 아무나 하는 줄 아느냐 면서 사표를 내겠다던 아빠와 며칠 째 싸움을 했었는데. 난 그때 아빠같이 어른이 되어도 아빠처럼은 절대 하지 않을 거라고 두 손을 모으고 하나님한테 기도했었다. 아빠처럼 되지 않게 해 달라고.

벨 소리가 났다. 전화를 받자 외할머니가 울고 있었다.

"아가. 내 새끼냐? 나다. 햄미다. 우리 새끼 어디 아픈 덴 없쟈? 아빤 없어? 내가 죄인이다. 그려. 내가 죄인이여. 딸년 잡아 묵고 그 돈으로 내가 살아간께 내가 죄인이여. 아가 우리 새깽이 할미 잊어 묵음 안되야. 알겄제? 이담이 커서도 니 애미 얼굴 잊어 묵음 안되야? 알겄제?"

할머니는 알 수 없는 소리만 하면서 울고, 우는 할머니 때문에 내가 울었다.

이사를 간다. 아침부터 사람들이 웅성거린다. 아빠는 짐 때문에 정신없으니 놀이터에 나가 놀라고 했다. 놀이터에는 민지도 나와 놀고 있었다. 그네를 밀어주던 민지 엄마는 내가 타고 있던 그네를 건네 잡으며 밀어 주었다. 민지와 내 그네를 번갈아 가며 밀어 주었다. 그때 민지엄마 옆으로 반장아줌마와 옆집아줌마가 다가와 앉았다.

"종민이 엄마만 불쌍하지. 그 고생고생 하더니 만……. 보상금으로 집 늘려 간다면서? 그런데 그 여자하고 그렇구 그런 사이였다면서? 종민 엄마도 그거 알았었대. 그런데 왜 집으로 들인 걸까? 참……. 이해할 수 없어. 그래도 다행이지 뭐. 보험수령인을 친정엄마 앞으로 해 놨다고 하지 아마. 친정엄마 자궁암 수술비 땜에 나한테도 돈 빌리러 왔더라 구. 죽어서라도 좋은 데 가야 하는데……."

내가 반장아줌마를 쳐다보자 민지 엄마가 쓸데없는 소릴 다 한다고 하면서 반장아줌마를 찡그리며 보았다.

짐을 다 실은 차는 모르는 길로만 달렸다. 다음에 내가 찾아 올 수 있을 까? 나는 조바심이 나서 들고 있던 유리 항아리 안의 종이학을 한 마리씩 꺼내 열린 문틈으로 날렸다. 엄마가 할머니 집에 갔던 날,

나를 재워준다면서 아줌마가 읽어줬던 헨젤과 그레텔이 생각나서. 내 종이학은 빵 조각처럼 햇볕을 받아 반짝이며 떨어졌다. 한 마리 두 마리 세 마리……. 어느 새 유리병 속에 갇혀 있던 종이학들은 모두 날아가 버리고 유리병 속엔 하얀빛으로 가득 채워져 보석처럼 반짝였다. 내 눈물이 항아리 안으로 똑똑 떨어졌다. 그런데 아빠도 아줌마도 내 눈물을 볼 수 없을 것이다. 나도 엄마처럼 소리 내지 않고 울고 있었으니까.

아빠랑 아줌마는 계속 웃으면서 얘길 했다. 내 귀엔 아줌마와 아빠가 나누는 얘기소리는 하나도 들리지 않았다. 엄마 말만 들렸다.

'천 마리 학을 접으면 소원이 이루어진대……. 양면 색종이 생각나지? 앞에 보이는 색과 다르지? 뒤집어 보지 않으면 뒷면은 절대 알 수 없는 거야. 비밀처럼……. 비밀은 지켜져야 비밀인 거야…….'

엄마의 말이 점점 작아진다. 귓속으로 아주 빠르게 들어가는 엄마의 목소리는 노래처럼 감미로웠다. 엄마의 귓속말이 끝나자 유리병 속에서 빛이 번쩍이더니 내 손엔 소리도 없이 날아 온 종이학 한 마리가 앉아 있었다. 나는 엄마가 시키는 대로 종이학의 날개위에 내 말을 얹었다. 열린 창문 틈으로 빛이 화살처럼 빠져 나갔다. 순간 목이 따끔거렸다. 목이 말랐다. 점점 목구멍에 불이 붙는 것 같았다. 그러나 물을 먹고 싶다고 말 할 수 없었다. 저기서 엄마가 웃고 있다. 빨래가 마르는 건 햇볕이 물기를 먹기 때문이야. 엄마가 읽어 줬던 책 기억나지? 물방울의 추억 말이야. 증발된 물방울이 긴 여행 끝에 다시 빗물로 세상에 돌아가는 거…….

엄마는 태양처럼 내 말을 말려 버렸다. 증발된 내 말은 세상의 소중한 것을 위해 쏘냐처럼 여행을 하다 고향으로 돌아 올 수 있을까?

아줌마와 아빠는 지금도 웃으면서 얘길 하고 있다. 아빠의 웃음소리가 커질수록 엄마의 날갯짓이 빨라진다.

8

인영은 자신의 귀를 의심한다. 분명 말소리다. 이 새벽에 거실에서 들려오는 저 소리는 몇 개월 동안 잃어버렸던 아니 어떤 충격이라는 물리적인 힘에 의해 거세되었던 아이의 목소리다. 벌떡 일어난 인영은 거실로 뛰어 나간다. 거실 한 가운데 아이가 수화기를 들고 수 천 마리도 넘는 종이학에 둘러 싸여 있다. 인영과 아이의 눈이 부딪혀 산산조각이 나 바닥으로 떨어진다. 아이는 금세라도 울 모양을 하고 인영을 쳐다본다. 수화기 속에서 여자의 음성이 계속 흘러나온다. 아이는 수화기를 땅으로 떨어트린다. 반짝이던 종이학의 날개 짓이 갑자기 멈춘 듯 세상이 조용하다.

인영이 아이에게로 한 발자국 다가서려는데 갑자기 불빛이 사라진다. 모든 것이 멈추어 버린 듯 공명 상태다. 인영의 심장소리가 유난히 크게 들린다. 아이의 숨소리도 거칠어진다. 인영은 거실의 스위치에 손을 얹는다. 타닥 불이 들어온다. 분명 스위치가 오프 상태였다. 인영이 놀란 눈으로 아이의 시선을 쫓는다. 아이는 앞 동을 바라본다.

분명 잠자리에 들기 전에 버티칼을 쳐 놨었는데 한 쪽으로 밀려 있다. 인영은 아이 앞에 앉는다. 아이는 고개를 숙이고 잠옷바지를 쥐어뜯는다. 빨갛게 상기 된 아이의 뺨에서 열이 느껴진다. 아이는 점점 세게 음경이 돌출되어 있는 부분을 힘주어 쥐어뜯는다. 인영은 아이의 두 팔을 잡는다.

"종민아. 니가 버티칼 걷었어?"

아이가 고개를 세게 가로 젓는다. 입술을 항문처럼 꽉 오므린 채.

무릎에 차갑게 물기가 닿아 축축해 진다. 아이의 바지 사이로 누렇게 오줌이 흘러내리고 있다. 인영은 걸레를 가져다 앞에 놓고 아이의 잠옷 바지를 벗긴다. 아이의 눈에 눈물이 맺혀있다. 팬티를 벗기자 아이의 음경이 유난히 빨갛다. 정말 빨간 고추 같다. 축 늘어졌던 아이의 음낭이 꾸물꾸물 움직인다. 인영은 놀라 잠시 손을 멈추고 멍하니 바닥에 시선을 떨어트린다.

흥건해진 바닥에 서 있던 종이학들이 조금씩 움직인다. 인영의 귓속엔 종이학이 신음처럼 꺽꺽 토해 내는 울음이 고이고 있다. 머리끝이 쭈뼛쭈뼛 선다. 인영은 무릎에 힘을 주어 간신히 일어나 의료상자를 가져다가 아이의 상처 난 부위를 소독 솜으로 닦아내려고 한다. 그러나 아이가 자신의 고추를 힘껏 쥐고 놓지 않는다. 눈물이 맺혀 있는 아이의 손을 잡아 떼 낸다.

아이는 밴드를 붙이고 새 옷으로 갈아 입혀주자 인영에게서 벗어나 후다닥 뛰어 자기 방으로 들어간다. 인영은 아이의 방 문 앞에서 잠시 생각한다. 그러나 들어가지 못하고 그대로 몇 초를 망설이다가 몸을 획 틀어 앞 동을 올려다본다. 자꾸 누군가 자신을 보고 있는 것 같은 느낌이 들었다. 발밑에 걸리는 종이학들을 한 쪽으로 밀어 놓고 안방으로 들어가려는데 번뜩이며 앞 동에서 불빛이 비친다. 고개를 돌려 올려다보자 번쩍이더니 불빛이 꺼져 버린다.

안방으로 들어간 인영은 코를 골며 자는 남편을 흔들어 깨운다. 그러나 깊이 잠이 들었는지 꿈쩍도 안한다.

오늘도 남편은 아이 옆에서 종이학을 만들고 있다. 이젠 아이보다 남편이 더 열심히 종이학을 만들고 있다. 남편의 표정이 아이를 닮아간다. 문득 인영은 남편의 목소리를 언제 들어 봤었나 생각을 해본다.

"여보!"

인영은 힘주어 크게 남편을 부른다. 그러나 남편은 돌아보지 않는다. 인영의 입술이 파르르 떨린다.

"종민 아빠!"

남편은 휙 인영을 쳐다보고는 다시 양면색종이를 펼쳤다가 반으로 접고 다시 깃을 세워 모퉁이를 맞추어 접는다. 인영은 남편에게 달려가 접고 있는 양면색종이를 뺏어서 손아귀에 넣고 구겨서 던진다.

"왜 그래!"

외마디 고함소리와 동시에 인영의 뺨에 커다란 손이 와 닿았다. 아이의 눈이 휘둥그레진다. 인영은 아이의 눈에서 빠져나와 싱크대로 향한다. 쏴아─수돗물을 틀고 다 씻어놓은 그릇을 다시 개수대에 넣고 설거지를 시작한다. 광대뼈가 아리해지더니 귀가 먹먹하다. 고개를 들어 진열장 거울에 얼굴을 비춰본다. 뺨에 남편의 커다란 손이 들어가 있는 것처럼 보인다. 벌겋게 부풀어 화끈거리는 왼쪽 뺨에 손을 얹어 본다. 물기가 뺨에 닿아 축축하다. 인영은 목이 멘다. 자꾸 목구멍으로 치밀어 오르는 뜨거운 열기를 꿀꺽 삼킨다.

고개를 돌려 거실의 종이학을 접고 있는 두 부자를 쳐다본다. 입술은 움직임이 없는데 웅성거리는 소리가 들린다. 아니다. 서로 무슨 말인가 주고받는데 인영의 귀엔 아무 소리도 들리지 않는다. 인영은 끼고 있던 고무장갑을 벗고 귀를 후벼댄다. 그러나 여전히 어떤 소리도 귓구멍 속으로 들여 놓을 수 없었다.

병원에서는 고막이 터져서 그런다고 한다. 인영의 귀엔 더 이상 아무 소리도 들리지 않는다.

집으로 돌아 온 인영은 종이학을 모조리 다 쓸어다 욕조에 넣는다.

그리고 라이터를 켠다. 불이 붙은 종이학들이 활활 타오른다. 인영의 얼굴빛이 울그락 불그락한다. 투다다닥 종이학들이 몸을 부대끼며 서로의 몸에 불을 전위한다. 욕조 안은 온통 불바다로 변한다. 인영의 몸도 화염에 휩싸인 듯 온 몸이 벌겋게 보인다.

"불!"

현관문을 열고 들어오던 아이가 복도 유리창을 뚫고 들어오는 빛을 막아선 채 입을 가리고 있다. 몇 초 동안 꼼짝도 못한 채 서 있던 아이가 뛰어와 인영의 손을 잡아끈다. 인영은 아이가 이끄는 데로 빛이 들어오고 있는 현관을 향해 힘없이 따라 나간다. 순식간에 불꽃이 거실로 옮겨 붙었고 바닥에 있던 양면색종이로 옮겨 붙고 있다. 철컥! 현관문이 닫히고 아이가 가리키는 쪽을 보자 아파트 안으로 대형 소방차들이 줄을 이어 들어오고 있는 게 보였다. 그러나 인영의 귀엔 어떤 소리도 들리지 않았다. 잡고 있는 아이의 손에 땀이 배어 있었다. 순간, 인영은 조금 전 아이가 현관문을 열고 들어서며 뭐라고 했던 것 같은데……. 생각을 더듬어 본다.

거울 속의 바이올렛

잎이 누렇게 시들 길래 가위로 잘다 주었더니 이렇게 죽어 버렸어. 이상하지? 다른 화초는 시들면 그 잎을 거세해야만 사는데 말야…… 이것도 이유 없이 시름시름 앓았었는데 그냥 두었더니 시든 꽃과 함께 뭉개진 곳에서 마술처럼 잎이 다시 살아난다?

거울 속의 바이올렛

내 이름은 김귀녀지라. 팔십도 훨씬 넘어 보이는 할머니는 그렇게 말했다. 그런데 영은의 눈엔 귀녀처럼 보이지 않았다. 헝클어진 머리엔 금방이라도 까막까치가 날아와 제 집인 줄 알고 알을 품을 것 같은 형상을 하고 있었고 손엔 구정물이 먹물처럼 번져 며칠을 닦지 않았는지 짐작할 수도 없을 만큼 지저분하고 냄새가 날 것 같았다. 더는 구역질이 나서 그 옆에 서 있을 수가 없었다. 손톱은 발톱을 올려다 붙여놓은 듯 했고 발가락엔 성하게 붙어있는 발톱은 한 개도 없었다. 엄지발톱은 크리스틸 바이올렛을 몇 방울 떨어트려 놓은 것처럼 속살이 돌출되어 딱딱하게 굳어 있었다. 그 색이 점점 무명을 순식간에 물들이듯 소로록 할머니의 하얀 발등위로 번져 올라갈 것만 같았다.

할머니의 보따리를 뒤적거리던 경찰은 고개를 갸우뚱 하더니 애먼 담배만 피워재꼈다.

"큰일이랑 게~라. 보호 시설로 보내야 할 거 같은디."

파출소장이 머리를 긁적이며 다이어리에 적힌 전화번호를 뒤적인다.

"소장님은 별걸 다 신경 쓰쇼 잉. 어디 저런 할매가 한 둘 이라요. 멀쩡한 지에미 에비 산송장처럼 갔다 버린 것이 어디 새삼 어제 일이랑가요. 낼까정만 기다리다가 보호시설에 연락 허야 쓰것 지라?"

머리가 희끗희끗한 파출소장은 코에 걸린 안경을 바로 고쳐 쓰고 담배를 꺼내 입에 문다. 답답하게 일이 풀리지 않을 때 하는 한 소장 특유의 행동이다. 마음 여린 한 소장은 또 할머니를 집으로 모셔갈 작정인 것 같다. 불도 붙이지 않은 채 입술에 빗대어 물고 있던 담배를 빼 내어 코에 대고 냄새를 맡는다. 흠…후… 길게 숨을 들이 쉬었다가 내 뱉은 후 영은의 얼굴을 한 번 쳐다본다. 그리고 다시 담배를 입에 문다.

"아따, 소장님은 끊지도 못할 담배는 뭐할라고 애간장을 태우시쇼. 그냥 피우 랑게요. 자…"

경관은 한 소장의 입술에 물고 있는 담배에 불을 딩겨 갔다 들이댄다. 한 소장은 어쩔 수 없다는 듯이 깊게 빨아들이고 자리에서 일어나 화장실 앞으로 가면서 보따리 잘 살펴보라고 지시를 내린다. 경관은 보따리를 풀고 책상 위에 자잘한 것들을 모두 풀어 헤쳐놓는다. 한 쪽 다리가 부러진 돋보기, 얼룩진 버선, 가재수건 두 장, 어디서 많이 본 듯한 코티 분 곽, 한 쪽 귀퉁이가 없는 손거울, 제품 설명서의 글씨가 다 닳은 립스틱 통, 고물시장에서나 볼 수 있을 것 같은 구부러진 은비녀, 그리고 무언가 속을 담고 있는 꽃무늬 손수건이 보자기 안의 내용물 전부였다. 경관의 눈과 영은의 눈이 구슬치기를 하듯 부딪쳤다. 경관은 돌돌 말린 꽃무늬 손수건을 펼쳤다. 아주 오래 된 흑백 사진이었는데 군인 복을 입은 남자는 한 눈에 보기에도 아주 잘생긴 외모였다. 언 듯 보면 중국 영화배우 주윤발 같았다. 사진 밑엔 지폐가 돌돌 말려져 있었는데 우리나라 돈이 아니었다. 자세히 살펴보니 일본지폐었다. 꽤 두껍게 말린 지폐를 펴자 그 속에서 한 장의 단체 사진이 나왔다. 한 명의 군인 복을 입은 남자와 42명의 여자들이 세 줄로 서서 찍은 사진이었다. 뒷면엔 1944년 나고야 공원 다나까상 이라고 쓰여 있었다.

화장실에서 나온 한 소장은 뭐, 없었어? 라고 묻는다. 그리고 탁자 위에 널브러져 있는 물건들에 시선을 꽂고 있다. 영은은 벌떡 일어나 시계를 쳐다 본 후 기차표의 시간을 확인한다.

"신원을 알 아무 것도 없나요?"

영은의 목소리가 가라앉는다. 한 소장은 어딘가로 전화를 건다. 그리고 통화를 할 수 없는지 다시 전화기를 내려놓는다.

"그러게나 말이지라. 워쩌겠소. 아가씨는 이쟈 그만 가 보쑈. 여그 일은 우리가 끝낼 틴 게. 염려 딱 붙들어 메불고. 서울 가는 기차 놓치겠소. 어서 가랑게. 굉일 이라 서울꺼정은 시간이 솔찮히 걸린 텐디."

영은은 딱딱한 나무 의자에 쪼그리고 잠든 할머니를 힐끔 쳐다보고 민중의 지팡이라고 스티커가 붙여진 유리문을 열고 나왔다. 한 소장과 경관이 잠들어 있는 할머니를 가리키며 뭐라고 애길 주고받는다. 푸르스름한 불빛이 아스팔트에 흩어진다. 그 흩어지는 불빛을 밟고 한길로 나온 영은은 택시를 잡기위해 손을 흔든다.

할머니를 만난 건 어제 오후였다. 전국 대학생 사진공모전에 출품할 사진을 찍으러 나섰다가 움직이는 피사체를 포착 해 필름 위에 담기 위해 고정시키고 있을 때 였다. 꿍— 어디서 이상한 소리가 나서 두리번거렸지만 아무 것도 보이지 않았다. 다시 자세를 고정하고 예술적 자의식에 빠져 있을 때 였다. 날갯짓을 해 대는 하얀 몸짓에 몰입하고

있는 데 끄-응, 분명 길게 터진 사람의 소리였다. 카메라를 목에 걸고
다시 두리번거렸으나 바람에 사각대는 잡풀들이 서로 엉키어 몸싸움
을 하고 있을 뿐이었다. 영은은 허리를 뒤로 제끼고 하늘을 본다. 구름
이 조금씩 움직인다. 그 움직이는 구름을 따라 몸이 조금씩 움직인다.
영은은 풀 더미 위에 주저앉는다. 다음 한 학기만 공부하면 졸업이다.
그런데 아르바이트로 번 돈으로 등록금을 내려던 계획은 거품처럼 꺼
져버렸다. 엄마의 수술비로 써 버렸기 때문이다. 폐기흉이라니! 말 그
대로 허파에 바람이 들어가서 생기는 병이라고 했다. 그래서 엄마는
웃을줄 밖에 몰랐던가. 넘어져서 팔이 부러져도 배실배실 웃기만 하던
엄마.

　병실에 누워있는 엄마는 핏기 없는 보랏빛 얼굴을 하고 있었다. 가
슴엔 구멍을 뚫어 호수를 박고 침대 밑에 놓여진 유리관에 담배 연기
같이 뿌연 공기를 빼내고 있었다. 똑똑 이슬처럼 엄마의 가슴에서 맑
은 눈물이 떨어지고 있다. 영은은 자신이 죽는 날까지 책임지고 가슴
으로 찍어 내야 할 피사체에서 눈을 떼 내고 싶었다. 영은은 순간순간,
자신의 삶에 갈색 이끼로 자라고 있는 보호자라는 이름을 까맣게 지울
수만 있다면…… 꿈 같은 생각을 한다.

　학교 게시판에서 본 사진 공모전 당선금이 번개처럼 영은의 눈에 빔
을 쏘아댔다. 아버지의 유품인 카메라는 영은에게 어려서부터 장난감
이었다. 앙리 까르띠에 브레송을 사랑했던 아버지. 생을 마감하던 순
간까지 진정한 사진작가로 살고 싶어 했다. 영원히 사람들에게서 잊혀
지지 않는 단 한 장의 사진을 찍을 수 있다면…… 아직도 아버지가 렌
즈를 닦으며 하던 말이 어제 일처럼 생생하다. 아버지는 유산처럼 영
은에게 붉은 표지의 귀퉁이가 달아 있는 책 '결정적 순간'을 주며 말
했다. 이 사진속의 물구나무를 서고 있는 소년은 누구일까. 왜 그 순간

그 길 복판에서 물구나무를 선 것일까? 절묘한 만남이야. 그렇지? 하셨다. 지금도 그 사진 속의 풍경과 그 소년을 보면서 영은은 생각한다. 아버지가 말하던 그 절묘한 만남이란 걸, 평생 자신의 인생에서 찰라로 지나가 버릴 그 시간을 렌즈에 담아 낼 수 있을까. 아버지는 생의 마지막 순간에도 간절한 눈빛으로 영은을 빗겨 가 멍하게 앉아 있는 엄마를 보며 말했다. 영은아. 내 생에 절묘한 만남은 니 엄마였다. 하필 그 순간에 니 엄마를 보게 된 거…… 아버지는 눈을 감지 못했다. 영은은 아버지의 눈자위에 걸린 떨어트리지 못한 눈물을 가끔 생각한다. 아니 그 눈물 속에 갇혀 버린 말을.

　무엇을 잘 안다는 건 어떤 일을 할 때 유리한 조건이었다. 사진반 서클에서 영은은 자신이 아버지의 피를 물려받았다는 생각을 처음 하게 되었다. 사진을 찍을 때는 가난도 삶의 무게도 다 놓아 버릴 수 있었다. 열다섯 살부터 아르바이트 생활을 해 온 영은에게 삶은 투쟁처럼 살아내야 하는 과제였다. 1급 장애자인 어머니를 춘향에 있는 교회에서 운영하고 있는 사랑의 집으로 입소시키고 돌아오면서 홀가분하기까지 했다. 자신만을 돌보며 마음 편하게 공부만 해 보는 게 소원인 적도 있었다. 부모 밑에서 돈 걱정 안하고 공부하는 친구들을 볼 때마다 자신의 삶에 짐을 얹어 놓고 먼저 가버린 아버지를 원망하기도 했다.

　'바이올렛이다!' 속엣 말이 툭 터졌다. 절묘한 곳에서의 만남이었다. 순간 카메라를 고쳐 메고 랜즈뚜껑을 벗긴다.

　영은은 지금, 자기가 보고 있는 바이올렛을 만져보면서도 믿어지지 않아 잠시 넋을 놓는다. 어떻게 여기에 피어있는 것일까. 이런 생각을 하고 있는데 이명처럼 주원의 목소리가 들러붙는다.

　잎이 누렇게 시들 길래 가위로 잘라 주었더니 이렇게 죽어 버렸어.

이상하지? 다른 화초는 시들면 그 잎을 거세해야만 사는데 말야. 이것 봐. 이것도 이유 없이 시름시름 앓았었는데 그냥 두었더니 시든 꽃과 함께 뭉개진 곳에서 마술처럼 잎이 다시 살아난다?……

　건물 옥탑 방에 입주 한 주원에게 갔을 때, 영은은 훤히 하늘이 뚫린 옥상 한켠에 꽁지 담배를 물고 연등행렬처럼 화려하게 붉은 빛을 흘린 채 서있는 차들을 바라보고 있는 주원의 뒷모습을 보면서 그대로 돌아 서서 뛰어 나오고 싶었다. 그가 피워대는 담배연기가 자신의 콧속으로 흡입되고 있는 것처럼 목안이 매캐했다. 돌아 서 있는 그의 얼굴에 담 긴 그늘을 보게 되면……. 순간 그 어둠이 자신에게 확 옮겨 붙을 것 같아서 인기척을 내지 못한 채 발을 뗄 수 없었다. 영은은 몸을 반쯤 돌려 은색 빛이 새어나오는 쪽으로 고개를 돌렸다. 그때였다.
　"여기 공기 좋지. 이렇게 높은 데 사니까 따로 등산할 필요도 없고, 일부러 돈 버리고 시간 죽이고 헬스장에서 다람쥐처럼 런닝머신위에 서 뛸 필요도 없고 자 봐, 몸이 저절로 단련된 다니까?"
　영은은 주원의 말끝을 잘라버리고 불빛이 새어나오는 알루미늄 문 쪽으로 걸어갔다. 열린 문 안에서 라면냄새가 몸서리를 치며 빠져 나 오고 있었다. 영은은 들어가려다 쇼핑백을 내려놓고 칠이 벗겨진 의자 에 앉는다. 그리고 빨랫줄에 참새처럼 간격을 맞추어 널어져 있는 양 말을 쳐다본다.
　"해 저물기 전에 빨래를 걷어야 지. 기껏 말린 거 눅눅해 지잖아."
　그가 머리를 긁적이며 뾰루퉁한 영은을 슬며시 쳐다보더니 깜빡했 다고 얼버무린다. 그리고 빨래를 걷으려다말고 물뿌리개를 들고 화분 에 물을 준다. 그 몸짓에 작은 떨림이 인다. 영은은 자신이 그에게로부 터 떠나지 못하는 건 사랑 때문이 아니라 저 몸짓 때문은 아닐까 생각해본다.

자 봐. 신기하지 않냐? 꽃이 이렇게 중앙 집중적으로 몰려서 피어 있잖아. 떨어지면 죽나? 이걸 볼 때마다 이순신장군이 생각나서 혼자 웃는다? 흩어지면 죽고 뭉치면 산다. 마치 사명처럼 애내는 서로를 지탱해서 살고 있잖아. 우리처럼…… 화분하나 죽이고 얻어 낸 경험으로 살려 낸 것이니 애내는 더 오래 살려야 돼. 그치!

생일선물로 바이올렛 화분 두 개를 갖다 놓았었는데 어느 날 가보았더니 하나는 빈 화분만 놓여져 있었다. 그래도 다행이야. 니께 살아서…… 주원은 변명처럼 말을 늘어놓았다. 화분에 이름을 붙여 영은과 주원이라는 명찰을 목에 달아 주었었다.

"꼭 널 닮았어."

영은은 입술에 힘주어 말하던 주원의 말이 싫지 않았다. 왜 그러냐구 묻지 않았지만 주원은 돌아서서 피식 웃었다. 그리고 웃음 끝에 물린 말이 떨어졌다. 다음 신춘문예 공모 작으로 바이올렛을 소재로 써 보면 어떨까? 이런 삶을 바이올렛을 메타포로 해서 쓰면 어떨까. 그는 알아듣지도 못하는 자기만의 언어를 몇 분 동안 옹알이를 해댔다. 주원의 표정이 그렇게 진지하게 익으면서 바이올렛의 꽃잎을 흔들었다.

바이올렛에 앉은 하얀 기생나비를 찍으려고 셔터를 누르려는데 끄~응, 코를 찌르는 똥냄새가 진동을 해서 뒤를 살펴보았다. 그 순간 엉덩이를 까고 똥을 누고 있는 할머니와 마주치다니 영은은 기분이 영 찝찝해서 더는 사진을 찍을 마음이 내키지 않아 카메라 가방을 들고 돌아섰다. 그때였다.

"염병헐 년, 밑 닦을 걸 줘야 헐 것 아니여!"

느닷없이 터진 욕설 때문에 귀가 먹먹했다. 아니 언제 봤다고 욕설부터 하는지. 영은은 할머니의 말에 대꾸를 하려다가 그냥 돌아선다.

"이년아! 귓구멍이 막혔냐? 젊은 년이 귀가 그렇게 현찮아서야 어뜩케 남의 집에 시집갈려구 그려! 육실을 할 년."

영은은 못 들은 체하고 걸음을 재촉해 빨리 걷는다.

"썩을 년."

한 참을 걷는데 뒤에서 뭔가가 잡아당기는 느낌이 들어 뒤를 돌아본다. 아까 그 할머니가 치마를 질질 끌며 밑을 훤히 내 보이며 뒤뚱대며 걸어오고 있다. 영은은 걸음을 멈추고 섰다. 그 모습이란 상상할 수조차 없는 형상이었다. 옆으로 다가 온 할머니는 숨이 차는지 가슴을 쥐어뜯고 섰다.

"아이구 이 문둥이가…… 잡아 묵을 년. 뭔 걸음이 그렇게 재냐 이년. 날 버리구 니년만 살라구? 이년! 날 버리믄 니년은 지옥 간다 이년!"

호통이 산을 넘을 것 같다.

"할머니. 저한테 왜 그러세요. 네?"

이미 다 벗겨진 치마는 한쪽 다리에 걸려있고 신발은 어디다 잃어버렸는지 한쪽 고무신만 신겨져 있다. 고쟁이는 질질 끌려서 이미 시꺼멓게 색이 퇴색되어 있었다.

"이년! 호랭이가 콱 물어갈 년! 니년만 살려 구. 그러켄 안 된다 이년!"

영은은 가방을 내려놓고 할머니의 고쟁이를 치켜 올려준다. 순간 역겨운 냄새에 구역질이 올라왔다. 며칠을 갈아입지 않았는지 치마엔 곰팡이가 핀 것처럼 얼룩덜룩 똥칠이 되어 있었다. 영은은 왠지 할머니를 모른 체 할 수 없을 것 같았다. 가방에서 긴 끈을 찾아 고리에 걸고 카메라 가방을 어깨에 멨다. 그리고 땅에 질질 끌려 온 할머니의 치마를 탈탈 털어 다시 입혔다.

"할머니. 제가 파출소에 모셔다 드릴께요. 네?"

눈이 침침한지 한 손으로 눈을 비벼댄다. 거친 손에 상처가 난 눈은 벌겋다. 보따리를 왼 팔에 고쳐 들더니 킁! 코를 푼다. 그리고 치마에 쓱쓱 닦는다. 킁! 가래를 뱉는 할머니의 입술에 거미줄처럼 가래침이 붙어서 그네를 탄다. 영은은 주머니에서 수건을 꺼내 내민다.

할머니는 손사래를 치며 치마의 한쪽 귀퉁이를 올려 입을 닦는다. 얼마간을 걷자 잘 따라오던 할머니가 털퍼덕 주저앉는다. 영은은 허리를 굽혀 할머니를 내려다 본다.

"배고파 이년아~"

투정이 들러붙은 음성이다. 그런데 좀 전의 거칠던 얼굴은 어디로 숨어버렸는지 다정함이 뽀얗게 땀구멍을 밀고 나온 것 같았다. 갯벌의 뽕뽕 뚫린 숨구멍을 연상하던 영은은 꼭꼭 숨어서 그 거친 얼굴은 나오지 말아야 해. 속으로 히죽 웃는다. 그렇게 쪼그리고 앉아서도 한쪽 고무신의 먼지를 치마에 닦고 있다. 영은은 할머니를 일으켜 다시 걷는다. 그리고 할머니의 휘청이는 다리가 자신에게 전이되어 함께 휘청이는 걸 느끼며 걸었다. 2시간에 한 번 밖에 버스가 다니지 않는 시골길을 쑤시고 다니면서 셔터를 눌러댔지만 이런 황당한 일은 처음이었다. 할머니는 자신을 만나기 전엔 어떻게 지낸 것인가. 이런 생각을 하고 있는데 치마를 걷어 올리고 고쟁이 속에 손을 넣고 끙끙댄다. 영은은 눈앞에서 벌어지는 망측한 행동에 고개를 돌리고 벌떡 일어났다.

"옛다 이년아. 이 거 쳐 먹어."

할머니는 고쟁이 속에서 꺼낸 쭈굴쭈굴한 검은 비닐봉지를 건넨다. 힐끔 힐끔 영은을 쳐다보면서 입에 뭔가를 까 넣어 오물거린다. 영은은 받아 든 검은 비닐의 것을 펼친다. 순간 웩! 웩! 구역질을 참지 못하

고 쏟아낸다. 봉지 속에 든 것은 딱딱하게 굳은 무지개떡이었는데 곰
팡이가 송송송 털을 키워내고 있었다. 지금도 손 위에서 자라고 있을
곰팡이 꽃을 털어 내며 휙— 떡을 던진다. 오물조물 씹어 삼키던 할머
니가 벌떡 일어나 뛰어 간다.

"재밀 헐 년! 먹을 걸 버리면 죄받어 이년아!"

할머니는 씹어 삼킨 상한 음식의 부피보다 더 많이 더 길게 욕설을
가래떡처럼 뽑아냈다. 그리고 갈퀴눈을 하고 영은을 할퀼 자세다. 곰
팡이로 뒤덮힌 떡의 귀퉁이를 잘라 입속에 쏘옥 집어넣고 입맛을 다셔
가며 먹는 할머니를 영은은 측은하게 쳐다본다.

"이리 내요. 상한 거 먹으면 큰일 나요!"

할머니는 영은이 뺏으려고 달려들자 떡을 움켜쥐고 치마 속에 감춘
다.

"이년! 다나까가 날 준거다 이년아. 징한 년. 개도 안 물어 갈 년!"

영은은 일본말이 튀어나온 할머니의 입술을 뚫어지게 쳐다본다. 그
리고 치마 속에서 꺼낸 떡을 움켜쥐고 웅얼웅얼 입속말을 꿰매고 있는
할머니 곁으로 가서 앉는다. 정신 나간 사람 같지 않은 앙당거림이 있
는 할머니의 독한 입을 보다가 손 등에 똑똑 떨어지고 있는 걸 본다.
할머니의 눈에서 떨어지고 있는 멀건 물을 만져본다. 뜨거울 것 같아
서. 그러나 차갑지도 뜨겁지도 않다. 할머니는 촉촉한 눈으로 영은의
시선을 피해 다시 크게 한 입 베어 물고 오물오물 씹고 있다. 이러다간
일 치르겠다 싶어 영은은 재빠르게 할머니의 손에서 뺏은 떡을 있는
힘을 다해 던진다. 풀밭으로 떨어진 떡은 떼구르르 굴러 냇가로 풍덩
빠진다. 쏜살같이 뛰어 가는 할머니의 뒤를 밟으며 영은도 뛰고 있다.
물로 첨벙첨벙 걸어 들어간 할머니는 떡을 건져내 축 늘어진 치맛자락
을 걷어 올리고 돌 위에 엉덩이를 걸터앉는다. 웬 걸음이 그렇게 빠른

지 외모만 80이 넘어 보일 뿐 기력은 젊은 사람과 맞먹을 것 같았다. 상하다 못해 썩어가는 떡에 집착하는 할머니의 마음을 보려는 듯 영은은 그 옆으로 걸터앉는다. 할머니는 건져낸 떡을 꼭 쥐고 물 속을 들여다본다. 물에 빠졌던 떡은 헤되되 풀어져 할머니가 움켜 쥔 세기만큼 푹 꺼지고 있다. 마치 진흙을 쥐고 있는 것처럼 보인다. 웬일일까? 할머니는 돌에서 발을 내려놓으며 뚫어지게 물 속을 들여다본다. 몸을 점점 더 앞으로 숙이고 있다. 꽉 쥐고 있던 손아귀의 힘이 풀리고 있다. 퉁! 물보라가 튀며 물 속으로 떡이 떨어진다. 그러나 할머니는 꿈쩍도 안한다.

"나는 김귀녀지라. 할매는 뉘 씨요? 난 21살 이랑게요. 싫당께요. 난 안갈라요. 거근 싫어라~ 할매, 우리 집에 날 쪼까 데불고 가쑈잉. 그러지 라~ 하먼요. 주둥이 꾹 다물고 살수있당게요."

물 속에 자신의 얼굴을 들여다보며 혼잣말을 해 대던 할머니는 손을 뻗어 물 속에 집어넣는다. 이내 파문을 일며 물결이 인다. 순간 할머니의 손등에 아기 주먹만한 멍이 물결에 무늬를 내며 출렁인다. 마치 물위에 크리스털 바이올렛을 떨어트린 것 같다. 영은은 할머니의 옷 속에 감추어진 흔적을 더듬는다. 속살 어디에 또 무늬를 내며 번지고 있을 크리스틸 바이올렛을 떠올리며 가슴이 뭉클해진다. 금방이라도 옷 위로 무늬를 내며 스며 나올 것 같아 고개를 돌린다.

첨벙이던 손을 꺼내며 할머니가, 갑자기 앳된 얼굴로 잉잉~ 소리 내어 울음을 토해낸다. 손으로 얼굴을 파묻고 파르르 떨고 있다. 어깨가 들썩이는 할머니를 끌어안으며 영은이 다독거린다. 그러자 앙팡지게 영은의 손목을 비틀며 덤벼든다. 힘이 장사다. 영은은 앞으로 꼬꾸라지며 할머니 밑에 깔려 꼼짝을 못한다.

"니 년이지! 니 년이 훔쳤지. 씹을 빼서 넙대대하게 말려 버릴 랑게.

빨리 안 내놔 이년아? 분명히 30장 이었단 말이여! 이즈미 네 이년! 씹을 쫙 찢어서 죽일 년!"

간신히 몸을 밀어 내자, 넋이 나간 사람처럼 멍 하니 젖은 치마만 돌돌 말고 있다. 영은은 헝클어진 머리의 먼지를 털며 왜 이 귀찮은 짓을 하고 있는 거지? 생각한다. 해가 넘어가고 있다. 20분 후면 버스가 올 시간이다. 영은은 버스 정류장 쪽으로 고개를 돌린다.

"이랏샤이 마세. 이랏샤이 마세."

할머니는 등을 정중하게 접어 몇 번이고 머리를 조아린다. 그리고는 고바야시. 삿쿠는 쩌그…… 손짓까지 한다. 할머니의 눈에 보이는 건 무엇일까? 그런 생각을 하고 있던 영은은 할머니의 머릿속으로 들어가 보고 싶었다. 그때였다. 할머니가 치마를 훌러덩 벗고 고쟁이 까지 벗고 눕는다. 눈을 감은 채 윗옷은 어깨까지 올리고 젖무덤을 내 놓고 있다. 망측한 광경을 외면하려다가 가방을 열고 사진기를 꺼내 동시에 찰칵 찰칵 찍어댄다. 영은의 손놀림이 바쁘다. 무어라고 속삭이는지 입술이 움직이는 모습도 찍는다. 그때 할머니의 입에서 노래가 바람을 타고 흐른다.

'아아 산 넘고 바다 건너 멀리 천리 길 정신대로 아득히 떠 있는 반도 어머님의 얼굴이 떠오르네.'

가요도 아니고 동요도 아니고 창도 아닌 노래는 연속해서 할머니의 입에서 줄줄 실타래처럼 풀어졌다. 금방 멈출 것 같지 않다. 렌즈를 통해서 본 할머니의 얼굴은 발그레하다. 노을 때문에 처녀처럼 화사하기 까지 하다. 감았던 눈을 뜬 할머니는 하늘을 보고 있다. 아주 편안해 보인다.

멀리서 버스가 먼지를 일으키며 오고 있다. 영은은 할머니의 팔을 잡고 버스 정류장으로 걸어간다. 할머니의 몸에서 나는 냄새 때문일까 기사의 얼굴이 일그러지고 있다. 다행히 버스 안엔 승객이 한 사람밖엔 없었다. 앞좌석에 앉은 승객은 자꾸 뒤를 돌아본다. 냄새 때문일 것이다. 승객의 표정도 기사의 얼굴을 닮아가고 있다. 영은의 얼굴이 벌겋게 달아오른다. 덜컹이는 버스에 몸을 맡긴 할머니가 와이퍼처럼 좌우로 흔들리며 졸고 있다. 영은은 할머니의 머리에 어깨를 대 준다. 이내 코를 곤다. 크르렁 거리는 소리 때문에 버스가 들썩일 것 같다. 덜컥, 버스가 급정거를 했을 때 였다. 할머니는 영은의 머리채를 잡아 흔들며 포악스럽게 소릴 질렀다.

"난 성병 안 걸렸다니까. 육실할 놈아, 606호 주사는 왜 놓는 거야! 이 쳐 죽일 놈아! 놔라. 놔!"

버스 기사는 놀란 눈으로 쳐다보다가 와서 뜯어 말린다. 영은은 할머니의 손에 한 움큼 머리카락이 뽑혀 있다. 눈에선 크렁크렁 눈물이 뚝뚝 떨어지고 있다. 할머니의 울음을 떼어 낸 기사는 별스런 할머니다 보겠다면서 치매 걸린 할머니를 데리고 다니면 어쩌냐면서 동정섞인 눈으로 본다. 영은은 버스에서 내리기만 하면 혼자 가버릴 거라고 맘을 고쳐먹는다. 누구든 저 고약한 노인네를 파출소에 넘겨 줄 사람은 있을 테니까. 그 걸 자신이 꼭 해야 할 이유를 지우고 있었다. 지금 영은 앞에 놓인 저 노인네는 불쌍하지도 가엾지도 않다. 단지 영은은 지금 머릿속이 얼얼하다는 걸 느낄 뿐이다. 버스는 부안 시내에 도착했다. 영은은 서둘러 가방을 메고 버스에서 내린다. 잰 걸음으로 버스 앞을 막 지나려는데,

"이 봐요. 할머니가 아무리 미워도 그렇지. 아가씰 찾구 난리유."

영은은 멈춘 발을 뗄 수가 없었다. 그러나 뒤를 돌아보기도 싫었다. 그냥 도망치고 싶었다. 어쩌면 할머니가 정신을 차려 자기가 가려던 길을 갈지도 모르는 일 아닌가. 이런 생각을 하고 있는데 버스 기사 뒤

를 졸졸 따라오던 할머니가 영은의 눈앞에서 퍽 엎어진다. 영은은 이
미 할머니의 어깨를 감싸 쥐고 있다.

"아파 이년아."

할머니는 무릎을 쥐고 아이처럼 충얼댄다. 눈에선 눈물이 곧 떨어질
것 같다. 츳츳…… 늙으면 죽어야 한다드니 할매가 빨리 돌아가셔야
아가씨한테 부주하는 것일 텐데 말이유. 그래도 좋은 끝은 있다고 하
니 복 받을 거유. 기사가 흘리고 간 말이 실밥처럼 영은의 몸에 들러붙
는다. 이미 추적추적 어둠이 내리 앉고 있었고 피곤이 한꺼번에 눈꺼
풀위로 올라앉았다. 영은은 껌뻑이는 모텔들의 유혹에 몸을 담그고 싶
었다.

"빌어먹을 년. 날 굶겨 죽일 작정이야!"

영은은 자신을 흘겨보는 할머니를 보고 있자니 웃음이 터지려고 했
다. 그악스럽기만 할 줄 알았는데 귀여운 구석도 보이는 것이다. 할머
니가 되면 다 아이 같다고 말하던 주원의 말이 생각났다.

"진짜 순수 문학을 하는 작가가 될꺼야. 상업적인 글을 써야 만 살아
남는 현실에 안주하는 기성세대는 안 될 거야……. 기다려 줘. 몇 년
만 더 고생하면 돼. 지금 우리에게 이데올로기가 존재하기나 하니? 우
리 선배들은 안 그랬어! 썩어가는 이 사회를, 아니 영혼마저 뺏겨 버
린… 밝은 미래가 있을 거라고 믿고 … 어떻게 두고만 보고 있겠니. 내
가 할 거야."

"순수 문학이라고? 웃겨. 지금 당장 난 배가 고프고 목이 마른데?"

"여기서 포기 하라 구? 넌 안 그럴 줄 알았어. 그런데 아니니? 너두
똑같은 속물이야?"

그런 유토피아적 발언을 끝까지 들어 줄 인내가 없었다. 영은은 말
했다. 세상에 밟히는 게 소설가이고 시인이고 평론가들이야. 우리처럼

힘없고, 백 없는 사람들이 어떻게 글만 쓸 수 있어? 교수도 돈 주고 사
야하는 세상이야. 돈 있어? 당장 배고픈데 어떻게 좋은 글이 나올 수
있어. 배고픈 소설가가 쓰는 소설 과연 어떤 이데올로기가 나올까? 그
런 꿈만 꾸는 널 남편으로 둘 자신 없어. 나한테 희생을 요구하지 마!
난 평범한 여자라구. 나를 위해서 돈을 벌고, 나를 위해서 인생을 설계
하는 그런 남자가 필요 해. 이상이 아닌 현실을 살아내야 하는 내겐 그
래. 영은은 등을 돌려 그의 얼굴을 보지 않았다. 그의 표정을 읽어 낼
자신이 없었기 때문이다. 돌아서서 가는 자신을 잡지 않는 그의 심정
을 읽고 싶은 배려의 마음을 꼭 움켜쥐고 있었다. 그리고 가방을 둘러
메고 버스터미널로 향했다. 그 떠나옴으로 모든 것이 그에게 설명되어
지길 바라면서. 떠나옴의 외연이 내포한 의미를 그가 읽어 주길 아니
충분히 읽을 것이라고 믿었다.

　기사 식당으로 들어 온 영은과 할머니는 마주 앉아 해장국을 시켰
다. 김을 모락모락 뿜어대는 뚝배기를 끓어 안고 수저로 신선노름을
하고 있는 할머니를 보다 못한 영은은 앞그릇에 몇 수저 떠서 밥을 식
혔다. 그리고 할머니 앞에 놓는다. 금세 순하게 길들여진 송아지처럼
눈만 껌뻑이며 영은의 뜻을 아는 듯 얌전하게 식사를 한다. 영은은 혹
시라도 돌발적인 일이 있을 까 노파심에 할머니의 품에서 뜨거운 뚝배
기를 떼어 낸다. 밥을 먹는 동안에도 언 듯 언 듯 할머니는 깊은 생각
속에 빠진 사람 같다. 저 망상의 바다에 빠져서 허우적거리다 빠져 나
오지 못하면 그대로 생을 놓아버리진 않을까 할머니의 허망한 눈을 보
면서 생각한다. 영은은 춘향에 있을 어머니를 떠 올린다.

　어머니의 눈 속엔 언제나 자신이 아닌 다른 무엇이 들어가 살고 있
었다. 어려서 바보라고 놀리는 동네 아이들 때문에 친구를 의식적으로
사귀지 않았다. 친구가 될 수 없는 또래의 아이들 틈에서 영은은 혼자

서 놀고 혼자서 잘 지내는 방법론을 터득했다. 그 방법론적 행복을 누리며 성장했다. 어머니를 끊임없이 보살피는 아버지를 이해 할 수 없었다. 차라리 아버지가 어머니를 버리고 다른 정상인과 결혼을 한다면 자신에겐 다른 정상적인 삶이 열릴 것 같은 꿈을 꾸기도 했다. 아버지는 교통사고로 돌아가시기 전 날까지도 그렇게 못했다. 아버지로 인해 그 보살핌의 대물림을 하게 된 영은의 생은 고질병을 안고 사는 삶이 되어 버렸다. 그래서 아픈 선택을 해야 했다. 그 선택의 길모퉁이를 돌아나오면서, 아버지가 사는 동안 못한 버림을 자신은 해 냈다고……. 어머니를 춘향에 두고 오면서 차라리 어머니를 위해선 같은 사람들끼리 모여 사는 곳이 천국일 꺼야. 스스로를 위안하면서 돌아섰다. 그 생각이 쉽게 발걸음을 뗄 수 있게 했다.

식사를 끝낸 두 사람은 가까운 여관에 들어갔다. 여관으로 들어간 영은은 욕조에 물을 받았다. 그리고 만족스런 표정으로 보따리를 끌어 안고 있는 할머니를 달랬다. 옷을 벗겨 빨아야 할 것 같아 치마를 내리려고 하자 느닷없이 발길질을 했다.

"살려 주세요. 난 조센징이랑게요. 암껏두 모르는 조센징."

두 손을 싹싹 비비면서 바들바들 떨고 있는 할머니를 손도 못 대고 지켜보고 있었다. 영은은 할머니의 머릿속은 블랙홀처럼 되어 있을 지도 모른다고 생각했다. 그래서 현실과 과거 속으로 들락날락하는 것이라고.

알츠하이머란 병은… 퇴행하는 것이란 게 그들에겐 얼마나 다행한 일인지 몰라. 생각해 봐. 마치 자기가 가고 싶은 곳만 찾아서 가는 여행 같은 거지. 시간여행… 영은은 자신도 모르게 주원에게서 들은 말들이 머릿속에 차곡차곡 저장되어 있다가 필요한 순간에 정보의 창이 열리는 것이었다. 주원과 함께 보낸 시간들이 이런 정보들처럼 지워지지 않고 언제까지고 꿈틀댈 것만 같아 섬뜩했다. 버리고 싶은 것을 버리며 살겠다던 의지. 아버지처럼은 절대 살지 않을 것이라고 의식적으로 삶에 대입해 왔는데. 의식을 이기고 무의식이 들어가 앉은 기억의 샘을 다 퍼내고 싶었다.

할머니는 잠이 들었다. 뱃속의 태아처럼 몸을 옹그린 채 손가락을 입에 넣고 빨며 자는 할머니의 모습을 보다가 살살 치마를 벗긴다. 냄새가 진동하는 고쟁이를 벗겨 빨았다. 물기가 축축한 옷을 방바닥에 펴서 널고 물수건을 해 와 얼굴과 손을 닦아 준다. 할머니는 독한 꿈을 꾸는지 양 미간을 잔뜩 찌푸린다.

"안돼! 달거리 중이라고 했잖여! 썩어 문들어질 놈아! 으그그…"

이불이 흥건해 진다. 다리 밑으로 소변이 흘러내린다. 몸을 더 웅크리고 달달 떨고 있다. 발가락을 힘주어 앙다문 채. 속옷을 벗기려고 하자 더욱 세게 다리에 힘을 준다. 영은은 할머니의 벌겋게 달아오르는 얼굴에 송글송글 맺혀 있는 땀을 수건으로 닦아준다. 아이처럼 다시 손가락을 빨고 있는 할머니의 얼굴을 쓰다듬는다. 따뜻하다. 순간 영은은 내 어머니의 얼굴도 이렇게 따뜻하다는 걸 느꼈던 순간이 있었던가……생각에 잠긴다. 아니다. 영은은 도리질을 한다. 어머니의 뺨을 민져본일이 없으니 그런 기억이 자신의 뇌 속에 저장되어 있을 리는 없지 않은가. 아버지가 없는 집에서 어머니와 자신의 거리는 너무 멀었다. 아버지의 죽음은 영은의 삶에서 어머니에게로 오갔던 다리를 한순간에 홍수처럼 휩쓸어 버렸다. 어떤 흔적도 남기지 않은 채. 영은은 명치끝이 아려왔다. 어머니의 얼굴을 떠올리려 하자 한 발씩 멀어지면서 '풍덩' 거대한 소리를 내며 쇠사슬에 묶인 어머니가 물 밑으로 가라앉고 있었다. 손을 내밀려고 해도 자신의 겨드랑이에 붙어버린 손이 움직이질 않는다. 두려움이 온 몸을 습격한다. 옴짝달싹 할 수가 없다.

숨이 헉헉 막힌다. 순간 자신의 몸위로 흙이 덮이고 있다. 한 삽 한 삽 황토 흙을 퍼서 자신의 몸 위로 던지는 얼굴이 희미하다. 자세히 보려고 눈을 부릅뜬 순간 흙이 눈 위로 눈발처럼 날리며 내려온다.

번쩍 눈을 떠 보니 할머니가 말똥말똥 자신을 쳐다보고 있다. 순간 목을 조를 것 같아 벌떡 일어난다.

"내 이름은 김귀녀지라. 우리 아배가 귀한 사람 되라고 지어 준 이름이지라. 아니여라. 우리 다나까 상은 꼭 돌아온다고 했당게. 내를 월매나 이뻐했능가 모르지라~? 근디 샥시는 뉘신 게라~?"

영은은 할머니처럼 무릎을 세우고 마주 앉는다. 할머니의 입술은 더 할말이 남아있는 듯이 빼초롬하다. 아직도 기다릴 누군가가 있다는 할머니의 입술이 불처럼 뜨겁게 보인다. 눈에선 아름아름한 빛이 쏟아질 것 같다.

"나는 강영은 이라고 하지라."

할머니를 놀릴 생각은 없었다. 그런데 이상하게 할머니 말투가 툭 하고 튀어 나왔다. 할머니가 삐진 듯이 고개를 비튼다. 영은도 따라 해 본다. 그러자 할머니는 방바닥에 있는 자신의 옷을 주섬주섬 챙겨 입는다. 곧 뛰쳐나갈 기세다. 그러나 방문 쪽으로 한 발 내 딛다가 잠시 침울한 표정이 되더니 이내 쭈그리고 앉는다. 영은은 보따리를 꼬옥 힘주어 끌어안고 있는 할머니를 바라보며 그 안에 들어있을 것들을 머릿속으로 그려본다. 저토록 집착하고 있는 그 무엇 때문에 할머니는 과거 속으로 뛰어 들어가는 것이리라. 영은의 생각은 회오리바람처럼 할머니를 집어 삼켰다가 훅 내뱉는다. 나동그라진 할머니가 벌떡 일어나 걷고 있다. 영은의 눈에 비친 할머니의 발자국은 앞으로 가는 걸음도 뒷걸음이다.

할머니는 저 보따리 속의 추억을 향해 가고 있는 중일지도 모르지.

저 깊은 주름 속에 아픔만이 그려져 있진 않을 거야. 영은의 간절한 바람이 할머니의 웅크린 어깨에 기생나비처럼 가볍게 날아가 앉는다. 가벼운 날갯짓을 할머니가 느끼기라도 한 것일까. 웅당거리고 있던 다리를 쭉 폈다가 다시 구부리더니 꾸둑꾸둑 해진 발뒤꿈치를 손으로 득득 긁는다. 방바닥에 비듬처럼 하얗게 살 비늘이 떨어진다. 잠시 방바닥에서 시선을 문 있는 쪽으로 옮기더니 벌떡 일어나 한 짝밖에 없는 고무신을 챙겨 화장실로 들어간다. 그리고 웅크리고 앉는다. 변기위에 앉히려고 하자 밀쳐낸다. 할머니는 타일 바닥에 앉아 오줌을 눈다. 허연 엉덩이에 손바닥만 한 상처가 있다. 칼자국처럼 선명하다. 깊숙하게 페인 상처는 쭉 없어질 것 같지 않았다. 지울 수 없는 상처는 저 엉덩이에 조각되어 진 것보다 더 큰 것일지도 모른다고 영은은 생각했다.

　할머니와 아침 식사를 끝내고 시내에서 가장 가까운 파출서를 알아보았다. 볼펜을 꺼내려는데 발밑으로 뭔가 툭 떨어진다. 핸드폰이다. 주원에게서 연락이 올 까봐 꺼 버렸는데… 영은은 종료버튼을 길게 누른다. 죽었던 핸드폰이 살아나며 노래를 부른다.

　파출소 앞에 서서, 영은은 할머니 저기 가면 할머니 집 찾아 줄 거예요. 알았죠? 키 높이를 맞추고 말하는 영은의 눈을 뚫어지게 쳐다보던 할머니의 눈은 벌겋게 충혈 되고 있었다. 말귀를 알아듣는 사람처럼. 영은은 할머니의 뻣뻣한 팔을 잡았다. 그러나 움직일 것 같지가 않았다. 영은은 한 짝밖에 없는 고무신이 자꾸 마음에 걸렸다. 파출소를 뒤로 하고 신발가게로 들어갔다. 그리고 효자신발을 사서 할머니 발에 신겼다. 할머니는 벗어 놓은 고무신을 꼭 쥐고 놓지 않았다.

　"아이구 할머니는 좋겠네? 이런 손녀가 있어서. 자식도 마다하는 세상인데 할머니는 복 받은 사람이네요."

　가게 여주인은 할머니의 손을 잡았다가 놓으며 말했다. 영은은 순간 얼굴이 발그레 해졌다. 할머니는 보따리를 가슴에 안으며 고무신을 보따리 귀퉁이에 쑤셔 박는다.

잘 걸어가던 할머니는 똥마려운 강아지처럼 제자리를 맴 돈다. 영은은 길에서 엉덩이라도 까고 볼일을 볼까봐 얼른 화장실을 찾았다. 그리고 화장실앞에 선 영은은 할머니가 안고 있는 보따리를 쳐다보고 있었다. 보따리를 넘겨 받으려고 했으나 할머니는 얼굴이 벌겋게 상기된 채 보따리를 더욱 세게 끌어 안고있다. 영은은 보따리의 귀퉁이를 잡아당겨 본다.

"이건 안되라~ 택도 없당께!"

할머니는 보따리를 안고 화장실 앞에 주저앉아 보따리에 얼굴을 묻어버린다. 영은은 화장실 문을 열고 할머니를 두고 나왔다. 몇 분이 지나도 할머니가 나올 생각을 않는다. 영은은 화장실문을 조심스럽게 열었다. 순간 꺽꺽 속엣 것이 밀고 올라왔다. 할머니가 화장실 바닥에 변을 보고 그것을 머리에 바르고 있는 것이 아닌가. 귀퉁이가 깨진 손거울을 뚫어지게 들여다보며 얘길 하고 있다. 예쁘지라? 할머니의 미소가 점점 작아진다. 곧 거울 속으로 빨려 들어갈 것 같다. 불투명한 거울 속에 들어가 앉아 있는 할머니의 모습이 점점 멀어진다. 영은은 얼굴을 감싸고 손가락에 힘을 주어 눈을 누른다. 암모니아 냄새 때문인지 눈이 저절로 감긴다. 눈을 감았다 뜨자 거울 속으로 들어간 할머니는 보이지 않고 낯익은 바이올렛이 뭉뚱그려 피어있는게 보였다. 손을 거울에 갖다 대려는 순간 '에이~ 취 나!' 할머니의 재채기가 터졌다. 몸을 세운 영은은 할머니의 표정을 살핀다. 할머니는 여전히 거울 속에 갇혀있다. 그러나 거울을 보고 있는 시늉을 하고 있을 뿐 뿌옇게 얼룩이 진 거울은 그 무엇도 제대로 비춰낼 것 같지가 않았다. 영은은 쪼그리고 앉은 할머니의 등이 잔잔하게 움직이는 걸 본다. 할머니가 쿡쿡거리며 웃고 있다. 웃음소리가 깊어질수록 거울 속의 할머니는 바이올렛처럼 착색되어 가고 있다.

영은은 자기도 모르게 시선이 자신의 몸을 뒤지고 있었다. 할머니 옆에 선 영은의 살결이 더욱 하얗게 빛이 난다. 잠시 스친 할머니의 눈 속에서 영은은 그림자를 본 것도 같다. 아니 영상이었을까? 영화처럼 지나간 풍경 속에 엄마의 얼굴이 새초롬하다. 영은은 도리질을 하며 할머니의 손을 세면대에 놓고 물을 튼다. 순간 버럭 소리를 지르며 한쪽으로 몸을 비튼다. 할머니의 손톱 사이엔 누렇게 똥이 끼어있었지만 어떻게 손을 쓸 방법이 없었다. 그대로 화장실에서 할머니를 끌어낸 영은은 확 등을 돌렸다. 그래. 이제 끝이야. 빨리 여기서 벗어나야 해. 영은은 할머니를 질질 끌다시피 하여 파출소 앞에 섰다. 그리고 파출소 문을 열었다.

"쳐 죽일 년."

영은은 뒤를 확 돌아본다. 아무도 없다. 파출소 유리창에서 내뿜는 불빛이 하루살이를 불러들이고 있었다. 나방도 그 쪽으로 날아간다.

또르르… 벨이 울린다. 영은은 잠시 생각한다. 핸드폰 창에 뜬 건' 남편 016-795-6309' 이었다. 주원은 핸드폰을 사자마자 1번에 남편이라며 자신의 번호를 입력시켰다. 받을까 말까 망설이다가 통화버튼을 누른다.

"어디야?"

부안이라고 하자 그는 잠시 말을 잇지 못한다. 그리고 아무 말이 없다. 몇 초 몇 분이 흘렀을까…… 잡음이 그를 삼켜 버린 것처럼 그의 숨소리도 느낄 수 없다. 갑자기 가슴 한쪽이 먹먹해진다. 영은은 가슴에 손을 얹고 명치 끝을 툭툭친다. 그 때였다.

"몸은 괜찮지? 그럼 됐어. 이 말은 꼭 해야 할 거 같아서. 그 화분말 야. 바이올렛……. 죽은 게 내꺼가 아니라 니꺼였어……"

잠시 말이 끊긴다. 그리고 이어지는 침묵, 그 아래로 떨어진 그의 흐 릿한 형상도 말이 없다. 잡음이 섞이다가 창이 꺼져버린다. 배터리가 없다. 핸드폰의 창처럼 파출소의 불빛도 동시에 꺼졌다. 영은은 자신 도 모르게 발이 뛰고 있었다. 이미 파출소의 창을 두드리고 있다. 안에 서 누군가 문을 연다.

"또 왔어라?"

파출소안은 캄캄했다. 누군가 초에 불을 붙였는지 환해진다. 흔들리 는 불빛에 할머니의 얼굴이 위태로워 보인다.

"기차시간 놓치게 생겼는디라? 괜찮겄 소?"

파출소 한 소장은 걱정스런 눈빛이다.

"저기요. 위안부 할머니들이 모여 사는 곳이 이 근처에 있나요?"

한 소장은 위안부라는 말에 걸려 넘어진다. 들고 있던 볼펜으로 정 수리 부분을 긁적이더니 이번엔 책상에 두 번 툭툭 친다.

"글쎄라? 쩌~그 광주 어디에 있단 소린 들었는디 쬐까 기다려 보쇼 잉."

책장에서 비닐이 너덜너덜 해 진 A4크기만 한 책자를 가지고 왔다. 그리고 들썩이던 책장을 놓고 진지한 표정으로 영은의 눈을 뚫어지게 쳐다본다. 영은은 그 곳에 연락을 해 보라고 말한 뒤 세상모르고 잠든 할머니 옆에 앉는다. 무슨 꿈을 꾸는지 입술을 앙다문다. 영은은 잠시 할머니의 손에 자신의 손을 얹는다. 보따리를 베고 누운 할머니의 이 마에 흙묻은 고무신 코가 숨을 쉬듯 고개를 내밀고 있다. 영은은 할머 니의 발을 쳐다본다. 복숭아 뼈의 굳은 살이 갈라져 있었다. 세월만큼 꾸둑꾸둑 이가 떨어져 나가고 있는 할머니의 뒷꿈치를 보자 영은은 카메라를 빼어 든다. 그리고 찰칵 찰칵 두어 컷을 찍어댄다. 할머니는 번뜩이는 빛 때문이었을까 몸을 더 작게 쥐며느리처럼 웅크린다.

"아따, 아가씨 사진기자라요? 맨날 보는디도 꾸척시럽소 잉?"

영은은 고개를 저으며 자신이 지금 무슨 짓을 했는지 의식을 잡는다. 그리고 파출소장이 내미는 전화번호를 잠시 보고 있다가 버튼을 누른다. 가슴이 콩알을 볶는 것처럼 투다다닥 튄다. 신호를 끝까지 기다리지 못하고 한 소장을 바꿔준다. 소장은 차분차분하게 할머니의 인상착의를 얘기한다. 그리고 확인을 하나하나 해 나간다. 영은은 한 소장의 표정을 읽는다. 눈썹을 올렸다 내렸다 하던 한 소장의 표정이 밝아진다.

"용케 알아냈구만. 나눔의 집써 나간 지 닷새 째라능구 만. 거그서 사방팔방으로 찾아 댕겼는디. 여그 부안까정은 어트코롬 왔능가 모르것소 잉~"

한 소장은 영은의 표정을 살피며 말을 건넨다. 할머니는 자신이 돌아 갈 곳을 찾았는지도 모른 채 코를 골며 자고 있다. 재밀 헐 년, 날 버리구 갈 려구? 할머니가 잠꼬대를 한다. 영은의 가슴팍이 싸리하게 갈라진다. 어쩌면 돌아가고 싶지 않은지도 몰라… 이런 생각을 하며 쳐다보고 있는데 이랏사이 마세… 이랏사이 마세… 할머니의 표정이 찌그러진다.

"이자 가 봐도 쓰겄소. 헌디 기차는 이미 떠나 부렀을 턴디. 어쩔라요?"

영은은 고개를 숙여 인사를 하고 돌아서 나온다. 그 때 번뜩 번뜩 형광등에 불이 붙으며 몸살을 하더니 환하게 불이 들어왔다. 세상이 온통 하얗게 보인다. 영은은 발을 멈추고 하늘을 올려다본다. 별이 총총하다. 언제 저런 별을 보았었던가. 기억이 까마득하다.

"영은아. 엄마는 아버지한텐 선물이야. 하늘에서 보내 준… 그래. 세상에 하나밖에 없는 선물. 영은이도 소중한 선물이라는 걸 빨리 깨달았으면 좋겠는데."

영은은 손을 번쩍 들어 올린다. 그리고 한길로 한 발 들여놓고 손을 흔든다. 택시가 와서 선다.

"춘향가는 버스타려면 늦었나요?"

기사는 막차가 아직 있다고 말한 뒤 라디오를 켠다. 영은은 가방에서 카메라를 꺼내 필름 감는 스위치를 누른다. 두루루루……필름이 감기는 소리가 상쾌하다. 감긴 필름을 검은 색 필름 통에 넣는다. 순간 할머니가 보고 싶다. 그런데 엉덩이를 까고 볼일을 보던 할머니의 얼굴이 생각나지 않는다. 갑자기 더 보고 싶어진다.

"내 이름은 김 귀녀지라."

뒤를 돌아 본다. 그러나 아무도 없다. 어디서 불어오는지 향긋한 바람이 뺨에 와 닿는다.

모카커피에 생크림을 넣지 마세요

수실을 놓던 손을 잘못 움직였을까? 연이의 손가락에서 피가 뭉글뭉글 피어오르고 있다. 수실로 장식되어 반쯤 채워졌던 꽃잎에 정확하게 뚝뚝 두어 방울 떨어진 핏방울이 번져 양귀비꽃잎이 살아나고 있다. 언니…… 양귀비 꽃 무지 좋아하나 봐?

모카커피에 생크림을 넣지 마세요

"모카커피 요."

남자는 그렇게 말했다. 앞에 놓인 메뉴판은 보지도 않고. 메뉴판 안에는 까페모카, 아이스 모카, 에스프레소, 아이스라떼, 헤이즐럿, 마일드커피, 카프치노, 카페라떼, 카페아메리카노, 꼰빠나, 모카꼰빠나……. 등 다양한 커피가 있었는데 그는 미리 정해놓고 들어온 사람처럼 모카커피라고 짧게 말하고 자리에 앉았다. 십자수를 놓고 있던 손을 멈추고, 그 남자를 쳐다 본 건 목소리 때문이었다. 세상엔 닮은 목소리를 가진 사람이 있긴 있나보다 하면서 깨져버린 상상을 황급히 주워 담으며 커피 믹서 앞에 섰다. 계량 수저에 올려진 커피알갱이가 후드득 빗방울처럼 믹서 안으로 떨어졌다. 에스프레소머신이 윙- 요란한 소리를 내며 돌아가는 동안 연이의 눈은 그의 돌아앉은 뒷모습에 꽂혀 있었다. 그는 지나가는 사람들을 쳐다보는 건지 앞 가게의 디스플레이 되어 있는 십자수 작품들을 바라보고 있는 건지 미스 현의 옆

가게에 진열되어 있는 각가지 모양의 핸드폰을 쳐다보고 있는 건지 알
수 없었지만 그의 뒷모습은 마네킹처럼 고정핀에 꽂혀 있는 듯 미동도
없다. 에프! 그가 손으로 막은 틈새 사이로 재채기를 하자 연이의 눈앞
에서 그의 긴 머리에 들러붙어 있던 먼지가 나풀거리며 비듬처럼 뿌옇
게 떨어졌다. 와인색 머릿결이 형광등 빛을 받아 수초처럼 찰랑거리다
가 멈췄다. 에프! 에프! 그가 또 재채기를 해댄다. 그런데 이번엔 좀처
럼 그의 재채기가 멈출 것 같지 않다. 연이는 얼른 유리컵에 물을 따랐
다. 그때였다.
　"모카커피에 생크림을 넣지 마세요."
　그의 눈알이 뻘겋게 충혈되어 있었다. 그가 재채기를 한 건 눈물 때
문이었다. 울고 있던 그의 등이 흔들리지 않은 건 참 이상한 일이었다.
다시 고개를 돌린 그의 뒷모습에 대고 연이는 속엣 말을 삼키고 있었
다. 시럽이 아니고 생크림을? 그가 말하는 모카커피에 생크림을 넣지
않으면 무슨 맛일까? 한 번도 모카커피에서 생크림이 삭제된 건 생각
조차 해 보지 못했다. 10평 남짓 이 커피전문점 안의 모든 커피엔 몇
개의 과일음료를 빼곤 거의 생크림과 우유거품이 첨가되기 때문에 그
런 생각을 할 필요도 없었다. 모카커피는 향과 생크림 맛으로 마시는
것이 아닌가? 스스로 반문해 보았다. 쟁반에 낯선 모카커피를 올려 그
가 앉아 있는 테이블 앞에 서서 조심스럽게 샷글라스를 내려놓았다.
여전히 그는 지나가는 무엇을 아니 미스 현을 보고 있었다. 미스 현의
어떤 모습이 그를 울게 만들었을까? 첫사랑? 미스 현에게 듣지 못한
사랑얘기가 있었던가? 연이는 잠시 기억의 늪에 그가 돌을 던져놓은
듯 파문이 일고 있음을 느끼고 있었다. 울고 있는 그의 뒷모습을 보며
머리 색깔이 참 예쁘구나……. 그 생각만 했다. 그는 하얀 테이블에 놓
여진 잔을 내려다보았다. 그리고 커피 잔 안으로 똑똑 떨어지는 눈물

의 파장을 느끼고 싶기라도 한 양 그 흔들림을 쳐다보고 있었다. 연이는 그 남자의 눈물이 떨어진 커피 잔을 들었을 때 과연 그가 그 잔을 입술로 가져 갈 건가 그 생각만 했다. 그가 마치 모카커피에 생크림 대신 눈물을 넣어 마실 생각으로 생크림을 넣지 말라고 한 것은 아닐까 하는 그의 치밀하게 계산된 행동의 이면을 읽어 내려고 애썼다. 그때 다른 손님들이 우르르 몰려 들어오지 않았다면 그 남자가 눈물의 모카커피를 마셨는지 돌아 간 후의 그에 대한 잔상을 떠올리지 않아도 되었을 것이고, 그 커피 잔을 들고 들어가 어떤 맛인가 마셔보지도 않았을 것이다. 또 다시 찾아 온 그를 기억하는 일 따위는 없었을 것이다.

일주일 뒤, 다시 찾아 온 그의 머리색은 변해 있었다. 그를 볼 때마다 연이의 생각은 온통 그의 머리색깔에 가서 깊숙이 박혀 버렸다. 연이의 생각이 그의 머릿결 어느 틈새에서 뿌리를 내리고 자라 그 남자가 가게에 들를 때마다 뾰족뾰족 새싹이 돋고 잎이 자라 푸른 줄기를 뻗어 어느 날은 그의 머리카락 보다 더 길게 자라있었다. 그 남자가 모카커피에 생크림을 넣지 마세요! 라고 말했을 때 모카커피는 당신이 알고 있는 그 생크림을 넣어야 제 맛이거든요. 하고 말을 거들었다가 그 남자가 빨갛게 닳아 버린 입술로 세상에 제 맛인 게 몇이나 될까요? 다 상관없어요. 라고 연이의 말허리를 잘랐다. 무안함 때문이었을까? 창피함 이었을까? 그의 얼굴을 제대로 보지도 못하고 커피 믹서에 커피 알갱이를 넣고 쓱쓱 수동분쇄기의 손잡이를 돌려댔다. 한동안 쓰지 않았던 수동분쇄기를 꺼내 먼지를 닦아내고 자신이 한 말의 알갱이 모두가 그 안으로 들어가 커피 알갱이와 함께 갈려 버리길 바라면서 부서지고 있는 커피알갱이를 보고 있었다. 커피 컵을 그룹홀더 밑에 올려 넣고 탬퍼로 그룹홀더 위의 커피를 눌러서 커피를 추출하는 동안에도 자신의 신경세포가 온통 그에게로 쏟아지고 있었고 그의 동작 하나하나를 살피고 있었다. 모카시럽에 에스프레소를 섞은 후 데운 우유를 붓고 그 위에 신선한 생크림과 초콜렛 가루로 토핑한 것을 들고 그에게로 다가가려는데 그의 눈과 마주쳤다. 순간 모카커피에 생크림을 넣지마세요. 그의 닫힌 입술이 움직이는 것 같았다. 다시 만든 모카커피를 들고 원탁 위에 올려놓았을 때 그의 오렌지색 머리칼이 날리며 연이의 입술에 살짝 닿았다. 연이는 입맛을 다셨다. 혹시라도 그의 머리칼에서 오렌지의 상큼한 맛이 느껴질까? 해서. 커피를 받아든 남자는 점점 커피 잔 속의 검은 바다에 빠져들고 있었다. 그를 잡아 꺼내지 않으면 그는 헐떡이며 숨을 못 참고 그만 죽어 버릴 것만 같았다. 꾸르륵……자신도 모르게 그처럼 낯빛이 하얗게 질려 가고 있었다. 그때 그 남자가 연이를 불렀다.

"저기요. 혹시 커피에 생크림 넣었어요?"

"네?"

연이는 혼잣말처럼 흘러나온 그의 말에 덜컥 걸려 넘어졌다. 순간 생크림을 넣었는지 생각이 나지 않았다. 혹시 습관처럼 생크림을 넣었을지도 모른다는 생각이 스치자 그가 두 손으로 움켜쥐고 있는 샷글라스에 시선이 꽂혔다. 그의 두툼한 손에 가려진 샷글라스는 비어 있는 윗부분만 모습을 드러내고 있었다. 연이는 그에게 다가가 묻고 싶었다. 맛이 이상하냐고, 혹시 실수로 넣었다면 다시 만들어 주겠다고. 그러나 그 자리에 그대로 서 있었다. 언 듯 그의 이마에서 익숙한 찡그림을 보았기 때문이다. 그리운 얼굴도 보고 싶은 얼굴도 세월이 흐르면서 옅어지기 마련인지 또렷하게 생각나지 않는 아버지의 얼굴을 그의 얼굴에서 찾고 있었다. 그는 미스 현의 모습을 바라보고 그녀를 바라보고 있는 그의 얼굴을 연이는 편안하게 쳐다보았다. 그를 그렇게 바라보고 있던 연이의 눈빛이 잠시 흔들린다. 아마도 아버지의 얼굴에도 저런 낮달이 떠 있었던 것도 같다. 이미 지워진 기억이지만 해마의 지워졌던 부분을 두들기며 사람의 얼굴 하나가 더듬어지고 있었다. 그는 여전히 미스 현의 십자수가게를 들여다보고 있었고, 미스 현이 움직일 때마다 그의 동공도 함께 그림자처럼 미스 현을 따라 움직였다. 지하상가의 특성상 유리문이 없다는 게 그에겐 다행처럼 느껴졌다.

몇 분이 흘렀을까? 그 남자가 벌떡 일어나려다 사선으로 휘청거리며 탁자의 모퉁이를 짚는 바람에 원탁이 앞으로 쏟아지며 샷글라스가 바닥으로 떨어져 딩딩 딩그르르……. 투명한 종소리를 내며 뒹굴었다. 샷글라스의 투명 잔속에 남아있던 검은 바다가 바닥으로 물살을 옮겼다. 남자는 마치 폭풍이 몰아치는 바다에서 돛도 없는 배위에 서있는 것처럼 위태로워 보인다.

"언니, 우리 가게 좀 봐 줘."

앞 가게 미스 현은 손에 두루마리 휴지를 돌돌 말아 벙어리장갑을 만들며 화장실로 뛰어간다. 그녀의 엉덩이에 색실이 붙어 연 꼬리처럼 살랑이며 따라간다. 그녀의 엉덩이가 유난히 실룩거린다고 느껴지자 그 남자에게로 신경이 쓰여 그가 앉았던 자리로 고개를 돌렸을 때, 있어야 할 그는 없고 만 원짜리 지폐 한 장이 그 대신 앉아있었다. 그는 언제 일어나 가버렸는지. 사라진 그의 흔적을 찾기라도 하듯 사냥개마냥 코가 벌름거렸다. 혹여 미스 현의 엉덩이에 붙어있던 색실처럼 그녀를 따라 간 것일까? 연이는 그를 찾느라 지하상가의 긴 복도 끝을 휙 둘러본다. 순간 미스 현의 가게 간판이 무겁게 느껴진다.

그가 가고 없는 빈 자리에 앉아 다 식어버린 카페모카의 생크림을 한입 베어 물고 커피를 마시면서 '왜 이런 맛을 일부러 피하는 걸까?

사라진 그 남자를 생각한다. 그 남자를 생각하며 그 남자의 슬픈 눈을 동시에 떠올린다. 그리고 미스 현이 빠져버린 그녀의 가게 안을 들여다본다. '인연'이란 간판이 그녀의 십자수가게를 더 쓸쓸하게 하는 것 같다고 가끔 생각이 들었다. 미스 현의 가게를 중심으로 몇 미터 안에 십자수 가게가 두 개는 더 있지만 모두 자신의 이름을 따서 '수희 십자수'라든가, '민희네 집'이란 상호로 되어있었다.

어느 날 미스 현이 비빔밥을 시켜놓고 연이를 부른 적이 있었다. 돌솥냄비의 비빔밥을 수저가 아닌 젓가락으로 휘휘 나물들을 돌리며 그릇안의 내용물을 섞으며 하던 그녀의 말은 뜻밖이었다.

"참, 이상해. 사람들은 잘 비벼지지도 않는데 왜 수저로 힘들게 밥을 비벼대는 지 모르겠어. 이렇게 젓가락으로 술술 돌려주면 골고루 잘 비벼지는 데 말야."

연이는 그날 처음으로 수저가 아닌 젓가락으로 낯선 행동을 따라 해 보았다. 그 후로도 미스 현의 낯선 행동들은 하나 씩 둘 씩 돌출되어 나왔고 연이는 그 낯선 행동들을 함께 공유하게 되었다.

비 오는 날, 느닷없이 비디오방에 가자고 끌고 나가는 그녀의 손에 이끌려 따라 간 어두컴컴한 비디오방에서 아주 오래된 영화 중에서도 비련의 여주인공이 불치병으로 죽는 그런 영화만 세 네 편씩 보는 일, 찜질방에서 낯선 사람들 옆에 누워서 비지땀을 흘리며 그들의 애길 들으며 킬킬 거리던 일, 땀 흘리고 나온 후 그 새벽에 미역국을 먹으며 함께 온 낯선 이들의 관계를 점쳐 보는 일……미스 현의 그런 행동들이 점점 익숙해 지는 걸 느끼고 있었다.

어떤 날은 수첩을 내밀며, 언니 새벽에 보이는 게 뭐가 있을 까? 엉뚱한 말을 하며 새벽이 되길 기다렸다가 24시간 편의점만을 찾아 걸으며 악마의 유혹이라는 커피우유를 몇 개째 마시고 다시 걷기 시작했다. 그녀에게 편의점에서 편의점으로 이어지는 길은 어떤 목적지로 향하는 동선 같았다. 에너지가 떨어지면 편의점에 들려 건전지를 교체하듯 커피우유를 마시는 그녀. 지나가는 길의 보이는 모든 걸 수첩에 적으며 흐릿한 불빛에 미간을 찌푸린 채 적는 그녀의 모습은 낮에 본 그녀의 모습은 아니었다. 그렇게 몇 시간을 돌아다니다 지친 그녀의 손에 들린 수첩을 펼쳐보고 연이는 가슴이 뭉클 했었다. 별, 달, 달무리, 가로수, 은행나무, 쓰레기더미, 빈 병, 깨진 공중전화 부스 유리, 찻길에 떨어진 찌그러진 남자 구두 한짝…… 누구 것 일까? 사고가 난 걸까? 많이 다쳤을 까? 죽었을 까? 차라리…… 가을 동화 모텔, 날으는 닭갈비, 24시 감자탕, 테헤란 노래방, 파출소, 모자 산부인과, 해수 사우나, LG주유소, 자판기, 365 자동화 현금서비스, 가로수 신문, 성모병원 응급실, 청소 차, 엠브런스, 취객, 토사물, 고양이, 아파트 베란다 불빛, 보…고…싶다…… 이 짧은 시간에, 이 어둠 속에서 그녀가 보았던 세상의 것들이 수첩속에 빼곡하게 들어가 있었다.

언니. 이혼이 날 이렇게 이상하게 만들어 버렸어. 그런데 이런 이상한 행동들이 지금은 나를 살아갈 수 있게 해. 소중한 걸 소중한 줄 모르고 살았던 지난날들에 대한 반성 같은 일이 되어 버렸어. 하루도 하늘을 보지 않고는 뭔가 해야 할 일을 빠트린 것 같은 허전함. 근데 언니. 같은 곳인데도 아침에 보이는 것과 낮에 보이는 것, 오후에 보이는 것이 다 달라. 그게 나를 순간순간 유혹해. 그게 미치겠어. 자꾸 뛰쳐나가고 싶어서 말야.

한 번도 유심히 세상의 풍경을 그렇게 오랫동안 본 일이 없었던 연이에게 그날의 일은 충격이었다. 눈 뜨면 가게와 집을 이어주는 버스나 전철에서 만난 것이 연이가 본 세상의 전부였기 때문이었다. 그 날

이후 연이는 미스 현의 이유 없는 웃음과 눈물에 제목을 붙이는 습관이 생겼다.

그녀의 가게엔 오색실이 수백 개도 넘는 칸칸에 진열되어 있었다. 완성된 십자수 작품들은 화려한 수실을 더욱 돋보이게 했고, 그녀의 가게 안으로 들어 갈 때마다 색실의 몸통에 감긴 종이 허리띠를 유심히 보게 되었다.

그녀가 이혼을 한 후 위자료로 딱히 할 게 없드라? 라고 말을 하지 않았더라면 그녀를 가끔 안타깝게 쳐다보는 일은 없었을 것이다. 그녀가 행복하게 웃어도 완벽하게 행복해 보이지 않고, 노래방에 가서 신나는 노래만을 골라 부르는 것도 슬픔을 감추기 위해서는 아닐까? 하는 덧 생각을 하는 번거로움은 없었을 것이다. 그녀의 이혼을 했다는 그 말이 그녀에 대한 모든 정상적인 것들을 깎아먹게 될 줄은 몰랐었다.

"언니는 왜 아직 결혼을 안했어? 하긴 언니처럼 능력만 있다면야 무슨 걱정이야. 결혼이란 거 해도 후회하고 안 해도 후회한다고 하더니만 정말, 해 보니 그렇더라."

그녀는 최대한 가볍게 말을 이혼이라는 단어위에 올려놓지만 언제나 눈가에 눈물로 맺혀 똑똑 무겁게 떨어진다. 그녀의 숨길 수 없는 표정에 더 슬퍼지는 표정이 되는 건 언제나 연이 쪽 이였다.

화장실에 갔다 온 그녀가 손의 물기를 털며 연이의 가게로 들어온다.

"언니 비 오나 봐. 요즘은 기가 막히게 일기예보가 맞지? 언닌 보나마나 우산 가져왔을 꺼야 그치?"

연이는 그녀의 장난기어린 눈빛에 대응하듯 고개를 끄덕여준다.

미스 현은 가게로 들어가려다 십자수를 놓고 있는 연이의 옆으로 다가가 앉는다.

"입술에 웬 게거품이야?"

연이는 수를 놓던 손을 멈추고 입가의 굳어버린 거품을 쓱쓱 문댄 후 다시 십자수 천을 바로 놓고 바늘을 움직인다.

"아냐. 거긴 반스트레치로 해야 하잖아. 테두리는 박음질이라니까. 여긴 그 색이 아니라니까? 언닌 꼭 장미꽃을 양귀비꽃처럼 만들어 버린다? 가만있어 봐. 갖다가 줄게."

연이는 수실을 담아 놓은 박스를 열고 가지런히 정돈되어 있는 플라스틱 실패를 꺼내놓는다. 대꾸하기가 싫어서가 아니었다. 그냥 그녀가 납득하도록 설명하기에 적당한 말을 찾지 못해서다. DMC 3328, 666, 606, 304, 3705, 326, 498, 349……. 색상의 이름이 아닌 번호로 제 몸을 싸고 있는 색실들을 풀어 연이는 새로 이름을 붙여놓았다. 도안에 써있는 번호아래 연이가 붙여놓은 색상의 이름이 깨알같이 써 있는 걸 보고 있던 그녀가 나가려다 다시 앉는다.

"언니, 양귀비꽃 무지 좋아하나 봐? 가게 이름도 양귀비꽃이라고 하지 왜?"

수실을 놓던 손을 잘못 움직였을까? 연이의 손가락에서 피가 뭉글뭉글 피어오르고 있다. 미스 현은 급히 티슈를 뽑으려고 자리에서 일어나려다 그만 커피 잔을 떨어트린다. 두 사람의 눈이 깨진 커피 잔 조각에 멈춘다. 그 사이 알록달록 수실로 장식되어 반쯤 채워졌던 꽃잎에 정확하게 똑똑 두어 방울 떨어진 핏방울이 번져 양귀비꽃잎이 살아나고 있다. 미스 현은 가지고 온 티슈로 연이의 손가락을 힘껏 누르고 있다. 그녀의 따뜻한 손길이 느껴진다. 무릎을 꿇은 그녀의 얼굴이 연이의 가슴에 와 닿는다. 그녀가 피가 멈추었나 보자며 말아 쥐고 있던 손을 풀어주자 찌릿 전기가 왔다. 손가락을 유심히 살피며 미안해하는 그녀의 눈을 피해 아래로 시선을 떨어트리자 연이의 동공이 흔들리며 찰칵 찰칵 디지털 카메라처럼 자동으로 몇 컷을 찍어댔다. 두 개의 단추가 풀린 불루 계통의 와이셔츠 사이로 조명등 불빛을 받은 우유 빛 젖무덤이 볼록하게 드러나 있었다. 순간 하얀 살빛의 그녀의 젖무덤에 얼굴을 묻고 싶었다. 그녀의 젖무덤에 입술을 갖다 대면 비릿한 젖 냄새가 날 것도 같다. 힘껏 빨아대면 뿌연 젖이 몽글몽글 입안으로 가득 고여 목안으로 넘어 갈듯도 하다. 아이에게 젖을 물린 적이 있다는 그녀의 유방은 처녀처럼 탱탱하다. 타이트 한 쫄티를 서슴없이 입고 나온 그녀에게 가슴이 예쁘다고 칭찬을 할 때마다 아직은 그래도 쓸만할 걸? 이라며 웃어넘기던 그녀가 오늘처럼 비 오던 날 술에 취해 연이 앞에서 엉엉 소리 내어 울었던 기억 때문에 비 온다는 일기예보를 들을 때마다 세상에서 가장 불행한 여자처럼 울던 그 모습이 떠올라 그녀를 대하기가 조심스러워졌다.

아이를 낳았던 흔적을 지울 수만 있다면 돈 벌어서 제일먼저 배를 성형수술하고 싶다고 울면서 말하던 그녀. 결혼해서 망가진 게 인생만이 아니라 제일 많이 망가진 건 몸 이라고. 목욕탕에 가면 처녀인지 아줌마인지 알 수 있는 게 뭔 줄 아냐면서, 단 박에 터진 배를 보면 알 수 있다고 힘주어 말하던 그녀. 세상 모든 물건도 사가지고 가서 망가지면 AS가 되는데, 왜 여자는 결혼해서 망가진 몸 AS 안되는 거야? 나쁜 새끼! 돈 몇 푼주고 법정에서 뭐라구 그런 줄 알아? 행복하길 바란데. 우습지. 몇 천만 원으로 사람 인생을 사고파는 우스운 세상이야. 뭐? 친구처럼 잘 지내자구? 엿 먹으라구 그래. 그 새끼가 고상한 척 친절한 척은 다 하드라? 택시 잡아 주고 뭐라구 그런 줄 알아? 어려운 일 있으면 연락하래. 어려운 일? 언니. 내가 이혼당한 이유가 뭔지 알아? 더 이상 아일 낳을 수 없다는 거야. 아직도 아들 못 낳아서 대를 이을 수 없다고 쫓겨나는 여자 이해해? 그게 나야. 세 번 중절수술 받고 또 임신을 했는데 양수검사 해 보니까 딸이라 잖아. 시어머니가 그 소리 들자마자 떼라구 그러더라? 그 수술이 잘 못 되서 자궁을 들어내게 될 때도 눈 하나 깜짝하지 않더라구. 날 이혼장에 도장 억지로 찍게 해 놓구 뒤에서 많이 봐주는 것처럼 어려울 때 연락하래. 더 기가 막힌 건 자기보다 좋은 사람 만나라나? 세상에 좋은 말이란 좋은 말은 다 하더라구 그 인간이!

연이는 그녀의 눈물콧물 범벅된 채 울부짖던 소리가 아직도 떨어지지 않은 이명처럼 들리는 것 같다.

"언니, 비 오니까 부침개 생각난다. 그치?"

부침개? 연이는 활짝 웃고 있는 그녀의 환한 얼굴을 보며 자신의 기억을 밀어내듯 그녀의 머릿속에서 부침개가 생각난다는 소리가 반갑게 들렸다.

"언니, 그렇잖아도 이번에 물건 해 올 때 언니 생각나서 양귀비꽃도 해 왔다? 내가 도안 고를 때 얼마나 많은 시간을 투자 하는지 언닌 알지? 시계 액잔데. 이따 들려?"

양귀비꽃? 그녀가 깨진 커피 잔을 담아 놓은 봉투를 찰랑대며 들고 나간다. 양귀비……. 연이의 눈동자가 멈추어 버린다.

비 오기 전 매캐한 흙냄새가 진동할 때면 어머니는 비가 올 것 같다며 시커먼 하늘을 올려다보았다. 연이는 어머니 옆에 바싹 붙어 오늘도 점쟁이처럼 맞힐 수 있을까 그 생각을 하면서 밤을 기다렸다. 자고 일어나면 신기하게도 한 번도 틀린 적 없이 다 알아맞히는 어머니가 용하기만 했다. 연이는 키 큰 향나무 옆에 기대어 있는 활짝 핀 양귀비꽃 밑에서 이야기를 듣던 유년시절을 가끔 떠올리면 눈물이 맺힌다. 그리움 때문도 보고픔 때문도 아니다.

어머니였다. 연이에게 눈물을 머금게 한 사람은. 5월이었다. 할아버지 제사 음식을 준비하던 어머니가 마당으로 나가 양귀비꽃잎을 따서 하얀 행주로 정성스럽게 닦아 소쿠리에 담았다. 뽀송뽀송 하얗던 행주는 붉게 물들어 있었고 어머니의 눈에선 눈물이 금방이라도 떨어질 듯 긴 속눈썹에 간신히 매달려 있었다. 어머니는 물기가 마른 양귀비꽃잎을 유리병에 담아 며칠을 방에 두었다가 거기에 양주를 부었다. 아버지가 아끼는 양주만을 꺼내다가 철철 넘치도록 부었다. 그 넘친 양주 냄새 때문에 머리가 빙빙 돌 것 같아서 구토증이 나도 어머니는 아무렇지 않아 보였다. 그저 잠시 연이와 눈이 마주치면 눈을 치떴다가 멈추었던 손을 다시 바지런히 움직였다. 어린 연이는 떨어질 듯 떨어지지 않은 눈물을 바라보며 차라리 떨어지지 마라며 속으로 마침표를 찍었다.

아버지의 방에 살게 된 여자 때문에 어머니는 몇 개의 꽃술을 담갔지만 그 5월의 양귀비꽃 술은 지금도 연이의 코끝을 자극하는 듯 하다. 어머니의 눈물이 가장 많이 들어갔기 때문이다. 그 기억을 지울 수만 있다면 연이는 사는 게 이렇게 버겁진 않았을 것이다. 연이는 가끔 생각한다. 어머니의 삶 때문에 자신의 삶이 버거워 질 수 있을지도 모른 다는 걸 한 번만이라도 어머니가 생각했더라면 그렇게 쉽게 자신의 목숨을 술병에 담진 않았을지 모른다. 어머니는 아버지의 여자들처럼 당신의 방에 술병으로 남고 싶었던 것일까. 날이 갈수록 술의 농도가 짙어지고 빛깔이 고와지면서 어머니는 무슨 생각을 하였을까. 어쩌면 밤마다 잠을 못 이룬 채 요술쟁이 지니처럼 술병 속으로 들어가 아침이 되어서야 나오진 않았을까. 아버지의 여자들이 하나 둘 밀물처럼 들어와 썰물처럼 빠져나갈 때마다 어머니의 가슴은 시커먼 갯벌이 되어가는 걸 아버지는 한 번쯤 생각해 본 순간이 있었을까. 어머니의 방에서 농도 짙게 우러나던 꽃술처럼 어머니의 눈물도 농도를 더해 갔을 것을 생각하는 연이는 지금도 뼈가 녹아내리는 것 같다.

비 오는 어느 날 어머니는 갑작스럽게 생각해 낸 걸까? 어머니 자신마저 언제나 그 자리여야 하는 아내가 아닌 그저 시들면 버림을 받아도 좋을 계절 꽃으로 남고 싶다고. 마치 어머니를 조롱이라도 하듯 담가놓은 꽃들은 알코올을 머금은 채 빛깔이 우아하게 때론 맛깔스럽게 또 어느 날은 유혹적인 빛깔로 어머니의 온 몸을 꼬집어 댔다. 그 꼬집혔던 자리가 시퍼렇게 멍이 들면서 어머니는 아버지의 아내여서 죽고 싶진 않았을까. 그 긴 세월 혼자서 어떻게 그 가시덤불에 앉아 있었는지 연이는 아직도 어머니의 인내가 의심스럽다. 차라리 못 참겠다고 소리라고 질렀더라면. 연이의 생각 속에 어머니는 결코 영리한 바보가 될 수 없는 여자였다. 단지 여자였을 뿐이다.

비가 온 후라 지하복도가 끈적거린다. 퀴퀴한 냄새를 없애기 위해 방향제를 수시로 갈아 줬는데도 복도엔 여전히 찌들고 묵은 곰팡내가 사람들의 신발에 붙어 옮겨 놓은 듯 낯선 냄새들이 추가되어 새로운 냄새들이 날아다녔다. 웬일인지 미스 현이 오후 1시가 넘었는데도 가게 문을 열지 않는다. 연이는 핸드폰을 여러 차례 해 보지만 여전히 전화기가 꺼져있습니다. 소리 샘으로 연결하겠습니다……. 익숙한 여자의 목소리만 울려 나왔다. 문자를 날려도 답장이 없다. 그녀가 사는 곳도 모른다. 한 번도 그녀의 집에 가 본적이 없기 때문이다. 그녀가 연락을 주지 않는다면 연이는 그녀의 소식을 알 길이 없다. 밤사이 무슨 일이 있었을까?

"모카커피에 생크림은 넣지 마세요."

그 남자가 곤색 양복으로 깔끔하게 차려입고 들어섰다. 이제 연이는 그가 그렇게 말하지 않더라도 모카커피에 생크림을 넣지 않아야 된다는 것쯤은 알고 있는데도 습관처럼 그는 그 말을 뱉어내고 원탁에 앉아 닫힌 미스 현의 가게를 유심히 바라보고 있다. 그의 모습은 다른 날과는 아주 다르게 보였다. 셔터가 내려진 그녀의 가게 안을 투시라도 하듯 그의 눈빛은 레이저 광선을 쏘아 대고 있었다. 커피를 놓고 돌아서는데 그가 연이를 불러 세웠다.

"앞 가게 오늘 문 안 여나요?"

"글쎄요?"

그는 옆 좌석에 놓았던 쇼핑백을 들여다보더니 긴 한숨을 토했다. 그리고 수첩을 꺼내 뭔가를 들여다보고 다시 쇼핑백을 만지작거리기를 반복했다. 몹시 불안해 보이던 그는 벌떡 일어났다. 언제 마셨는지 커피 잔은 비어있었다. 그를 저토록 갈증을 일게 만드는 건 무엇일까. 연이는 그의 목마름이 자신에게 옮겨 붙은 듯 생수를 들이켰다. 그의 초조함이나 망설임이 느껴졌다. 등을 돌려 싱크대에 있던 컵들을 씻기 시작했다.

"이거 좀 전해 주시겠습니까?"

연이는 그가 내미는 쇼핑백을 쳐다보았다. 벌어진 쇼핑 백 틈으로 하얀 것이 보인다. 옷은 아닌 것 같은데, 가붓해 보이는 그것을 진열대 위로 올려 건넨 후 그가 황급히 사라졌다. 쇼핑백을 밑으로 내리려다 비집고 나온 그 것을 손을 넣어 꺼내 본 연이의 얼굴이 쇼핑 백 속의 물건처럼 변했다. 종이 꽃이었다. 하얀 백합 아니 목화 꽃처럼 보이기도 했다.

한 송이를 꺼내 자세히 들여다보니 백합이었다. 쇼핑 백 속엔 활짝 핀 백합이 입술을 열고 있었다. 코를 갖다 대면 백합향이 질식할 만큼 향내를 뿜어 댈 것 같았다. 순간 아찔하게 정신을 흔들어 대는 향에 취해 쇼핑백을 안고 주저앉았다.

　어머니……. 마루를 사이에 두고 건너가지 못한 아버지의 방을 그리워하며 밤새 바스락거리며 만드시던 종이 꽃. 다 만들어 진 꽃은 백합이 되어 어머니 치마폭에 가득 꽃밭을 이루었고, 아침이 되면 어머니는 그 꽃들을 다락문을 열고 대나무 바구니에 넣으셨다. 햇볕 쨍쨍하던 날 무채를 썰어 말리던 대바구니는 틈새에 까맣게 낀 먼지마저도 어머니의 냄새를 담고 있었다. 볕 좋은 봄날이면 어김없이 가지를 말리기 위해 마당으로 나가 앉았고, 가을이면 빨간 고추를 보듬어 바삭바삭하게 말려내던 대 바구니의 외출은 이제 끝일 것만 같았다. 하루 이틀 몇 날이 지나자 다락 안은 온통 어머니의 종이 꽃밭이 되었다. 손만 뻗으면 꽃 수술을 흔들며 백합이 춤을 추었다. 시들 줄 모르는 종이 꽃을 만들어 대던 어머니의 손끝이 무뎌지고 까지기를 반복해도 아버지는 어머니 방으로 발걸음을 하지 않으셨다. 마루를 건너기만 하면 되는데, 그리 먼 길도 아니건만 아버지는 마루의 반쪽만 밟고 오고 갔고, 밤이면 낯선 여자의 웃음소리가 어머니 방문을 부술 듯이 흔들어 댔다. 아버지 방의 방문을 열고 커튼을 걷으면 뿌연 안개가 피어오를 것만 같았다. 아버지가 어머니의 방으로 건너오는 일은 없었지만 어머니는 아버지의 방을 수시로 건너가서 아버지의 벗어놓은 빨래와 낯선 여자들의 화려한 옷가지를 가져다 빨래판에 비벼 대며 빨래를 해서 마당에 널고 있는 어머니를 보고 있으려면 어린 연이는 화가 났었다. 어머니의 그런 행동들이 아버지의 무관심보다 더 미웠고 싫었다. 바보같이 사는 엄마의 등을 날카롭게 물어뜯은 손톱으로 긁어 파서 생채기를 내고 싶었다. 어머니 몸은 목석으로 되어서 아픔을 느끼지 못하는 건 아닐까? 어린마음에 그런 생각을 하며 자고 있는 어머니의 허벅지를 쿡쿡 찔러보기도 하였다. 그러던 어느 날, 아버지는 아버지 방에서 웃음을 쏟아내던 서울여자가 떠나자 아버지도 그 방에서 그 서울여자의 그림자처럼 따라 나갔다. 그 날부터 어머니는 꽃을 만드는 대신 새벽이슬을 밤새 밟고 다니셨다. 미친 사람처럼 동네어귀를 신발도 신지 않고 얼마를 걸어 다니다가 돌아오는 지 어머니의 발은 점점 거칠어져 갔다. 손이 까지는 대신 어머니의 발이 까지고 갈라지던 어느 날부터 어머니의 얼굴은 점점 야윈 달처럼 살을 깎아먹더니 홀쭉하던 배는 점점 불러 올랐다. 잠든 얼굴에 떨어지는 차가운 눈물의 간지러움을 참아내며 어린 연이는 어머니의 한숨을 받아 마셨다. 어머니의 한숨으로 밤마다 배가 불러오던 연이는 어머니가 뱉어내는 한숨으로 다시 어머니의 배가 홀쭉해지는가보다 생각하면서 얼마든지 어머니의 한숨을 받아 마셔도 좋을 거라고 생각했다. 그렇게 어머니의 한숨이 독해질 무렵 아버지가 배부른 서울여자를 데리고 다시 돌아왔다. 그날 밤, 잠든 연이를 안고 아버지 방으로 건너갔고 그 밤 어머니의 방에선 심하게 다투는 소리가 들렸다. 이후로 어머니의 얼굴을 볼 수 없었다. 어머니가 없는 방은 그 날부터 연이의 집에서 사라졌다. 어머니대신 고대기로 머리를 예쁘게 말아 올린 서울여자가 연이의 머리를 아침마다 빗겨 주었고 빗은 머리를 양쪽으로 리본을 만들어 묶어 주었다. 어머니였다면 누런 실 고무줄로 두 갈래로 땋아 내린 머리끝을 묶어 주었을 텐데. 서울여자는 싫다는 연이의 작은 손을 잡고 학교까지 데려다 주었다. 어머니 손처럼 투박하고 까칠하지 않은 보들보들한 하얗고 길쭉길쭉한 손이 싫진 않았지만 왠지 어머니한테 미안해서 손을 자꾸 뺐다가 잡히고 뺐다가 잡히기를 몇 번 하면 어느새 학교 담장 밑이었다. 아이들이 본다고 삐죽 입을 내밀고 있으면, 괜찮아. 서울이모라고 그래. 응? 서울이모는 우리 연이가 좋은데 연이는 그렇지 않나 부네? 서

울이모라고 불려지기를 바라던 서울여자는 결코 연이의 입에서 서울
이모라고 불려지지 않았다. 연이의 작은 입에서 익혀지기엔 서울이모
라는 말이 너무 어려웠던 것일까. 꼭 앙다문 입에 어머니가 만들어 놓
은 엿을 넣고 오물오물 씹으며 서울이모라는 말을 녹여 날마다 삼켜버
렸다. 친절하게 손을 내미는 서울여자에게 서울이모라고 자신도 모르
게 부르게 될까봐. 그러면 어머니한테 더 미안해질 테니까. 연이는 학
교에서 돌아와 텅 빈 어머니 방으로 건너가 다락에서 종이꽃을 가져다
가 마당에 쪼그리고 앉아 양귀비꽃 옆에 땅을 파고 심었다. 그리고 마
른땅에 축축하게 물을 뿌렸다. 그것을 보고 있던 서울여자가 연이 옆
으로 다가 앉았다. 참, 예쁘네? 그런데 오늘 비 온다구 했는데. 종이꽃
이 비를 맞으면 어쩌지? 서울여자는 성큼성큼 걸어가더니 양산을 가
져다 활짝 펼치더니 종이꽃 위에 지붕을 만들어 주었다. 그날 밤, 서울
여자의 말처럼 비가 내렸지만 종이꽃은 무사했다. 날마다 종이꽃 앞에
서 마음속으로 기도를 했다. 어머니가 빨리 돌아오게 해 달라고. 그 기
도 때문이었을까? 조용히 사라졌던 어머니는 또 바람처럼 조용히 돌
아왔다. 어머니가 돌아와 방에 불을 켜자 밤이면 사라졌던 방이 다시
살아났다. 꿈인 듯 돌아온 어머니는 연이를 보고도 웃지 않았고, 돌처
럼 나무처럼 말도 하지 않았다. 그날 밤, 자다 말고 나갔다 들어 온 어
머니의 입에서 심한 악취가 났고 어머니의 한숨을 도저히 받아 마실
수 없을 것 같아 토악질을 하며 아버지의 방으로 건너갔다. 어머니를
놔두고. 아버지의 방에서 서울 여자 옆에 나란히 누워 단꿈을 꾸고 있
는데 아버지가 급히 서울여자를 불렀다. 황급히 뛰어나간 서울여자는
마루를 건너가지 못하고 서 있었고, 열린 방문 사이로 입에 거품을 물
고 죽은 듯이 누워있는 어머니를 연이는 보고 있었다. 그 날 모여든 동
네사람들 틈에서 아버지는 한 방울의 눈물도 흘리지 않은 채 아버지

206

방에서 혼자 어머니가 담가 놓으신 술을 가져다가 마시기 시작했다. 그게 아버지의 혈관을 타고 슬픔의 감각을 무디게 했는지 여전히 아버지의 눈물샘은 열리지 않았다. 어머니의 상여가 나가던 날, 서울여자도 상여의 뒤를 울면서 따라갔다. 그러나 상여를 따라 나간 서울여자는 대문을 열고 돌아오지 않았다. 서울여자는 영원히 어머니를 따라간 것일까? 아버지는 그날도 어머니의 방에서 양귀비꽃 술을 마시고 있었다. 어머니의 49제를 준비하던 새벽 연이는 어머니의 방에 들어가 비어가고 있는 술병을 안고 처음으로 소리 내어 울었다. 그리고 벽장에 눈물로 만들던 어머니의 하얀 종이꽃을 꺼내 술병에 구겨 넣었다. 빛도 없는 다락에서 숙성되고 있는 어머니의 눈물이 섞인, 아버지의 떠나간 여자들을 생각하며 담근, 그 술들을 모두 종이꽃을 담아놓은 유리 항아리에 쏟아 부었다. 찰랑찰랑 술이 차기 시작하고 어디선가 비명 소리가 들리는 것 같아 뒤를 잠깐 돌아보기도 하면서 남은 한 방울까지 모두 부어 버렸다. 그리고 계절도 아닌데 하얀 종이꽃이 진달래가 되어가는 걸 웃으면서 지켜보고 있었다. 어머니의 다홍치마를 연상케 하는 빛깔은 서서히 엷은 보랏빛으로 숙성되어 지고 있었다. 아버지는 어머니를 잃고 뒤늦은 후회를 한 것일까? 알 수 없는 일들이 아버지에게서 일어나고 있었다. 까닭모를 눈물을 흘리는 일이 많아지고 어머니가 쓰던 방으로 짐을 옮기고 어머니가 쓰던 화장대 앞에서 거울 보는 시간이 길었다. 아버지의 변화를 보고 사람들은 쑥덕댔다. 어머니의 혼이 집안을 돌아다녀 그렇다고……. 아버지의 건장하던 몸집도 차츰 연필심을 드러내듯 깎이고 깎여 통통하던 얼굴엔 광대뼈가 앙상하게 드러나 거무튀튀해진 얼굴은 병색이 짙어 보였다. 아버지는 밤마다 쉽게 잠이 들지 못했고 어머니가 만들어 놓은 종이꽃으로 술을 담근 빛깔 좋은 종이꽃 주를 한잔씩 드시고야 잠을 청했다. 유리 항아리속의 술이 조금씩 비워질수록 아버지의 배가 나와야 하는데 아버지의 몸은 점점 더 야위어 갔다. 연이는 까닭모를 병을 아버지가 앓고 계신 건 어머니에게 죄 값을 치르는 거라고 수군거리는 사람들 말을 털어내느라 학교에 가는 길이 고역이 되었었다. 모든 건 그렇게 하나씩 꺼져가고 있었지만 어머니의 꽃들은 시간이 흐를수록 머리를 빳빳하게 세우고 다시 살아나고 있는 듯 보였다. 아버지는 그 옅어진 색깔의 종이꽃 속에서 어머니가 살아서 나오길 기다리기라도 하듯 그 항아리를 안고 잠이 들었다. 아침이면 잔 기침소리를 내며 방문을 열어야 하는데 아무 기척도 없었다. 빗소리 때문에 못 들었나 싶어 어머니방 문을 열자 항아리속의 활짝 핀 종이꽃 속으로 숨은 아버지를 보고 말았다. 아버지! 아버지! 아무리 불러도 아버지는 입을 다물어 버린 종이꽃 속에서 나오지 않았다. 학교에서 돌아오자 형사들이 어머니 방을 샅샅이 뒤지고 있었다. 어머니의 방엔 깨진 유리항아리가 찢어진 창호지 사이로 들어 온 햇살에 칼날을 만들어 챙챙 칼싸움을 하고 있었다. 항아리 안에서 탈출한 구겨진 종이꽃을 펴고 있는데 밖에서 들려오는 잔인한 사람들의 말에 연이는 아무렇지 않은 듯 보이려고 안간힘을 쓰고 있었다. 그렇게 방안의 산산이 부서진 유리항아리처럼 연이의 마음도 부서져 뒹굴고 있었다.

"연이 자를 짠해서 워쩨 본당가요. 지그 어매가 독살을 했다고 하지라. 여자가 독을 품으면 오뉴월에도 서리가 내린다고 허드마는. 온 몸에 독이 퍼져서 죽은 거라하지라? 술을 앵가니 좋아한다 했드마는……. 술 속에 독을 넣어 둘 줄 워쩨 생각이나 했다요. 징한 세상이구만요."

"기집을 보믄 부처도 돌아앉는 다고 안합디여! 연이 자 어매가 기집질 땜시 월매나 속을 끓였는디요."

　방안에서 부서진 가슴을 추스르지도 못한 연이를 이미 더 부서질 것
도 없는 어머니가 꽃 속에서 바라보며 울고 있었다. 그런데 그렇게 꽃
속에서 나오지 않으려고 애쓰던 아버지의 모습은 사라지고 없었다. 반
듯하게 한 장 한 장 펴진 종이꽃을 책가방에 담아 연이는 어머니 욕을
독하게 하던 이웃사람의 손에 이끌려 건너 마을에 양자로 보내졌다.
그 독한 입으로 잘 부탁한다는 인사를 하는 이웃아주머니의 손에서 빠
져나와 돌아서서 가는 아주머니의 등 뒤에 독한 눈으로 찔러댔었다.

　일주일이 되어도 미스 현은 연락이 없었다. 그녀는 왜 연락도 없이
사라져버린 것일까?
　혹여 또 아침에 보이는 것과 낮에 보이는 것을 수첩에 적고 다니는
건 아닐까. 아니 다 못 본 무엇을 보기 위해…… 그렇게 뛰쳐나가고 싶
어 하던 욕망을 누르지 못하고 실천으로 옮긴 건 아닐까.
　굳게 닫혀 진 셔터 문 안의 색실들이 아귀다툼을 하듯 밖으로 뛰어
나올 것 같았다. 색실을 덮고 있을 먼지를 털어주고 환기를 시키고 싶
었다. 액자 속의 살아있는 듯 보이던 꽃들이 다 시들어 꽃잎을 떨구고
있을 것도 같았다. 미스 현이 손수 몇 달 동안 수를 놓았던 아이의 액
자 위에도 뿌연 먼지가 내려 앉아 있을 것 만 같았다. 생일이 며칠 안
남았다고 생일 선물로 보낼 거라면서 활짝 웃던 미스 현. 웃고 있던 아
이가 그 먼지의 무게 때문에 숨도 제대로 쉴 수 없을 것 같았다. 그런
생각을 하고 있는 연이는 후- 참았던 숨을 내뱉었다. 가게 전화번호를
눌렀다. 몇 번의 신호가 울린다. 또르륵 또르륵……. 셔터 문 안에서
울리던 전화벨 소리가 살아서 바닥의 틈을 비집고 빠져 나왔다.
　순간 아이의 완성된 액자를 붙들고 울던 미스 현의 발악하듯 질러대
던 목소리가 가슴에 와서 퉁퉁 북소리를 낸다.

"나, 아이 없이 살 수 있을 줄 알았어. 근데 아냐. 도저히 못 살겠어. 아침마다 샤워 끝내고 거울을 볼 때마다 점점 더 커져가는 내 배위에 있는 아이 집을 볼 때마다 우리 아이가 이 문을 열고 다시 나올 것만 같아서 미치겠어. 날더러 아이 잊고 살래. 이렇게 날이 갈수록 흔적이 짙어지는 데 어떻게 잊어! 공주처럼 키우고 싶었어. 내가 만들어 준 원피스에 내가 정성껏 수를 놓은 옷을 입혀서 손을 잡고 학교도 보내고 발레학원도 보내고 아니 의사를 만들고 싶었어. 판사 아니 변호사? 우리 아인 똑똑하니까 뭐든 잘 할 꺼야. 공부를 시켜야지? 그래. 영어 학원도 보내고……."

그 날 그녀를 그렇게 술에 취한 채 보내는 게 아니었는데. 연이는 자꾸 자기 탓만 같다.

다시 그녀의 핸드폰 번호를 꾹꾹 힘주어 눌러 본다. 신호가 울리고…….

"여기요!"

그 남자였다. 길었던 머리를 짧게 자르고 장교처럼 나타났다. 지난 번에 보았던 얼굴은 어디에도 없었다. 남자도 여자처럼 심경의 변화를 일으키면 머리모양을 바꾸나? 잠시 잠깐 그런 생각을 했다. 그 남자가 테이블에 앉는 것을 보고 연이는 커피깡통을 열고 계량스푼으로 크게 한 스푼 떠서 원두커피를 분쇄기에 넣고 스위치를 누르려는데 그의 떨리는 음성이 귓바퀴를 타고 들어왔다.

"저 지난 번에 부탁드렸던……."

연이는 태엽을 감았다 풀어 놓은 인형처럼 터벅터벅 걸어가 냉장고 모퉁이에 세워 두었던 쇼핑백을 들고 와 그에게 내밀었다. 그리고 그의 축축한 눈망울에 발을 담그고 있었다.

"오늘도 가게 문 안 열까요? 오늘은 꼭 만나보고 가야 합니다. 저 다음주에 군에 갑니다. 연락처 좀 알려주세요. 꼭 전할 말이 있어서 그럽니다."

그 남자의 초조한 눈빛 때문이었을까, 낯설지 않은 음성 때문이었을까 전화기를 밀어주며 미스 현의 전화번호를 메모지에 적어 주었다. 그는 메모지를 들고 잠시 망설이더니 수화기를 들고 버튼을 꾹꾹 눌러댄다. 그의 손이 떨리고 있다. 그 떨림을 지켜보고 있는 연이의 마음에 조급함이 전해지는 듯 입술이 바짝 말라있다. 생수를 꺼내 그에게 내민다. 그러나 그는 몇 번째 받지 않는 미스 현의 가게 문을 두들겨 대고 있다. 잠시 그가 수화기를 내려놓더니 가게 앞으로 뛰어간다. 그리고 셔터를 흔들어댄다. 그러기를 몇 번 반복하던 그가 모여든 주위의 사람들을 의식했는지 무릎을 꿇고 자물통을 만지작거린다. 그 때였다. 미스 현의 옆 가게 KTF대리점 황 아저씨가 나오더니 연이에게 와 보라고 소릴 지른다.

"우리 가게 좀 들어가 봐. 이상한 냄새 안나요? 며칠 전부터 썩는 냄새 같은 거 나서 죽겠어! 수채 구멍에서 올라오나 해서 락스를 한통이나 부었는데. 지금도 나지? 미스 현 오면 청소전문업체에 부탁해서 이번 참에 같이 하자고 의논 좀 하려고 했는데 영 문을 열지 않네? 무슨 일 있대?"

잘 모르겠다고 말하고 돌아서려는데 셔터의 자물통을 만지던 그가 연이를 올려다보았다. 그의 손에는 이미 열린 자물통이 들려져 있었다.

"잠겨 있지 않고 이렇게 걸쳐있기만 하던 걸요?"

순간 휙– 연이의 등 뒤로 찬 바람이 지나갔다.

"언니. 모르는 소리 마. 이건 미제야. 자물통이라 구 다 같은 가? SECOM 설치하는데 일 이 만원인 줄 알아? 설치비만 드나? 다달이 관리비는 어쩌구. 누가 뭐래도 이게 최고야. 비밀번호 모르면 열지도 닫지도 못하는 거라구. 봐……. 이 가게가 내 남은 인생을 책임져 줄 텐데. 잘 지켜야지. 이거마저 못 지켜낸다면 난 아무것도 할 수 없을 걸? 번호를 이렇게 입력해서 잠가야만 자물쇠가 잠긴다 구."

얼마 전 어디서 사왔는지 미스 현은 투박하게 생긴 자물통을 사가지고 와서 으스댔었다. 남자는 셔터 문을 잡고 잠시 생각에 잠긴다.

"열어 봐요. 그러고 있지 말구!"

황 아저씨의 목소리에 힘이 들어가 있었다. 남자는 두 손으로 셔터를 올렸다. 크르르릉……. 쒸익! 셔터가 쇠 부딪히는 소리에 털컥 걸리며 훤히 가게 안이 드러났다. 순간 누구라고 할 것 없이 모두 입에 손을 얹고 고개를 돌리고 있었다. 소리를 질러 댄 건 지나가던 몇몇 행인들이었다.

"경찰에 연락 해!"

황 아저씨는 투 두두 둥……. 구둣발 소리를 타고 복도 끝 경비원실로 뛰어가고 연이는 멍하니 눈만 껌뻑이고 있었다. 그 때, 쓰러져 피를 흘리고 있는 미스 현 쪽으로 들어가 무릎을 꿇고 그가 소리쳤다.

"안돼!!! 안돼!! 크윽 윽……."

그의 눈물이 떨어지며 벼락 치는 소리가 났다. 그의 통곡이 연이의 놀란 가슴을 잘 익은 홍옥을 두 쪽으로 쫙-쪼개듯 물이 툭 튈 정도로 정확하게 쪼갰다. 잠깐사이 썩는 냄새와 퀴퀴하고 비릿한 지린내가 복도를 미끈거리듯 흘러나오고 있었다. 그 자리에서 움직이면 흘러나온 냄새들이 찐득찐득하게 구두를 풀처럼 붙여버릴 것만 같았다. 눈물로 범벅이 된 연이의 눈에 흐릿하게 보인 건 미스 현의 손에 들려진 아이 액자였다. 활짝 웃고 있는 아이의 핏기 없는 하얀 얼굴에 미스현은 수혈을 하고 있었다. 풀어진 머리로 가려진 눈은 감지 못했을 것이 분명했다. 미스 현이 그렇게 만나보고 싶다고 말하던 오늘이 아이의 생일이다. 아이는 이 시간에 무엇을 하고 있을까.

경찰이 도착해서 아수라장이 된 미스 현의 가게 안을 둘러보고 사진을 찍어대고, 열린 금고 안을 살피고, 나뒹굴고 있는 액자와 수백 가지도 넘는 색실들을 밟아대고 있었다. 구둣발에 밟히고 있는 색실들은 그래도 여전히 빛깔이 고왔다.

가게에서 나온 건 들것에 실린 미스 현뿐이었다. 다른 건 그대로였다. 경찰의 입에서 나온 강도사건이라는 말이 뜸했던 사람들의 발걸음을 바쁘게 했다. 연이는 지하상가 사람들의 대책회의에서 혼자 빠져있었고, 처음으로 모카커피에 생크림을 넣지 않고 마시고 있었다. 이 맛 때문에 그 남자는……. 이런 생각을 하고 있는데 누군가 유리탁자를 두들겼다.

그 남자였다. 남자의 얼굴은 빨갛게 상기되어 있었다. 얼굴엔 송골송골 땀이 맺혀 있었다.

그는 잠시 고개를 숙였다가 자리에 앉는다.

"모카커피죠?" 연이의 말을 기다렸다는 듯이 그가 고개를 끄덕인다.

분쇄기 돌아가는 소리 때문이었을까. 먹먹하게 들리는 말이 있었다. 그가 누나라고 부른 것도 같다. 그러나 고개를 돌려 그를 볼 수 없었다. 생크림 병뚜껑을 열었다 닫으면서 머리를 흔들었다. 다 떨어지지 못한 말들이 부딪히며 울어댄다. 누이? 누나? 누님? 누…….

커피를 내려놓고 돌아서려는데 그가 수첩에서 누렇게 변색된 사진을 꺼내 연이에게 내민다. 그가 내민 사진 속엔 서울여자와 함께 양귀비꽃 옆에서 곧 울 것 같은 얼굴을 한 어린연이가 있었다. 그 울 것 같은 눈 속에 잊고 싶었던 기억이 찰랑였다. 아버지는 사진기를 들고 "김치! 해야지."한다. 그때 행복해하던 서울여자와 아버지의 눈빛이 챙챙 부딪히는 소리를 내서 귀를 막고 있었다.

  사진 속의 서울여자는 세월이 이렇게 많이 흘렀는데도 여전히 젊고
예뻤다. 연이는 사진을 놓지 못하고 있었다.

  "기억하세요? 서울이모? 그 분이 제 어머니세요. 돌아가시면서 주
신 사진과 유서예요."

  연이는 그의 말을 차분하게 끝까지 듣고 있었다. 유서를 다 읽고 넋
나간 사람처럼 앉아있는 연이의 손을 잡았다 놓으며, 커피를 마시려던
그가 말했다. 받아들이기 힘들겠지만……. 한다. 연이는 그의 입술 속
에 담겨진 더 많은 말들을 파내어 버리고 싶었다. 그의 생각처럼 받아
들이기 힘들어서가 아니라 받아들이고 싶지 않았다. 살아온 세월 속에
겹겹이 미움의 집을 얼마나 튼튼하게 짓고 살았던가. 그걸 한순간에
무너트려 버려야 한다는 것. 그건 연이의 삶 전체를 뒤 흔드는 일이 될
지도 모른다. 살아갈 이유에 대해 살아오면서 수없이 조심할 것들 하
지 말아야 할 것들 믿지 말아야 할 것들을 정신의 집에 원칙을 세워놓
고 살아왔는데……. 연이의 표정에 담긴 생각들을 읽고 있기라도 한
듯, 그가 닫혔던 입을 조심스럽게 뗀다. 엄마는……. 집안에서 결혼을
반대해서 아이를 낳아 놓고도 품에 안아 키워보지도 못하고 서울로 가
서 숨어버렸지만 결국, 아버지의 손에 이끌려 시골로 내려올 수밖에
없었다고. 아니 다시 시골로 내려와서 살 수 있었던 건 단지 연이 때문
이었다고 말하고 있다.

  "다행이에요. 누이가 아니여서. 경찰서에서 얼마나 다행스럽다고
생각하면서 여기까지 달려왔는지. 젊었을 때 엄마모습하고 앞 가게 여
자하고 너무 많이 닮았더라구요. 그래서…… 누이가 시골 양부한테서
도망쳐 나와 고생을 한다는 소릴 듣고 어머니가 속앓이 많이 했어요.
그래서 데려오려고 했었는데 누이가 자취를 감춘 뒤여서……. 지난 번
시골에 갔다가 누이를 만났다는 사람이 여기 지하상가를 알려줘

서……. 그런데 이 꽃 보고도 몰랐어요? 엄마는 누이가 이 꽃을 보면 알지도 모른다고 했는데. 돌아가실 때까지 열심히 만드셨어요. 누이가 이 꽃을 가지고 놀던 게 자꾸 눈에 밟혔다면서…… 엄마라고 한 번 말도 못해보고 떠나 왔다고 얼마나 한스러워 하셨는지…….”

엄마가 돌아가시고 달콤한 생크림을 먹으려면 어머니의 쓰디쓴 인생이 걸려서 도저히 먹을 수 없었다고 했다.

연이는 지금 그 남자가 앉아서 미스 현을 지켜보던 자세로 생크림이 삭제된 모카커피를 마시며 미스 현의 가게를 들여다보고 있다. 사고현장 보존이라고 쓰여 진 노란 테이프가 지나가는 사람들이 일으키는 바람에 살랑인다. 액자 속의 아이가 동그란 눈을 반짝이며 살려고 발버둥치는 미스 현의 모습을 보고 있었을 것을 생각하니 갈라진 가슴팍 사이사이에 이물질처럼 끼어있던 매캐한 농약냄새가 스물 스물 목으로 넘어오는 것 같아 컥컥 헛기침을 해댔다. 속눈썹에 걸린 눈물이 이슬처럼 아슬아슬 붙어 있다가 뺨을 타고 또르륵 굴러 떨어진다. 눈물 때문일까. 인연이라는 간판의 글자가 흔들린다.

‘모카커피에 생크림을 넣지…….’

연이는 혼잣말을 끝내지 못한다. 이제 누구처럼 모카커피에 생크림을 다시는 넣어 마실 수 없다면 그건 양귀비꽃 때문이야, 아니 부서져 버린 내 기억 속의 시간들 때문이야, 아니 종이꽃을 만들 던 두 여자 때문이야…….아니, 닿지 못한 미스 현의 모정 때문이야!

“부동산이죠? 여기 동부 가 109호예요. 가게 내놓으려구……요.”

연이는 들고 있던 커피 잔에 아른거리는 영상을 지우기 위해 남아있는 커피를 후룩 마셔 버린다. 사라진 영상이 목구멍에서 기어 올라온다. 끄윽– 긴 트림을 하며 놓았던 사진을 다시 들여다본다. 여전히 울지 못한 채 눈물을 삼키고 있는 연이가 있다. 그 옆으로 서 있는 사람의 얼굴이 희미하다. 누구의 얼굴인가. 눈을 감았다 떴을 때 희미하던 얼굴 하나가 사라진다. 사라진 얼굴 위에 손가락을 대 본다. 뜨겁다. 피부가 순식간에 피식 붙어버릴 것 같다. 그때 핸드폰의 벨이 울렸다. 누구인가. 연이는 울고 있는 핸드폰의 번쩍거리는 불빛을 바라본다. 등대 같다. 깜박깜박…… 연이는 무언가를 깊게 생각하고 있다. 쉽게 끝나지 않을 상념을 잡고 오래도록 저 불빛에 의지하고 싶다.

　등대…… 길을 알려주지 않아도 그 불빛만으로도 지금은 충분하다. 또르륵 또르륵…… 아직은 불빛이 살아있다.

화식조 火食鳥

눈 길에 모래 바람이 섞이어 분다. 어디선가 푸드득 거대한 날갯짓을 하며 깃털을 날리며 날아오르고 있는 화식조가 보인다. 목에 걸린 깃털이 유난히 빨갛다. 햇살을 받아 불꽃이 더 활활 타오른다. 그 불꽃이 떨어지면 세상을 다 태워버릴 것 같다.

화식조(火食鳥)

흔들리는 버스 위로 '텅텅.' 벼락 치는 소리가 났다. 순간, 겁에 질려 있는 사람들의 눈 속으로 커다란 바위가 깊숙이 가라앉는다. 아악! 사람들의 비명소리가 길게 다시 가늘게 늘어졌다간 올라붙었다. 입천장에 붙어있는 비명을 떼어내느라 사람들은 모두 입으로 손을 갖다댄다. 지금은 조금 전까지 서로를 몰랐던 사람들이 아니다. 서로의 얼굴을 익히는데 그렇게 몇 분 몇 초의 시간도 걸리지 않았다. 끼익- 차바퀴가 멈추는 속도보다 먼저 또 하나의 암석이 굴러 1차선의 한길에 아스삭 부서지고 다시 깨진 돌이 굴러 난간을 부수고 파편을 동반하고 계곡 아래로 떨어진다. 떨어지고 부서진 건 바위만이 아니었다. 멀쩡한 건 어디에도 없었다. 사람들의 입에서 줄줄 풀려나오는 건 망가진 말들, 잘린 말들이다. 어머머……

서로 잡아당겨 떨어진 단추는 회색 버스바닥에 먼지와 엉키어 뒹굴었다. 누구의 것인지 부러진 손톱에 낀 살점과 혈흔이 지성의 모직바지에 도깨비바늘처럼 붙어있었다.

금방이라도 사람들의 아우성이 온 산을 덮을 듯 하다. 그러나 그 혼란스러움에도 지성은 의자 뒤에 기대어 잠바를 여미고 깊은 잠에 빠진 듯 하다.

"아저씨! 일어나세요. 버스에서 내려야 돼요."

눈을 뜬 지성은 코앞에서 떠들어 대는 여자의 목소리를 털어내려고 한다. 그러나 자신의 어깨를 흔들어대는 그녀를 밀어내지 못하고 눈을 뜬다. 눈앞엔 알록달록한 치마에 자줏빛 가죽잠바가 차례로 보였고 다음 순간 여자의 시선과 마주쳤다. 여자의 호들갑은 입고 있는 치마만큼이나 파장이 길었다. 지성은 그 여자가 내려다보는 계곡 아래로 시선을 잠시 꽂는다. 이미 버스에서 내린 사람들은 웅성거리며 아래로 떨어진 바위덩이와 찌그러진 버스 천장을 보며 알아들을 수 없는 말을 내뿜고 있다. 그 입에 불을 붙이면 확– 번질 것 같다. 유리창 밖의 사람들은 모두 같은 얼굴이다. 지성은 다시 눈을 감는다. 웅성거림이 멀어졌다가 다시 아련하게 다가오는 듯 하더니 이내 잠잠하다.

눈을 다시 떴을 때 유리창밖으로 보인 건 똑같은 자세로 쪼그리고 앉아있는 인형들이었다. 동화책에서 뜯어 낸 한 장의 생생한 그림 같았다. 그 때였다. 고정 핀이 뽑힌 듯이 여유롭게 비행하는 새 한 마리가 보였다. 날고 있는 새, 멈춘 사람들, 그리고 얼룩진 유리창 안에서 유일하게 발을 동동 구르고 있는 낯선 여자. 창 밖엔 새만 살아있었고 버스 안엔 그녀만 살아있었다. 지성은 갑자기 세상이 소리를 삼켜 버린 듯한 진공상태를 느낀다.

새는 아직도 날고 있다. 찌그러진 버스 위를.

잠시 후, 마술에서 풀린 듯 쪼그리고 앉아 있던 사람들이 하나 둘 일어나더니 버스기사와 열을 올려 얘기를 주고받는다. 새, 날고 있던 새가 맴을 돈다. 날개를 활짝 펴고 작은 원에서 점점 지름을 넓혀가면서 잠든 아이를 안고 핸드폰으로 누군가와 통화를 하고 있는 여자 위로 빙빙 돌며 비행을 하고 있다. 그 날고 있는 새를 버스 유리창을 통해 여자와 지성이 쳐다보고 있다. 햇살이 손자국으로 얼룩진 유리창을 뚫고 지성의 얼굴에 와서 박힌다. 지성은 다시 눈을 감는다. 그리고 다시 흔들리던 버스가 제 몸을 다시 흔들며 달려주길 기다린다.

아직 정선까진 멀었는가. 눈을 감은 채 지성은 주머니속의 편지봉투를 힘껏 쥐었다 풀었다. 구겨진 편지봉투 안의 글들이 비집고 주머니 밖으로 튀어 나올 것 같아 아귀의 힘을 풀어 놓는다.

순간 하늘을 빙빙 돌던 새가 유리창에 와 '텅' 부딪힌다. 그 찰라 지성의 입에서 화.식.조……짧은 탄성이 터진다. 지성은 눈을 떠 유리창에 남아있는 새의 흔적을 넋 나간 사람처럼 보고 있다. 핏자국인가 얼룩인가. 새가 닿았던 곳에 지도처럼 무늬가 남아있다. 손가락으로 그 얼룩을 만져본다.

"어머. 카이로 같아요. 이집트의 수도 카이로요."

여자는 호들갑스럽게 지성이 보고 있는 유리창에 새로 생긴 흔적을 그렇게 이름 지어 부르고 있었다. 여자는 밖의 소란스러움에서 이미 너무 멀리 벗어나 있었다. 버스 안엔 이미 지성도 그녀도 없었다. 텅 빈 버스만이 흔들리고 있었다.

두 사람은 어디선가 불어오는 황색바람을 눈을 감은 채 그대로 맞고 있었다. 끝이 보이지 않는 지평선을 두 사람의 그림자는 나란히 걷고 또 걸었다. 뒤에서 낙타 울음소리가 들리는 것도 같았다. 꺼억 꺼억……. 목이 마르다고 여자가 잠시 걸음을 멈추었을 때 지성은 그녀의 손을 잡은 것도 같다. 그리고 다시 어깨를 나란히 하고 걸었다. 그 위로 화식조가 처음으로 날개를 펼쳐 들었다. 파드득 휘청휘청 늘어진

날개 밑으로 그림자가 만들어진다. 그 그림자 밑으로 지성은 걸어가고
있다.

1

　아침햇살이 찢어진 커튼 사이를 비집고 날카롭게 찡그린 얼굴에 와
서 회를 쳤다. 따가움이 눈꺼풀 안으로 스며들었지만 손을 간신히 들
어 눈 위에 얹을 뿐 별다른 행동을 취할 수 없었다. 콧속으로 화한 냄
새가 간질거리며 벌레처럼 기어들어 왔다. 순간 털이 보송보송 나있는
송충이가 생각나서 고개를 돌려 잔기침을 해댔다. 강원도 정선군 사
북6리 106번지. 여기까지 왜 왔는가……. 지성의 목구멍에 불이 붙은
듯 싸-하다. 숨을 쉴 수 없을 것 같아 입을 최대한으로 크게 벌렸을
때였다.
　"선생님. 아직 안 일어났어요?"
　문을 열자 머리에 수건을 똬리를 틀 듯 이마위로 감싼 채 수돗가에
앉아 있는 그녀가 보였다. 그녀는 세수대아의 물을 만지작거리며 씨익
웃고 있었다. 하얀 이가 너무 아름답게 보였다. 그녀의 이름만큼이나
예쁘고 하얀 이. 몇 날을 닦지 않아도 변색이 되지 않을 것 같은. 어떤
음식을 먹어도 그 찌꺼기가 이 사이에 끼거나 이에 흔적을 남기지 못
하고 미끄러져 뽀득뽀득 소리를 낼 것 같은 이. 어제 밤에는 보지 못했
던 그녀의 하얀 이가 유난히 아침햇살에 반짝였다.

　"내 이름은 연희예요. 연꽃 연 자에 바랄 희."
　지성의 귀에는 점순인 듯 점례인 듯 가물가물 이름이 멀어진다. 실

상 그녀의 이름이 연희인들 아니 진짜 점순인들 아무 상관없는 일이었다. 그러나 303호실에 머물고 있는 미스 김의 말처럼 먹고사는데 덫을 건 그녀에겐 어떻게 불려지는가가 중요한 문제일지도 모른다. 아무튼 그녀가 듣길 원하는 연희라는 이름은 참 곱다는 생각이 들었다. 어제는 더욱 더. 어제…….

'나에게 무슨 일이 있었던 가?' 지성의 호흡이 거칠어진다.

어제 새벽, 집으로 들어서던 그녀는 아저씨 혼자 먹는 해장국 별룬데 함께 가지 않을래요? 라며 쪽마루에 걸터앉아 담배를 피우고 있던 지성의 팔을 잡아끄는 바람에 어쩔 수 없이 따라나섰었다. 다 쓰러져가는 골목길을 15분쯤 지나서야 그녀는 서울해장국집이라고 씌어진 곳으로 들어갔다. 해장국집 안엔 눈이 뻘겋게 충혈된 남자들이 따로 떨어져 이른 해장국을 먹고 있었다. 머리는 까치집처럼 헝클어진 채 신문을 읽고 있는 사람, 뜨거운 국물을 후루룩 소리를 내며 거칠게 먹어대는 사람, 나오지 않은 해장국을 기다리며 먼저 나온 밑반찬을 입에 여물 넣듯이 밀어 넣는 남자, 그 한쪽으로 40대가 훨씬 넘어 보이는 여자가 담뱃재를 스테인리스 밥그릇에 떨어내고 있었다. 이미 여자는 술에 취해 있었고, 반쯤 남은 해장국은 다 식어 밥알이 퉁퉁 불어 있었다.

"아저씨! 저 사람들 밤새 카지노에서 돈 털어 넣고 온 사람들이다? 저 사람들 주머니에 달랑 천 원짜리 몇 장만 남아있을 걸?"하며 지성의 귀에 대고 속삭였다. 그녀의 말은 다 못한 듯 계속 지성의 귀를 간지렀다. 식사가 끝나면 거리를 배회하다가 다시 카지노로 돌아갈 꺼라 했다. 저렇게 돈 다 잃고도 그 잃은 돈에 대한 미련 때문에 집으로 돌아가지 못하는 사람들 수없이 봐왔다고. 한 번만 더 하면 꼭 대박 터질 것 같아서.

　그 한 번만 때문에 상거지 중에 상거지가 되어 카지노 앞에서 만 원 짜리 한 장에 머리를 숙이며 구걸하는 인생이 되어버린다고. 가족들이 찾아와도 절대 함께 떠나는 걸 본 적이 없다고. 세상이 온통 병들어 가는 것 같다고 덧붙이던 연희의 입술이 뜨거웠다. 그 뜨거운 입술에서 흘러 나오는 말들은 신문의 사회면을 훑어 읽는 것처럼 느껴졌다. 지성은 그녀의 이야기를 들으며 눈을 감았다. 그녀의 형색과 얼굴에선 절대 어울릴 수 없는 어투와 선택되어져 나오는 어휘가 사람들의 시선을 끌어당겼다. 사람들의 시선속에 지성은 갑갑하게 갇혀있었고 그녀의 입술은 더 붉게 불타고 있었다.

　그녀가 선생님이라고 부른 것이 낯설어 헝클어진 머리를 쓱쓱 손가락으로 쓸어 올리며 눈인사를 했다. 선생님? 얼마나 신성한 이름인가. 지성은 어려서부터 꿈이 무엇이냐는 질문란에 선생님이라고 썼었다. 왜 선생님이 되고 싶었는지 논리적으로 설명할 순 없었지만 어린 나이에도 선생님은 세상의 가장 으뜸인 사람이라고 생각되었었다. 그래서 그녀가 선생님이라고 불러 주었던 게 싫지 않았는지 모른다. 하지만 아침에 듣는 선생님이란 호칭은 지성의 얼굴을 뜨겁게 했다. 아주 조신하게 선생님이라고 부르는 그녀의 입술이 잘 익은 앵두 같아서 지성은, 단숨에 그녀의 입술을 먹고 말았다. 순간 그녀의 커다랗게 열린 눈동자의 흔들림 때문에 동시에 지성의 눈은 그 빛에 쫓기어 달아나고 말았다. 고개를 숙인 채 한 말은
　"미안해요. 나도 모르게……."
　변명이라고 하기엔 너무도 궁색했다. 그러나 달리 할말을 찾기엔 속이 투명하게 들여다보일 것 같았다. 그런데 뜻 밖에도 그녀는 그 말을

주워 먹고 두 손을 뒷짐 진 채, 눈을 감았다. 그리고 입술을 내밀었다.

지성은 어제 밤, 유난히 번쩍이던 그녀의 입술을 더듬어 본다. 서 버린 시계바늘을 돌리듯 와 버린 시간만큼 그 자리에 되돌아가 쿵쿵대며 그녀의 몸에 배어 있던 향수를 찾기위해 털 없는 개가 되어있었다.

털 없는? 순간 침이 꼴깍 넘어갔다. 아침에 읽었던 신문의 상단에 차지한 시의 한 행이 떠올랐기 때문이다.

'사람의 털을 벗겨버린 신의 뜻은 상처를 입으라는 것이기 때문이다'

신의 뜻이라고? 상처를 입히는 것이!

지성은 신문을 돌돌 말아 가지고 나와서 반복해서 읽었다. 두통은 온 몸으로 전위되는 듯 머리만 아픈 것이 아니었다. 아랫배까지 묵직하게 통증이 느껴졌다. 며칠 째 볼일을 다 못 본체 나와 버린 후 종일 시내를 걸어 다녔다. 사채업자가 내민 주소를 가지고 아주 험상궂은 표정으로. 그러나 온 종일 험상궂은 자신의 표정으론 누구도 겁을 내거나 사람의 흔적을 찾을 수 없어 애꿎은 담배만 물어뜯었다.

'여긴 나보다 더 험상궂은 표정으로 햇빛을 피해 다니는 사람의 그림자뿐이야.'

지성은 그런 생각을 하면서 낯선 골목길을 발에 물집이 생기도록 걸어다녔다.

가슴이 답답했다. 이 곳은 빚쟁이와 그 빚을 받아내려는 사채업자 그리고 전당포 앞에서 돈을 지키는 사람의 탈을 쓴 개들이 범람하고 있었다. 자신보다 이빨을 더 날카롭게 드러내고 돈을 쫓는 사람들 속에서 사람을 쫓는 오늘은 개다. 이런 생각들을 털어내지 못하자 수치심으로 온 몸이 화끈 달아올랐다. 지성은 돈 냄새와 사람냄새를 맡으려고 코를 벌름거리며 돌아다녔으나 이내 지쳐 혀를 쭉—빼고 헉헉대며 돌아와야 했다. 찾고자 하는 사람도, 돈도 모두 허사였다.

　사냥을 끝내고 돌아 온 개처럼 혀를 쑥 빼물고 지쳐 돌아 온 지성에게 그녀가 술 한 잔 같이 할 수 있느냐며 그녀는 지성을 그녀의 방에 들여놓았다. 진달래 꽃 잎을 온 방에 뿌려놓은 듯한 조명등 아래 그녀는 속이 훤히 들여다보이는 속치마를 입고 있었다. 그 위에 카디건을 걸치고 있었지만 단추를 채우지 않아서 볼 마음만 있었다면 그녀의 속살까지도 다 볼 수 있었다. 그러나 지성은 차마 얼굴을 들 수 없었다. 그의 눈은 그녀를 피해 그녀의 방에 빼곡하게 서있는 책들을 보고 있었다.
　이 방문을 열고 들어오기 전 지성의 머릿속에서 상상했던 헛된 수고를 그녀는 단숨에 꺾어 버리고 만 것이다. 그렇다면 지성의 머릿속에 그렸던 그녀의 방에 있어야 할 것들은 모두 어디에 숨겨져 있는 것일까. 지성은 보물찾기를 하는 기분이었다. 마치 그녀가 자신에게 태클을 걸어 온 것 같았다. 그녀의 방엔 당연히 있어야 할 것들이 없었다. 아니 상상도 할 수 없었던 문학 서적들이 서 있거나 누워 있었다. 몸을 상품으로 팔아가며 생계수단으로 살아가는 그녀의 방에 이런 것들이 있다는 건……. 성에 관련된 책이라면 모를까. 지성을 더 놀라게 한 것은 자신이 한 번도 읽어보지 못한 책들이 그를 조롱하듯 비웃는 것 같아 눈을 어디에도 고정시킬 수가 없었다. 그때였다. 그녀가 입을 열었다.
　"선생님. 한 잔 하세요. 오늘 기분 드러운 날이었어요."
　그녀는 벌써 담배를 입에 물고 불을 붙이고 있었다. 그녀의 빨간 입술이 립스틱 칼라 때문이 아니고 열을 받아 그런 거라고 생각되었다.
　"오늘따라 몸이 좋지 않아서 마지막 손님 받지 말까? 하다가 소개받아 온 손님이라 거절할 수 없어서 받았더니……. 재수 없어! 사짜 붙은 놈들 하나같이 다 똑같다니까! 흰 가운 입었을 때나 지들이 의사지 여기까지 와서까지 재려고 한다니까? 내참 더러워서. 옷 벗겨 놓으면 다 똑같은 것들이. 강원도 골짜기까지 와서 카지노 밥이나 대는 주제에. 지들이 무슨 인술을 펼친다고. 역겨워. 노름하던 손으로 배를 가르고 생명 줄을 잡고 흔든다고 생각하면 구역질이 나.”

그녀의 손은 파르르 떨리고 있었고 그 떨림은 담배를 다 피우고 능숙하게 재떨이에 비벼 끌 때까지도 계속되었다. 그녀는 재떨이를 문 쪽으로 밀어놓고 자세를 고쳐 앉았다. 그리고 캔 맥주를 벌컥벌컥 들이마시고는 힘주어 캔의 허리를 잘랐다. 꾸르륵……. 캔의 허리가 잘록하게 잘린 채 재떨이 옆으로 나 뒹굴었다. 지성은 자신의 허리가 잘록하게 잘린 듯한 흥분이 파장을 일으켰다. 여자답지 않은 아귀의 힘이었다.

“선생님. 안 마셔요?”

지성은 마른 입술에 캔을 갖다대고 한 모금 들이켰다. ‘꿀꺽’ 목선을 타고 거품과 함께 시원한 맥주가 넘어갔다.

“선생님. 모 하는 사람이에요? 아니 이렇게 물으면 기분 나쁜가? 난 선생님을 여기서 다시 만나서 얼마나 놀랬는지 알아요?”

여자는 발그레해진 얼굴을 지성의 얼굴에 바짝 붙이고 말했다. 그런데 그녀가 정말 미안한 얼굴로 재 질문할 문구를 찾는 동안 그녀의 반짝이는 눈에서 별을 발견했다. 늘 보던 새벽 별보다 초롱초롱한 그래서 그 빛이 눈물이 되어 흘러내릴까 쓸데없는 생각을 잠시 했다.

“그런데 왜 아저씨라고 안하고 선생님이라고 하지?”

“음……. 오늘 내가 읽은 책 속에 나오는 윤희중이란 인물하고 이미지가 많이 닮은 거 같아서…….”

　말끝을 흐리던 그녀가 입술에 흐르는 맥주를 혀를 내밀어 반원을 그리며 달싹였다. 순간 그 혀가 지성의 마음을 흔들어 놓았다. 이성을 뒤흔들고 닫혔던 감성의 모든 감각기관을 건드렸다. 열린 마음에 염증이 났다. 더 이상 인간이고 싶지 않았던 순간들의 기억들을 되잡고 잠시 생각에 잠겨 있다가 잡고 있던 캔을 내려놓고 일어서려 할 때 그녀가 그의 손을 잡았다.

　"오늘. 나랑 같이 있어줘요."

　그녀는 입고 있던 가운을 벗고 속치마의 끈을 한 손으로 내린다. 사르르 그녀의 몸에서 속옷이 벗겨지고 있다. 바나나 껍질이 벗겨지듯 그녀의 하얀 나신이 드러났다. 분홍 조명등 때문이었을까? 마치 깡통에서 막 꺼낸 백도를 가슴에 엎어놓은 듯 보인다. 입술을 갖다 대면 단물이 물컹하게 흘러나올 것 같이……. 그녀는 그의 생각보다 먼저 지성의 머리를 안아 그녀의 가슴에 갖다 대었고 그의 입술은 그녀의 가슴에 엎혀진 백도를 한입에 삼키고 있었다. 눈을 뜨지도 못하고 몇 초 몇 분이 그렇게 흘렀다. 그가 백도를 먹는 동안 그녀의 입술에선 이야기가 흘러나오고 있었다.

　오늘 내가 읽은 책제목은 무진기행 이었는데…….여자의 얘기는 김이 모락모락 나고 있었다. 하얗고 미끈한 가래떡이 둔중한 기계를 빠져나와 받아놓은 물속으로 쑤욱 들어앉듯 지성의 가슴속에 차곡차곡 쌓이고 있었다. 한입 베어 물면 그 뜨거움 때문에 잇몸과 입천장이 홀라당 벗겨질 것 같았다.

　여기도 땅값이 무척 뛰었대요. 곧 허물고 다시 호텔로 짓는다고 하던데. 사북의 마지막 여인숙. 선생님. 저 맨 끝방에 안 가보셨죠. 그 방에서 새벽에 여자우는 소리가난데요. 사실 그 방에서 목매달아 죽은 여자가 있었는데……. 여기 주인아줌마의 딸이었죠. 마약을 한 남편이

딸을 성폭행한 거였대요. 아줌마는 그길로 짐을 싸서 절로 들어갔어
요. 그래서 여기서 나온 방세를 절에 헌납하는 거죠. 어제 아저씨가 본
스님은 아줌마 심부름 온 거예요. 아줌마는 여기 팔리면 딸의 영혼을
위해서 절을 짓는다고 하던데……. 연희는 하던 말을 갑자기 멈추었
다. 그녀의 한숨이 짙어진다. 그 입술에 피리를 갖다대면 휘이휘이 귀
신소리가 날 것 같았다. 미스 김이 왜 그 방 옆에 묵는지 모르죠. 미스
김이 묵고 있는 303호는 사연이 많죠. 미스 김이 신혼여행 와서 묵었
던 방이래요.

　말허리를 자른 그녀가 벌떡 일어나더니 선생님 우리 진실게임해요
했다. 두 사람은 하나씩 질문을 했고 서로의 무릎 앞에 놓여진 흰 종이
에 답을 썼다. 그리고 부채처럼 서로의 답을 펼쳐들었다. 지성의 손엔
그녀가 쓴 답이, 연희의 손엔 지성이 쓴 답이 공작처럼 활짝 펼쳐져 있
었다. 지성은 들고 있는 카드를 읽는다.

　(친구가 소개해 준 곳이 카이로라는 스탠드바였어요. 세 살 때. 엄마
라고 불러 보는 거. 첫사랑 아직. 내 고향은 서울. 돈, 돈과 바꾼 내 인
생 아니. 입양해서 키울 거예요. 난, 여자인 게 행복해요. 종교 없어요.
결혼. 다시 한 번 카이로에 가보고 싶어요.)

　카이로. 그의 입속에서 카이로……. 달콤하게 녹아내렸다. 지성은
그녀에게 무엇을 물었었는지 기억 나지 않는다. 단지 화식조 한 마리
만 떠 올랐다.

　앞이 보이지 않는 사막의 바람을 맞으며 걸어가고 있을 때 짐승의
울음소리를 듣고 발을 멈추자 거대한 신전 앞에 갇혀 있는 새 한 마리
가 있었다. 키가 2m쯤 되는 새는 타조처럼 긴 목을 까딱까딱 움직이
며 제 몸에 들러붙은 모래를 탈탈 털어내고 있었는데 그 좁은 새장이
답답해 보여서 꺼내 주고 싶은 충동이 들었으나 그저 머리위의 투구형

볏을 쳐다보고 있어야 했다. 뿌옇던 깃털에서 모래가 털려지자 흑갈색
의 털빛이 마치 아내의 머릿결 같아 그 순간 아내가 미치도록 보고 싶
었었다. 그 때 옆에서 누군가 지성의 생각을 읽은 듯 어차피 꺼내줘도
날지 못하는 새 인걸요. 했다. 날지 못하는 새? 차마 삼키지 못한 침이
목구멍으로 넘어가 사래가 들어 얼굴이 뻘게지도록 기침을 해 댔다.
그러자 너무 가여워 할 것 없어요. 저 좁은 새장 안에도 하늘은 있는
걸요. 저렇게 고개를 들어 올릴 때마다 빨갛게 불덩이를 삼킨 것처럼
보인다고 해서 화식조라고 불리죠. 지성은 화식조……. 입 안으로 되
씹어 삼키며 소리가 나는 쪽으로 고개를 돌렸으나 등 뒤엔 아무도 없
었다. 휙– 바람이 쓸고 간 자리엔 거대한 카이로의 신전과 화식조 한
마리만 있을 뿐이었다.

　무슨 생각을 그렇게 하세요? 묻고 있는 연희의 입술이 빨갛게 발화
하고 있었다. 아뜩하게 밀려났던 자리에서 돌아온 지성의 눈엔 축축하
게 젖어 있는 그녀의 눈만 보였다. 그녀의 입술처럼 달아오른 그녀의
몸 속 어디에 빨려 들어간 지성은 그녀의 혈관을 타고 머리끝에서 발
끝을 돌고 다시 눈물로 흘러나왔다. 서서히 불에 달궈진 그녀를 접시
에 올리고 식사를 시작했다. 매끈한 그녀의 몸에선 단내가 났다. 그가
백도를 다 먹고 그녀의 입술에 얹혀진 앵두를 디저트로 먹는데 짭짤한
맛이 느껴졌다. 그러나 그녀의 눈물이 그렇게 달짝지근하게 혀끝을 자
극하다니 그는, 쩝쩝 입맛을 다실 뻔했다. 그때 그녀의 입술은 다시 열
렸고 쉴 새 없이 책 속의 주인공 어깨 위로 날아다녔다.

　그녀는 이미 일을 끝내고 천장을 쳐다보고 있는 지성의 한쪽 팔을
베고 가슴에 안겨 확인이라도 하고 싶은 양 매달렸다. 그 순간 그녀의
불 꺼진 방안 어느 구석에 있을 무진기행을 생각했다. 자신도 읽은 적
있는.

지성은 자신의 방으로 돌아와서도 꿈속 같던 그녀와의 밀애가 이루어지던 순간을 지워버릴 수 없었다. 자꾸 그녀의 호흡하며 내 뱉던 숨소리가 들리는 것 같아 온 몸이 식은땀으로 젖었다.

그녀가 출렁이는 바다에 누워 자신을 받아들이는 내내 지성은 그녀가 읽어주는 책 한권을 읽었을 뿐이었다. 그랬다. 지금껏 그보다 더 재미있는 책을 읽었던 순간이 있었던가?

"선생님. 세수 물 여기……."

연희는 칠이 벗겨진 양은 세수대아를 지성이 서있는 발 앞에까지 밀어놓고 방으로 들어가 버렸다. 마치 자신의 머릿속 말들을 다 읽어버린 것처럼.

한 나절을 방에서 나오지 않던 그녀가 오후 두 시가 넘어서야 말끔하게 화장을 한 얼굴로 나왔다.

"선생님. 저 지금 병원가요. 아주 비싼 주사 맞으러. 내 목숨을 확장시키기 위해서."

그녀의 외출은 다른 날보다 길어질 듯 보였다. 엉덩이가 다른 날보다 유난스레 춤추듯 흔들렸다. 그녀가 걸어 나간 마당엔 향수냄새가 진동을 했다. 그녀의 몸이 빠져나간 자리에 그녀의 향기가 쓰러져 딩굴고 있다. 그 향기마저 그녀를 닮았는가. 지성은 그 향기가 담장을 넘어 지나가는 타인의 코를 자극할까봐 가슴에 파장이 일었다. 이 떨림은 무엇인가. 지성은 가슴을 펴고 마당안의 향기를 모두 흡수할 것처럼 깊게 호흡을 한다. 후— 이제 지성의 몸 구석구석으로 스며든 그녀의 향기가 안개처럼 뿌옇게 심장으로 목으로 뇌로 한 바퀴돌아 다시 가슴으로 배로 발끝으로 고였다가 기침으로 빠져나왔다. 지성은 오래도록 방으로 들어가지 못하고 그 향기에 취해있다.

얼마나 잠이 든 것일까. 지성의 몸 위로 털 코트가 얹어져 있었다. 수돗가에 앉아 돌돌말린 양말을 뒤집던 미스 김이 배시시 웃는다. 쪽마루에 등을 말고 잠든 모습이 처량해서 입고 있던 옷을 벗어 덮어주었다고 했다. 처량? 지성은 자신의 처지를 이보다 정확하게 표현 할 수 있을까. 되뇌여 본다.

미스 김의 화장끼없는 얼굴은 기미가 시커멓게 먹물을 엎질러 놓은 것처럼 선명하게 드러나 있었다. 그런 그녀를 마주하고 서 있는 동백 꽃잎이 유난히 햇살을 받아 빨갛게 타오르고 있었다. 자랑하듯, 조롱하듯. 불꽃을 활짝 펴고 흔들어 댔다. 순간 지성의 가슴에도 화끈 불꽃이 달아올랐다.

빨래를 하는 미스 김의 등이 움직일 때마다 햇살을 받아 반짝인다. 마치 손으로 일일이 박아놓은 스팽글처럼 여러 각도로 깨지고 흩어졌다. 비누칠을 한 흰면티를 빨래판에 치대고 비벼대고 물에 헹구어내는 모습이 생소한데도 아름다웠다. 대아에 물을 받아 헹구고 헹군 빨래를 탈탈 털어 팽팽한 빨랫줄에 널고 있던 그녀가 빨거 있으면 미안해하지 말고 내다달라고 한다. 지성은 고개를 저으며 괜찮다고 했지만 입고 있는 작업복바지에 그녀의 눈이 꽂혀있음을 느끼고 있었다. 그녀는 지성에게 계속 등을 보이고 남은 빨래를 했다.

"워쩐디야? 절수 된다는 말 못들었는디…"

손에 비누거품으로 장갑을 만들어 낀 그녀가 빨래를 담아 수돗가 한쪽으로 걸어간다. 그리고 척 보기에도 써금써금한 오래된 나무테이블을 낑낑대고 들고 있다. 보고 있던 지성이 달려가 그녀가 섰던 자리에 섰다.

"처음 보시지라? 우물이랑게. 몇 년 전까정만 혀도 이 물 식수로 썼었지라. 헌디 주인아줌마 남편이 이 우물에 빠져 죽었지라. 참말……

자살이라는 소리도 있고, 말하기 좋아하는 동네 여편네더런 아줌마가 죽었다고도 허고 쓰잘데기 없는 소리들을 해 쌌지만 그 사정을 우에 알겠는 겨. 앙그요?"

미스 김의 한숨이 지성의 손을 할퀴어 버린다. 덮개가 제거된 우물 속으로 기다렸다는 듯이 햇빛이 한꺼번에 우물 안으로 뛰어든다. 지성은 허리를 숙여 머리를 우물 안으로 밀어 넣는다. 워째 그란다요! 미스 김이 놀란 얼굴로 질책을 한다. 굴뚝처럼 생긴 우물 기둥 안이 저장고처럼 시원하다. 막힌 코가 뚫리자 음습한 냄새와 비린내가 진동을 한다. 어느새 미스 김은 창고에서 두레박을 찾아와 우물 속으로 떨어트린다. 두루룩 첨벙!!! 등 뒤에서 누군가 지성의 어깨를 꽉 쥐고 미는 것 같았다. 순간 이마에 땀이 맺힌다.

"거 보소 누가 그런 장난 하라했당가요. 큰일 난당께요. 어서 저리로 비키소."

새벽 1시! 저녁을 먹고 난 후 마신 몇 잔의 술이 정신을 몽롱하게 만들어 버린 바람에 의식하지 못한 꿈을 꾸고 말았다. 험상궂은 얼굴을 하고 쫓아오는 남자를 피해 달려간 곳은 모래가 없는 바다였다. 뒤에선 살기가 도는 털로 덮힌 얼굴의 남자가 쫓아오고 앞엔 거센 파도가 뛰는 지성을 삼킬 듯 다가오고……. 풍덩……. 깊숙이 깊숙이 물 속으로 추락하고 있었다. 헉헉 숨이 넘어가려는 순간, 창문을 세차게 흔드는 손이 있었다.

"선생님! 저예요."

둔탁한 것에 얻어맞은 듯한 무거운 몸을 일으켜 창문을 열었을 때 술 냄새가 먼저 열린 창문 틈으로 새어 들어왔다.

"주무셨어요? 죄송해요. 문이 잠겨서……."

지성은 정신을 가다듬고 밖으로 나가 대문을 열었다. 유난히 삐그덕 소리가 크게 났다.

한 번도 잠긴 적 없던 문. 아니 누구도 이 집에 대문이 있다고 느껴 보지 못할 정도로 활짝 열려있던 대문이 느닷없이 잠긴 이유로 인해 그녀도 그녀를 바라보고 있던 지성도 잠깐 당황했다. 죄송하다는 말을 연거푸 풀린 실처럼 줄줄 토해내던 그녀가 비틀거리다가 그만 세수대아를 엎고 말았다. 그때 방문을 열며 뛰어나온 미스 김이 대문 쪽으로 가더니 덜컥하고 대문을 잠갔다. 그녀의 손은 바들바들 떨고 있었다.

"왜 그래요. 무슨 일 있어요?"

그녀는 잠시 바닥에 주저앉아 물먹은 솜이불처럼 무겁게 축 늘어져 있었다. 그런 그녀의 입을 열게 한 건 연희였다.

"너 또 그 인간 만났구나. 너 일하는 데로 또 찾아왔든?"

"이 달에 곗돈 탄 거 워트코롬 알았는지 그 돈 갖고 안 오면 날 죽여 분다고 안 허냐. 내가 어떻게 모은 돈인디. 그 돈 타기만 하면 우리 아 데려다 같이 살라고 했는디 말이여. 차라리 같이 죽어뿌리까? 평생 그 인간 손아구서 못 벗어날 바에야……. 사기에 여자, 노름으로 집 다 날리고, 식구들 다 거리에 내몰아 놓고도 정신 못 차리고 저러고 미친놈처럼 카지노 문턱에서 목을 매고 있으니 참, 깝깝헐 일이 아니냐. 이년의 팔자도"

"귀신은 뭐하나 몰라. 그런 인간 데려가지 않고. 니가 낳은 애도 아니면서 뭘 …"

"쓰잘 떼기 없는 소리 마라. 그 안 내 아다!"

연희는 그녀를 일으켜 방에 들이고 나서 수돗가에 앉아 구토를 해댔다. 입 속에서 그 많은 오물이 나올 줄 상상도 못한 일이다. 그 입술을

달콤하게 빨아댔던 자신의 입안에서도 오물이 꾸물꾸물 기어 나올 것
만 같았다.

  연희는 고개를 들어 검은 하늘에 떠있는 유난히도 밝게 빛나는 달을
보며 깊은 한숨을 토해냈다. 그 때였다. 밖에서 개 짖는 소리가 담을
타고 넘어왔다. 미스 김을 지키기 위해 지성은 저 밖의 개 짖는 소리를
삼켰다가 토해내야 할 것 같았다. 컹컹 새벽 내 개 짖는 소리가 마당
안을 걸어 다녔다. 지성은 그녀의 맑은 눈을 피해 캄캄해서 끝이 보이
지 않는 새벽하늘을 바라보았다. 달빛이 스러진 우물가엔 그림자가
있을 리 없었다. 캄캄한 그래서 더— 멀리 강원 카지노 랜드라고 씌어
진 네온사인이 유성처럼 쓰러져가는 마을로 쏟아지고 있었다.

  "난, 선생님이 여기 오래 계시지 않으셨으면 좋겠어요."

  연희는 유성처럼 빛나는 카지노를 바라보며 말했다. 카이로에 다시
한 번 더 가고 싶다고. 가기만 하면 다시는 돌아오지 않을 거라고. 그
녀는 지성의 스키마를 건드렸다.

  이미 지성의 머릿속엔 카이로의 신전들이 퍼즐조각처럼 맞춰지고
있었다.

  "지금도 눈을 감으면 신비한 신전들이 그림처럼 보이는 걸요? 그 사
막의 바람. 내가 일하던 곳이 카이로라는 스탠드 바였다고 말씀드렸
나? 암튼 밤마다 붉은 불빛을 밟고 들어오는 남자들 입을 통해 들은
이집트의 수도를 가보고 싶었거든요. 카이로는 지금도 눈을 감으면 영
화의 장면들처럼 생생하게 지나가요. 흙으로 만든 벽돌집들, 길에 즐
비하게 늘어져있는 행상들 염소, 낙타, 당나귀들. 지금도 가끔 케밥 냄
새가 나는 거 같아서 코를 비벼대는 걸요? 길고 축축 늘어지는 로브라
는 옷을 입은 그곳 사람들의 모습 그리고 여행을 온 최신 유행 옷을 입
을 사람들이 아무렇지 않게 어깨를 스치면서 걷던 도시의 거리. 참 신

기했던 건 신자들에게 기도 시간을 알리는 무에진 소리, 그게 왜 그렇게 신기했던지. 왜 옛날에 우리나라도 5시가 되면 애국가가 울려 퍼져서 지나가다가 다 멈춰 서서 가슴에 오른 손을 얹고 애국심을 강요당하던 때 말예요. 그땐 그래도 모두 애국자 같았는데 요즘은……."

"연희 나이가 몇인데 그런 경험을 했지?"

"선생님 내 겉모습에 속지 마세요. 하하……. 내 나이 묻지 말아요 아무 것도 묻지 말아요. 그런 노래도 있잖아요. 내 안에도 카이로 같은 신비가 있다구요. 그 신비를 벗겨보지 않을래요? 난 카이로를 생각하면 가끔 구토증이 일어요. 그 동물냄새. 아니 그 지저분한 냄새들이 떠도는 공기……. 그래도 카이로 신시가지를 여행하던 게 젤 생각나요. 내 인생을 송두리째 바꿔 버린 그 시간들. 카이로의 자동차들은 백미러가 없어요. 운전사는 앞만 보고 달리면 되기 때문이래요. 앞만 보고 달리는 카이로의 차들……. 이집트 고고학 박물관과 타흐리르 광장. 정말 카이로는 아이러니해요. 마치 완벽한 과거와 발전하는 현대가 기묘하게 뒤섞여 있는 거 같은……. 그래도 어쩜 그렇게 균형을 잘 이루고 있는지. 그 혼란스런 무질서 속에서도 신비롭고 아름다운 매력을 발산하고 있는지. 카이로가 지니고 있는 양면성의 신비. 내가 여기 이렇게 오래 머물고 있는 것도 어쩜 카이로를 닮은 이 지역의 특성 때문일 거예요. 밤에 카지노에 가 보셨어요?"

"아니?"

"가보지 않았다면 발들이기 전에 여길 떠나세요. 떠날 사람은 빨리 떠나는 게 좋죠. 다 제자리가 있는 법인데."

"제 자리?"

그녀는 벌떡 일어나 자기 방문을 열었다. 그리고 빨간 등을 켰다. 그러고 보니 어제는 보이지 않던 여왕의 계곡 액자가 걸려 있었다. 람세스 그림도 화장대 위에 놓여져 있었다. 그녀가 추억하는 걸 자신도 함께 추억하고 있다는 걸 그녀가 안다면 그녀는 놀랄까? 지성은 짐짓 웃음이 나왔다. 스키마가 같은 사람을 만나 공유할 수 있는 것이 있다는 포만감. 그건 생소한 행복이었다. 피식 웃음이 무거운 입술을 들어 올리고 삐져나왔다. 그 웃음꼬리를 물고 그녀가 생긋이 웃었다. 익숙해진 눈웃음, 그녀의 눈 속으로 빨려 들어가 나올 수 없다면 하는 생각을 잠시 했다. 그녀의 눈이 맑아서도 따뜻해서도 아니었다. 두려워서였다.

해가 뜨기 전에 자신의 방으로 건너 온 지성은 이불을 펴고 누웠다. 그런데 잠은 오지 않았다. 마음이 시렸다. 눈사람처럼 그녀의 방에서 자신의 실체는 녹아 없어지고 만 것인가.

그녀는 오늘 대학생과 섹스를 하며 읽었다던 책을, 지성은 섹스를 하며 그대로 머리 속에 복사했다. 지나간 시간의 순환 속에 그 대학생은 섹스를 하고 그녀는 책을 읽고, 그녀가 섹스를 하며 지성이 책을 읽은 것이다.

지성은 오전 내내 이불 속에서 밤이 오기만을 기다렸다. 자신의 일상이 되어버린 불투명한 기다림은 시간을 죽이고 양심을 죽이고 또 의지를 죽이고 있었다. 스스로 죽어가면서 또 기다림에 길들어지고 있었다. 오늘 그녀가 읽어 줄 책을 기대하며. 지성은 머리가 복잡했다. 그녀와의 섹스를 기다라는 것인지, 진정 그녀가 읽었을 책을 기다리는 것인지. 분명하지 않은 그것에 스스로 자신을 녹이고 있는 것이다.

꿈에 아내를 보았다. 아내는 처음 만났을 때처럼 노란색 원피스를 입고 있었다.

"우리 결혼해요." 아내는 그동안 만나 온 여자들처럼 모아 놓은 돈은 있느냐, 들어가 살 집은 있느냐, 직장은 있느냐, 장남은 싫은데 형제는 몇이냐, 그런 건 묻지 않았다.

　세 번째 만났을 때 아내가 한 말은 우리 결혼해요였다. 그런 아내가 마음에 들었다.

　아내는 지성의 과거에 대해 단 한마디 묻지 않았다. 그게 편했다. 그게 좋았다. 그래서 아내를 더 사랑했다. 결혼 후, 아내는 늘 컴퓨터 앞에 앉아있었다. 퇴근해 돌아오는 지성에게 늘 아내의 뒷모습은 익숙한 그림이었다. 아내의 이름으로 오는 등기나 택배, 갖가지 쇼핑 물은 퇴근하는 지성이 관리실에서 찾아왔다. 월급보다 많은 카드명세서도 함께. 그래도 아내가 좋았다. 세상에 혼자가 아닌 누군가가 집에서 자신을 위해 기다려 준다는 것만으로도 충분히 행복했다. 그런 아내를 감당해야 하기위해 해외지사 근무를 자청해야 했다. 아내는 해외근무를 가게 되었다는 말을 하는 자신의 말을 담담히 듣고 있었다. 좀 길어 질 거야 하자 아내는 기다릴게요 하며 훌쩍였던 것도 같다. 아내의 눈물이 사랑이라고 생각했다.

　아내의 꿈을 꾸고 아침 내내 화장실에 가서 구토를 해댄 걸 보면 아직도 아내는 소화시킬 수 없는 불덩이이다. 시들지도 작아지지도 꺼지지도 않는…… 아내는 나를 사랑한 순간이 있었을까? 지성은 잠시 생각에 잠긴다.

　아무리 토해내도 속이 개운하질 않다. 그래도 시원하지 않은 속을 달래느라 속을 움켜쥐고 있었다. 화장실 작은 창을 통해 빛이 걸어 들어와 휴지통에 앉았다. 환기를 위해 내어놓은 창을 통해 냄새가 아닌 사람의 영혼이 드나드는 것 같았다. 아니, 자신의 영혼이 여러 얼굴로 변하며 들어왔다 다시 나간다. 지성은 정신을 바짝 차리려고 안간힘을 써본다. 빛이 새어들어 오는 작은 창문을 통해 새소리가 들린다. 순간 섬뜩하다. 귀에 익은 울음소리……다. 새소리는 다시 여자의 흐느낌으로 변성되어 메아리처럼 울렸다. 화장실에서 나와 마당으로 나가자 미스 김이 덩치 큰 남자에게 머리채를 잡혀 질질 끌려 나가는 것이 아닌가. 뛰어가 남자의 손을 움켜쥐고 떼 내려고 애를 쓰자 퍽– 얼굴에 주먹이 날아들었다. 그 때였다. 얼굴에 피로 범벅 된 미스 김이 벌떡 일어나 그 남자의 다리를 움켜쥐고 울부짖었다. 짐승처럼.

"차라리 날 쥑이 뿌리라! 사는 게 지옥이다 생지옥!!"

사는 게 지옥이라고 소리 지르는 그녀의 목소리가 살려달라고 애원하는 것보다 애절했다. 남자는 컥컥대며 숨을 몰아쉬는 그녀의 목을 더 세게 움켜쥐고 돈을 내 놓으라고 소릴 질렀다. 돈, 돈이었다. 그녀가 목숨을 담보로 저토록 울부짖으며 지켜내려고 한 것은!

지성은 그 남자의 등 뒤에서 그의 가슴을 끌어안고 뒹굴었다. 나뒹구는 그와 지성 사이에 샛강처럼 핏물이 흘렀다. 신혼여행을 갔었던 동해바다의 일출처럼 온통 수돗가가 뻘겋게 물들었다. 찌그러진 양동이에도 바가지에도 온통 빨갛게 물들었다. 숨을 쉴 때마다 입고 있는 옷으로 베어 나왔다. 얼룩진 옷은 지성의 옷뿐이 아니었다. 옆에 누워서 눈만 껌벅이는 미스 김의 잠옷도 피로 물들고 있었다. 세상이 온 통 빨갛다. 헉헉 기침이 나오자 통증이 심하게 다리로 번져갔다. 밤도 아닌데 별이 보인다. 새벽도 아닌데 별이 총총하다. 그 별 속에 낯설지 않은 빛이 번뜩인다. 피로 물든 칼. 그 날카로운 칼끝에 빛이 반사되어 반짝인다. 그 때 밖에서 사이렌 소리가 요란하게 들려왔고, 지성은 들 것에 실려 구급차에 짐짝처럼 올려졌다. 언젠가 보았던 냉동 칸의 동태처럼. 뻣뻣하게 굳은 몸에 경련이 일었다. 정신을 차리라고 누군가가 소릴 질렀는데 그 목소리 주인이 여러 차례 바뀌어 들렸다. 아내였다가 연희의 음성으로 파장되어 불분명했다. 눈을 뜨려고 애를 쓰지만 그럴 수가 없다. 순간 아내얼굴이 가슴으로 날아든다.

'살려 줘요…… 제발……'

눈을 떴을 때 지성은 병실 침상에 누워있었다. 연희는 책을 읽다가 잠이 들었는지 책 위에 얼굴을 떨 군 채 코를 골고 있었다. 그런데 그녀의 코고는 소리가 마치 책 읽는 소리로 들렸다. 컥컥 기침이 나온다. 갈비뼈 언저리에 깊은 통증이 느껴진다.

"선생님. 이제 정신이 드세요? 조금만 위로 찔렸으면 큰일 날 뻔 했어요."

"미스 김은……."

"아직 중환자실에 있어요. 자궁 안으로 깊숙이 찔려서 아마 다신 애를 갖지 못할 거래요. 그 남자는 연행됐어요. 그런데 참 알 수 없는 게 부부인 거 같아요. 그렇게 죽다 살아났으면서도 정신 들자마자 그 인간을 걱정하고 있던 걸요. 어쩜 그렇게 이름처럼 악연인지. 전아견. 츳츳…"

"지금 뭐라 구 그랬어?"

지성은 자신의 귀를 의심하고 싶었다. 그렇게 찾아 헤매던 아내의 정부. 몇 날을 찾아 헤맸던가. 지성은 연희의 재잘대는 이야기를 더 이상 귀에 들여 놓지 못하고 정신을 잃고 말았다.

입술에 축축한 것이 와 닿았다. 눈을 떠 보니 노을에 연희의 발그레한 볼이 익고 있었다. 손에는 여전히 책이 들려져 있었다.

"오늘은 무슨 책을 읽고 있지?"

연희는 입가에 옅은 미소를 흘리며 책 표지를 내 눈앞에 펼쳐들었다.

오정희의 저녁의 게임이었다. 오래전에 읽었던 기억이 있는 것도 같았다.

"선생님. 빨리 일어났으면 좋겠어요. 선생님하고 화투 하고 싶어."

"화투?"

그녀는 조심스럽게 웃었다. 그리곤 깔고 앉아 있던 신문을 자꾸 만지작거렸다. 연희는 잠시 숨을 멈췄다.

겨울 해는 짧다. 그래서 노을을 잡을 시간도 없이 놓치고 만다. 연희는 혹여 자신의 인생에 겨울 해는 아닐까. 지성의 가슴에 묘한 흥분이 비문처럼 아로새겨지고 있었다. 살아오면서 지성에게 사랑보다 독한 게 기억이었다. 그것도 아련한 기억이었다. 그 기억보다 독한 게 기다림이었다.

연희가 손에 꽃을 들고 들어왔다. 미스 김한테 갔다 오는 길이라면서.

"미스 김 일주일 뒤에 퇴원한데요. 퇴원하는대로 아이 데려다 산다고 해요. 잘됐죠? 근데 미스 김이 돈을 어디다 감추었는지 아세요? 글쎄 우물 속에다 숨겨 놨었다지 뭐예요?"

우물. 지성은 그 우물을 본 순간 자신도 우물 속으로 숨고 싶었던 기억을 떠 올렸다.

"까치가 울어요."

창 밖을 넘겨다보던 연희는 햇볕이 놀러나간 거리를 바라보며 눈이 올려나 봐요 온통 잿빛이에요 한다. 그녀가 기다리는 햇볕은 몇 시쯤에 돌아올지. 날씨 탓인가? 연희는 자꾸 창 밖을 보는 시간이 길어졌다. 한 숨도 깊어지고 있었다. 그렇게 하루, 또 하루⋯ 달력에서 날짜가 공기처럼 빠져나가고 그들의 달력엔 날짜도 요일도 달도 사라졌다. 휑하니 바람만 불었다.

X-레이를 찍으러 내려오라는 간호사의 말을 듣고 접수처로 내려간 연희 얼굴에 낮달이 떠서 그림자를 만들고 있었다. 우물쭈물 망설이던

그녀가 지성을 향해 신문에 끼어있던 전단지를 내밀었다.

'지명 수배자' 열다섯 명 중에서 쉽게 자신의 얼굴을 찾을 수 있었다. 어디서 구한 사진이었는지 오래전 사진이어서 살찌고 통통한 얼굴이었지만 단 번에 알아볼 수 있었다. 사진아래 작은 글씨가 적혀 있었는데 '아내 살인 용의자' 라고 간단하게 씌어져 있었다.

아내 살인? 지성의 몸에서 피가 호수를 통해 빠져나가고 있었다.

"차라리 빌어! 용서해 달라고!"

"싫어! 날 버려요! 당신을 사랑한 적 없어. 단 한 순간도!"

지성은 가슴에서 살아난 살 화산의 폭발을 느꼈다. 아내의 목을 두 손으로 감싸 쥐었다. 헉헉대며 아내의 얼굴은 금세 포도주를 마신 것처럼 빨갛고 파랗게 변해 갔다. 아내는 바들바들 떨면서도 말을 이어 갔다. 아내는 분명 아이를 낳았다고 했다. 카이로의 사막 한복판에서 모래바람을 마시며 매월 21일을 기다리며 하루하루 힘겹게 삶을 지탱하고 있었던 순간에 아내는 다른 남자의 품에서 자신의 아이가 아닌 다른 남자의 아이를. 지성의 손에 더 큰 힘이 가해졌다. 살려줘……. 요. 제발…… 그 말을 다 듣지 못 했던 것 같다. 아내의 헉헉 숨넘어가는 소리 뒤로 뜨거운 온기가 느껴졌다. 순간 누군가 뒤에서 둔기로 지성의 머리를 내리쳤다.

그리고 그리고…….

꿈이었을까? 눈을 떴을 때 보인 건 아내의 손에 쥐어진 편지뿐이었다. 그것밖엔 보이지 않았다. 아내의 손에서 편지를 빼 들고 그 대로 도망치듯 앞만 보고 달렸다.

연희는 아무 말도 하지 않았다. 그러나 그동안 연희가 했던 수많은 언어들보다 더 많은 말이 그의 뇌 속으로 저장되고 있었다.

　　지성은 주머니에서 구겨진 편지를 건네준다. 편지를 들고 있는 연희의 손이 떨린다.

　　'아견씨. 내 아이 돌려줘요. 날 사랑한다고 했잖아요. 아니 우리 같이 살아요. 우리 아이와 함께. 나 이혼 할 거예요. 내 남편 사랑하지 않아요. 사랑한 적 없어요. 난 당신을 사랑한 다구요. 우리 함께 살아요. 제발……'

　　자수를 하러 가던 날, 함박눈이 소복하게 내렸다. 경찰서가 보이자 연희는 빠트린 것이 있다면서 슈퍼를 향해 뛰었다. 뛰어가던 연희가 빨간 지갑을 떨어트리고도 모른 채 계속 뛴다. 울면서 뛰어가는 그녀를 느낄 수 있었다. 지성은 그녀의 등이 심하게 휘청이는 걸 보면서 바람 때문이면 좋겠다고 생각한다. 그녀가 뛰어간 발자국이 하얀 눈길에 그대로 드러나 있었다. 그 발자국에 자신의 발자국을 되 찍으며 걸어가 지갑을 집어 든 순간 열린 지갑 사이로 낯선 얼굴을 본다. 지갑에서 주민등록증을 빼 들고 잠시 생각에 잠긴다. 윙— 귀에 아무소리도 들리지 않았다. 황철민 750109-1039……. 그 다음은 숫자를 인식할 수 없었다. 전원이 꺼져 버린 컴퓨터같다.

　　꿈을 꾼 것인가. 이 짧은 찰라에? 지성은 휘청이며 간신히 몸을 지탱하고 서 있었다.

　　지성은 어디선가 불어오는 사막의 바람을 느끼고 있었다.

　　빈손으로 돌아 온 그녀의 얼굴엔 마스카라가 번져 눈사람처럼 크고 검은 눈이 되어있었다. 지성은 지갑을 내 밀었다. 그리고 그녀의 눈을 외면한다. 누구도 걷지 않은 하얗게 뻗은 눈 길을 나란히 걸으며 연희는 말한다.

　　"선생님. 세월 금방 가요. 기다릴게요."

그녀도 지성의 얼굴을 외면한 채 발밑의 소복하게 쌓인 눈만 보면서 걷는다.

"카이로… 어쩜 우린 카이로의 어느 거리에서 지나쳤을지도 몰라."

"정말요? 너무 안타깝다. 그럼 훨씬 전에 만날 수도 있었을 텐데."

"그곳 사람들은 모든 걸 인샬라 이렇게 말하지. 신의 뜻에 따라." 입체도 없는 바람이 나뭇가지에 매달린 눈을 털어내며 투명한 제 몸을 나무에 실었다. 연희의 입가에 미소가 옅게 번진다. 그 미소에 언제까지 얼룩이지지 않길 바래본다. 지성은 바지 주머니에 손을 밀어 넣는다. 아귀의 힘이 세게 가해진다. 세게 점점 더 세게.

기다리겠다고 말하는 연희의 입술이 파르르 떨린다.

눈 길에 모래 바람이 섞이어 분다. 두 사람은 잠시 눈을 감는다. 그때 어디선가 푸드득 거대한 날갯짓을 하며 먼지 바람을 내며 깃털을 날리고 있는 화식조가 보인다. 목에 걸린 깃털이 유난히 빨갛다. 햇살을 받아 불꽃이 더 활활 탄다. 그 불꽃이 떨어지면 세상을 다 태워버릴 것 같다. 목에 걸린 불을 뱉어내지 못한 화식조는 지친 날개를 다시 접는다.

날지 못하는 새란 없다. 날개를 가진 것은 모두…….

"인샬라… 인샬라…"

저기 아득하게 카이로의 거대한 신전이 보인다.

'지금은 날지 못해도 난 새다. 날았던 기억만으로도 내 이름은…….!'

김진주 소설에서 얼굴찾기

채수영(문학평론가)

1. 리얼리티로 포장하는 인간의 이야기를 소설이라는 이름으로 불리지만 사실성은 항상 미추(美醜)의 양면을 왕래하면서 인간의 모순과 합리를 찾아 나서는 방도를 강구한다. 물론 미와 추 사이의 이야기는 사랑이라는 색소가 있어 아름다움을 그려낼 수 있는 재료가 된다. 인간을 해석하기 위해서는 인간의 체험을 통달해야만 한다. 소설은 그만큼 사실성과 상상력의 결합이 치밀해야 하기 때문이다. 김진주의 소설은 그런 조건을 충족하는 길을 확보하면서 섬세한 문체의 묘미를 구사하는 작가이다. 이제 그의 체취와 음성을 작품으로 접할 계제(階梯)이다.

2. 인간에게 기억은 상상의 길을 넓힐 수도 있고 또 제한적인 현실로 안주할 수도 있다. 그러나 깊게 각인(刻印)된 기억의 상처는 지울 수 없는 흔적으로 이름을 새긴다. 물론 주인공의 이야기를 작가의 의식으로 환치(換置)하여 전개할 때, 그 환기력은 작가의 상상력과 결부

되어 또 다른 리얼리티를 제조하게 된다. 〈거울 속의 바이올렛〉은 먼 과거의 기억에 묶여있는 정신대 할머니의 방황을 그리고 있다. 과거의 상처가 현실을 지배하는 경우는 비극이다. 그러나 비극을 비극처럼 인식하지 않고 현실의 질서를 헝클어트림으로써 김진주의 소설은 길 찾기를 시도한다.

'내 이름은 김귀녀지라.' 팔십도 훨씬 넘어 보이는 할머니는 그렇게 말했다. 그런데 영은의 눈엔 귀녀처럼 보이지 않았다. 헝클어진 머리엔 금방이라도 까막까치가 날아와 제 집인 줄 알고 알을 품을 것 같은 형상을 하고 있었고, 손엔 구정물이 먹물처럼 번져 며칠을 닦지 않았는지 짐작할 수도 없을 만큼 지저분하고 냄새가 날 것 같았다.

소설의 도입부분을 옮겼다. 팔십을 넘겨 보이는 할머니의 방황은 — 정신대의 비극의 중심에서 과거 흔적에 묻혀 오늘을 망각한 무질서의 현상과 사진작가 영은과의 조우가 시작되는 부분이다. 물론 영은의 과거가 할머니와의 비교 속에서 불행과 방랑이 겹쳐지는 상황을 오버랩의 기교로 접속된다. 그러나 소설의 중심은 할머니의 이야기가 대부분의 묘사로 전개된다. 오래된 흑백사진의 암시 — 일본 군인과 일본지폐와 42명의 여자들이 세 줄로 서서 찍은 사진 — 44년 나고야 공원이라는 기록에서 할머니의 과거여행은 비극의 정신대를 벗어나지 못하는 아픔과 민족사의 비극과 접속될 때, 영은과의 여행은 그 비극에 감염되면서 폐가 좋지 않아 수술비로 등록금을 써버린 영은의 고달픈 삶과 그의 어머니와 정신대 할머니와의 겹치는 상상은 — 순수작가 주원과의 어울릴 수 없는 상처로 갈등을 유발한다.

여기서 순수작가란 의미와 현실의 갭을 좁힐 수 없다는 영은의 사고 속에는 귀녀(貴女)라는 이름과는 달리 비극이 겹치는 기법으로 처리하면서 — 슬픔의 대열을 이루게 된다. 물론 이야기의 중심은 할머니가 된다. 그러나 아직도 다나까의 떡으로 착각한 공포의 암시에서 과거는 치유될 수 없는 아픔으로 할머니의 방황을 부추기게 될 때, 영은은 할머니의 표현처럼 "징한 년 개도 안 물어 갈 년"과는 다른 휴머니티를 실천하는 — 사랑만이 세상을 따스함으로 감쌀 수 있다는 해답으로 다가온다. 그러나 사랑에 순수라는 함량을 얼마나 필요로 하는가는 다음의 대화로 대치된다. "진짜 순수문학을 하는 작가가 될 꺼야. 상업적인 글을 써야 만 살아남는 현실에 안주하는 기성세대는 안 될 꺼야"를 주장하는 주원의 의견에 "순수문학이라고? 웃겨 지금 당장 난 배가고프고 목이 마른 데"라 말하는 영은과 주원의 대립각은 결국 삶의 조건이 순수의 꿈을 선택하는 주장보다는 현실과의 타협을 선택하는 주인공의 사고 — 약간 궤도를 벗어난 주제의 문제가 된다.

추한 형색의 할머니와 영은이 여관에 함께 들어감으로써 운명의 선택이 과거를 위안하는 임무 쪽에 작가의 이념을 투영시킨다. 할머니의 어투를 따르는 — "나는 김영은이라고 하지라"의 동화(同化)는 타인의 비극에 동질성으로 결합하는 뜻 — 일면 어둠의 파출소에서 할머니의 안주처를 확인하는 순간 "그때 번뜩 전깃불이 들어왔다"라는 암시로 해피엔딩의 결말이 예고된다. 결국 과거의 비극이 현실의 휴머니티에 동화될 때 "내 이름은 김귀녀지라"의 암시는 현실과 겹치는 향긋한 바람으로 인상을 마무리한다.

부부가 행복을 누린다는 것은 서로의 개성을 버리고 하나로 결합하려는 발상에서 행복이라는 어의(語義)는 빛을 발한다. 어느 한쪽이 강한 흡인력을 갖거나 혹은 서로가 개성의 날을 새우면 깨지는 소리에 잠길 뿐이다. 〈이슬거미〉는 그런 의미에서 상징적인 뉘앙스를 전달한다. 주인공 인경의 남편은—억세고 강한 그리고 폭력적이면서 새디스트와 같은 성격의 남편 앞에 주눅이 들어 사는 주인공은 삶의 창문을 갖지 못한 처지에 끌려가는 인상을 준다. 다시 말해서 자극을 기다리는 인경의 눈에 805호 남자와 606호 여자와의 밀회를 목도(目睹)하면서 자기의 처지를 비교할 때, 탈출로를 생각하면서 805호의 남자에 끌려가려는 의식을 상상하지만 남편의 성(城)에서 벗어 나오지 못하는 무기력한 현상을 자각한다.

언제 어떻게 든 보고 있을지 모를 일이었다. 보이지 않는 눈에 대한 두려움은 그녀를 수시로 목 졸랐다. 남편에게 맞아야 할 매가 무섭진 않았다. 단지 맞는 동안 그 이유를 대야 하는 게 고통이었다. 누굴 만났어? 왜 전화는 안 받는 거야? 쓰레기 버리는데 5분이면 되는데 25분은 뭐 했어? 전화벨이 10번 이상 울렸는데도 못 들었단 말야? 누구야 어떤 놈이냐구?

탈출을 꿈꾸는 것은 인간 내면에 간직된 심리적인 공통성이다. 억압으로의 탈출—일상을 벗어나려는 것은 공통된 의식이다. 폭력과 의심 많은 남편으로부터 벗어나려는—805호 남자와의 연상은 인간이 갖는 탈출의 또 다른 심리를 뜻하는 상징이다. 그러나 인경은 남편으로부터 벗어나려는 구체적인 암시를 차단 당한다. 이와 결부하여 어머니가 아버지의 제사에 올 것을 당부하는 부탁에도 가지 않는 것은 "나는 봤어. 그 날……베란다에 서 있는 아버지를 밀어 버린걸"에 대한 동조의 거부—그러면서 남편을 같은 방법으로 밀어버릴 수 있는 기회 앞에 포기하는 것으로 불행한 거미의 상징은 이어진다.

<이슬거미>는 곧 인경 자신을 상징—남편은 한사코 거미의 형체를 없애버리는 화염방사의 폭력행위에 저항하는 구체성은 없다. 그러나 씨를 말리려는 남편의 의도와는 달리 거미의 모습은 다시 환생의 이름으로 나타난다. 거미의 꿈—805호 남자에 사랑의 체온을 전달하지 못한 안타까움을 대신하면서 다시 살아나는 거미는 주인공에 환희로 느끼면서 인경의 마음은 거미의 춤을 기대하게 된다.

소설은 구조의 예술이다. 그러나 인간의 일을 구조로만 바라보는 일은 단순하다. 심리적인 현상은 구조가 아닌 방법으로 전개할 수도 있다. 묘사와 설명만으로도 소설의 특징은 살아날 수 있다면 김진주의 소설은 그런 원숙함을 위해 달려가는 인상이 <세 폭 치마 금붕어>이다. 줄거리로 이해되는 것이 아니라 유장하게 전개되는 언어의 숲에서 느끼는 현란함이기 때문이다. 이런 문체는 소설의 진경(眞境)을 찾아가는 작가의 능력일 것이다. 세 폭 치마 금붕어와 의식을 맞추는 전개는 능숙이 아니면 진부할 것이고 지루할 것이지만 그런 기색은 없고 긴장감으로 이야기를 끌고 가는 점이 이채롭다.

　　어머니의 비밀은 그렇게 힘없이 창자를 드러내고 있었지만 순대처럼 어머니의 비밀들이 당면과 돼지 피, 찹쌀들로 버물려져 있었다. 그 베개에 어머니의 얼룩진 사랑이 모자이크되어 있었다니. 어머닌 평생 아버질 웬수라고 부르면서 속으로 긴 세월 혼자만의 그리움을 그렇게 숨기고 있었던 것일까.
　　니 애빈 죽었어. 니 애빈 죽었어!! 살아있었던 순간에도 아버진 그렇게 자신의 가슴에서 철저하게 도려내어 졌었다. 이미 자신의 기억 안에 죽은 사람이었는데도 아버진 가슴에서 벌떡 이러나 자신의 존재를 알리고 싶은 듯 등을 곧추 세운다

　소설은 복합적인 미학이다. 이는 구조와 문체 혹은 총체적인 인상이 인간사의 진면목을 어떤 방법으로 엮어지는가에 따른 방법이 다를 뿐이다. 김진주의 소설미학은 점차 유려한 문체와 간결함으로 생략되는 호흡의 길을 확보한 인상이다. 이는 종합 속에서 인간의 특징을 열거해나가는 치밀성을 가질 때, 더욱 높은 가치를 창출할 수 있을 것 같다. 다시 말해서 갈수록 소설의 맛이 깊어지고 인생을 바라보는 눈빛이 다정해지는 감성을 발휘할 것 같은 인상이다.*

작가의 말

시는 언어로 절을 짓는 것이라고 했다. 그렇다면 소설은 무엇인가. 아니, 나에게 소설은 무엇인가. 끊임없이 반복되는 삶의 과정이고, 작품 속에서 반복적으로 만나게 되는 인물들과의 싸움이다. 낯선 인물을 창조해내기 위해 반복적으로 관찰자의 눈으로 사람들 속에 갇혀 있기를 반복한다. 그러나 낯설기도 전에 익숙한 인물들과의 만남에 악수를 청하는 나를 보면서 아직도 가야 할 길이 멀다는 걸 깨닫는다. 그러나 때론 목표물이 가까이에 있는 것보다 멀리 있다는 게 위안이 되기도 한다. 눈앞에 보이는 꽃의 아름다움 그 이면의 것을 확인하고 난 뒤의 허망함을 너무 많이 본 탓일 게다. 그래서 멀리 있는 것에 대한 동경으로, 잡으려고 손을 내미는 작은 몸짓으로, 다가갈 내일로 향할 이데올로기를 펴 놓기도 한다. 작가로써의 나를 찾는 일과 나를 버리는 일 그 이분법 앞에서 발을 떼지 못하고 그 딜레마로부터 자유로워 질 때쯤엔 타자로부터 악수를 받게 되는지…….

나는 소설을 쓰기 위해 책상에 앉아 있는 나를 볼 때마다 가슴이 아
린다. 내 소설을 읽기 위해 내 소설의 집에 노크를 하는 독자들 때문이
다. 혹여 라도 내 집에 들렀다가 가슴이 더 아프거나 삶이 짓무를 것
같아서 앞으로 한 발 내딛기가 두려워 지면 어쩌나 하는 미망이 나를
흔들어 댄다. 그러나 내 소설의 집에서 삶의 재인식을 하게 될 방황하
는 어느 독자를 위해 문을 열어둔다. 때론 실망하고 돌아 서는 독자와
내 세계를 일부러 찾아와 준 독자와의 악수를 바라보면서 우연한 만남
이 만들어 내는 필연을 꿈꿔본다.

사는 일이 만남과 이별의 연속이라면 나에겐 쓰는일과 버리는 일의
연속이다. 창작의 과정 속에서 끊임없이 문자언어의 낙태를 저지르는
나를 보면서 돌아앉은 또 하나의 나를 감당해 내는 일이 나의 소설쓰
기이다.

소설가가 되기 위해 소설을 쓰기 시작한 것이 아님을 드러내면서 아
주 미세한 구멍을 뚫어 놓는다. 또 소설을 쓰기 위해 작가가 되진 않았
다. 그러나 소설을 쓰는 일보다 소설가의 삶을 영위해 나가야 하는 게
나에겐 남아있는 숙제이다. 살면서 이보다 더 나를 무겁게 하는 일이
또 있을까. 나는 아직 작가가 아닌지도 모른다. 아니 작가가 되기 위해
한 풀 한 풀 껍질을 벗고 있는 과정에 있다. 그 껍질을 다 벗고 난 뒤
드러난 속살 때문에 쓰라린 상처를 후후 불어가며 쇠잔해 갈지도 모른
다. 그러나 작가가 되기 위해 계단을 오르며 가쁜 호흡을 들이 마시는
나를 멈출 수 없다. 내가 안고 있는 내 안의 이데올로기의 무게를 느끼
면서 내 안의 잠재해 있는 가벼움을 맘껏 가슴 아파 할 것이다.

불혹을 넘긴 나이에 요즘 들어 습관처럼 거울보기를 자주 한다. 나
에게 거울보기는 특별한 의미를 부여한다. 나르시시즘에 젖어서도, 늙
어 감을 하소연하는 마음으로도 화장을 하기 위해서도 아니다. 거울의

252

이면을 볼 뿐이다. 거울의 특성을 무시한 채. 앞에 놓인 나의 실체를 그대로 비춰내는 거울에 순응하며 쳐다보기를 하는 것이 아닌, 거울이 비춰내는 내 모습 뒤에 숨어있는 또 다른 것을 찾기 위해 내 눈동자는 분주하게 움직인다.

그 거울을 보는 시간 속에서 나는 찾고자 하는 걸 다 찾지못하고 돌아서면서 내일 또 다시 거울 앞에 앉을 나를 상상하면서 시간 앞에 담담해지는 나를 느낀다. 시간의 흐름을 조급해 하지 않았던 15살 단발머리 소녀시절로 돌아가 제목을 확인 해 가면서 숨어있는 책을 찾고 있는 나를 본다. 도서관의 책을 모조리 읽어 버리고 싶다는 욕망으로 고등학교 입시 시험을 앞두고도 소설책 속에 파묻혀 살았던……. 도서관 책장의 반 이상을 다 읽은 듯한 그러나 작가와 책 제목이 흐릿하게 지워져버린 기억이 그나마 내 삶의 한 부분을 위로해 준다.

나에게 이제 꼬리표처럼 따라 다니는 화두는 무엇을, 어떻게, 왜, 써야만 하는가? 이다.

작가는 실수투성이인 몸과 영혼이 분리 되지 않은 인간임을 인정하는 것이 속편하다. 왜냐면 지나온 것들에 대한 책임을 지면서 또 그런 무거운 책임에 대한 반복을 알면서 바보처럼 그 아픔의 길을 가야하기 때문이다.

용기 없는 자는 글을 쓰지 못한다. 할 말은 많지만 다 할 수는 없음을 안다. 그러나 가슴속 말들을 암덩이처럼 스스로 병으로 안고 살 수는 없다.

나에게 소설은 언어로 휴양림 속의 펜션을 짓는 정도는 되지 않을까. 모르는 사람들이 길을 잃거나 여행을 떠나와서 하나 되어 돌아갈 때 서로 웃으면서 손을 흔드는 곳……

쓰는 일과 읽혀지는 일이 분리되지 않는 다는 것을 각인하면서 언어의 확장 속에서 축소되어지고 있는 나를 확인하는……. 나를 느끼고 싶다.

버릴 것이 많은 작가가 되면 어떠랴. 그 안에서 하나의 목화씨를 발견하게 된다면 그보다 더 행복한 일이 또 있겠는가.

언제나, 변해가는 나를 감은 한 눈으로 지켜봐 주시는 채수영 교수님과 정찬명 교수님께 깊은 감사의 마음을 올리면서…….

그래도 아직 변해야 하는 벗어야 하는 부분이 많다는 게…… 차라리 다행스럽다고 변명으로 내 놓는다.

앞으로, 끝까지 나를 지켜 봐 줄 친정 부모님과 시부모님, 그리고 그림자처럼 내 뒤에 있을 진경, 진문, 진명에게 익숙한 사랑의 노래를 불러준다. 사랑해…… 라고.

끝으로 내 남은 삶의 등대가 되어 줄 남편과 아들에게 사랑의 마음을 전하면서 이 여름의 끝자락을 보낸다.

2003년 내 작은 서재에서,
김진주

거울속의 바이올렛

인쇄일 초판 1쇄 2003년 09월 20일
          2쇄 2017년 10월 15일
발행일 초판 1쇄 2003년 09월 30일
          2쇄 2017년 10월 25일

지은이 김 진 주
발행인 정 진 이
발행처 도서출판 새미
등록일 1987.12.21, 제17-270호

서울시 강동구 성내동 447-11 현영빌딩 2층
Tel : 442-4623,4,6 Fax : 442-4625
인터켓 www.kookhak.co.kr
E- mail kookhak2001@hanmail.net
ISBN 978-89-5628-080-6 03800
가 격 8,000원

* 새미는 국학자료원 의 자매회사입니다.
* 저자와의 협의하에 인지는 생략합니다.